Für André
Cowboy meines Herzens
Happy Birthday

„Ich fliehe mit dir, wohin du willst, und wenn es sein muss, bis zu meinem Herzen...“

Kupke/Neuert, Lyricon 1, 1985

AM ZIEL

„Wir sind da, Mister.“ Der Taxifahrer, sofern man das in dem Kaff am Arsch der Welt überhaupt so nennt, bringt den Wagen im Staub vor der großen Holzveranda zum Stehen. Abwartend dreht er sich zu mir um. Ich sehe ihm an, dass tausend Fragen auf seiner Zunge brennen. Allen voran vermutlich, was ein Greenhorn wie ich auf dieser Ranch verloren hat. Ihn ignorierend krame ich umständlich meine Geldbörse aus der Hosentasche. Gar nicht so leicht, wenn die Finger zittern. Wie einfach war das Leben mit einer Handtasche.

Das leiser werdende Brummen des Motors im Ohr stehe ich unschlüssig neben der Reisetasche vor dem Haus. Ich bin so lange nicht hier gewesen. Unzählige Erinnerungen an die Sommer meiner Kindheit durchbrechen die leise Panik, die mich im

Griff hält, seit ich in Greybull nach über vierundzwanzig Stunden Fahrt aus dem Bus gestiegen bin. Um meine Spuren zu verwischen, hatte ich mich gegen einen Flug entschieden und stattdessen den Bus quer durchs Land genommen. Als ich in dem kleinen Nest endlich einen Fahrer gefunden hatte, konnte ich die letzte Etappe der Reise in Angriff nehmen. Seit wir das Örtchen Shell passiert haben und in die staubige Zufahrtsstraße zur Ranch eingebogen sind, ist meine Kehle wie zugeschnürt. Gestern früh, bei der Abfahrt in Atlanta, schien der Plan die Lösung zu sein. Gerade bin ich mir alles andere als sicher. Ob sie mich überhaupt haben will? Ich schlucke trocken und wechsle unruhig von einem Fuß auf den anderen. Für Mai ist es sehr warm. Der Schweiß rinnt zwischen meinen Brüsten hinunter, die ich zusätzlich mit einer Bandage zusammengebunden habe. Ich schätze, es sind an die 85° Fahrenheit. Das wird Tante Emily, die jedes Salatblatt in ihrem Gemüsegarten liebt, nicht gefallen. Verrückt, dass ich daran denke, wie sie mich mit der Gießkanne nach draußen gescheucht hat, wenn es nicht regnete. Bei der Erinnerung puste ich instinktiv eine Haarsträhne aus dem Gesicht. Bis mir auffällt, dass dort keine Strähne mehr ist. Der Schmerz über den Verlust meiner langen Mähne fällt mich hinterrücks an. Stehen die abgeschnittenen Haare doch für alles, was ich die letzten drei Monate hinter mir lassen musste. Ich blinzle die aufkommenden Tränen weg und fixiere einen Punkt vor mir. Nicht aufgeben. So kurz vor dem rettenden Hafen! Die Spitzen meiner groben Stiefel sind mit rötlichem Staub bepudert, der auch einen Teil der Stufen bedeckt. Als wäre es gestern gewesen, sehe ich mich als bezopftes Mädchen auf ebenjenen Stufen sitzen und mit dem Zeigefinger Muster in die Staubschicht zeichnen. Ein Nachhall der unbeschwerten Phase meines Lebens. Es scheint, als wäre hier die Zeit stehengeblieben. Emilys blauer Dodge Pick-up steht vor dem Scheunentor, ein paar Stuten grasen auf den Wiesen hinter dem Haupthaus. Fast meine ich, der alte Jock würde gleich um die Ecke kommen und mir durch die Locken wuscheln. Wie gern würde ich die Zeit zurückdrehen und niemals hier fortgehen. Mir fällt auf, dass ich überhaupt nicht weiß, ob Jock noch auf der Ranch ist.

Ein eindringlicher Schrei von hoch oben lässt mich zusammenzucken. Ich hebe die Hand und suche, die Augen vor der Sonne abschirmend, den Steinadler, von dem der Laut stammt. Ich entdecke ihn als Punkt vor der schroffen Kulisse der Bighorn Mountains. Das tafelartig abgeschliffene Gebirge säumt den Talkessel, in dem die Ranch liegt. Wie anders hier alles ist als in der City von San Francisco oder den quirligen Marktplätzen der Toskana. So klar und einsam. Aber ist es nicht genau das, was ich gesucht habe? Ich reiße mich zusammen. Wenn ich es nicht endlich hinter mich bringe, stehe ich nach Sonnenuntergang noch hier draußen.

Gerade, als ich die Tasche anhebe und die erste Stufe betrete, öffnet sich die weiße Holztür. Ich erstarre in meiner Bewegung. *Emily!* Meine Tante sieht bis auf silbrige Strähnen, die ihr Haar durchsetzen, noch genauso aus, wie ich sie in Erinnerung habe. Trotz ihrer fünfzig Jahre wirkt sie jung und dynamisch.

„Lass dir nicht wieder dieses billige Saatgut aus China andrehen, Luke. Der alte Parker meint wohl, weil ich dich schicke, kann er mich übers Ohr ..." Emily bemerkt mich und stoppt in der Mitte des Satzes. Neben ihr steht ein schlaksiger junger Mann mit braunen Teddyaugen. Er dreht unruhig seinen Hut in den Händen und mustert mich neugierig. Instinktiv senke ich den Kopf und ziehe den Cowboyhut, den ich mir am Busbahnhof im Souvenirshop gekauft habe, tief in die Stirn. Zu lange habe ich es vermieden, Aufmerksamkeit zu erregen. Emilys Blick streift meine Tasche, und sie zieht entschuldigend die Schultern hoch.

„Das tut mir leid. Unsere Gästezimmer werden zurzeit renoviert. Es gibt eine Übernachtungsmöglichkeit in Shell. Oder Sie fahren direkt zur Lodge im Nationalpark."

Ich murmle etwas vor mich hin und wage nicht, den Blick zu heben.

„Entschuldigen Sie, ich habe Sie nicht verstanden. Sagten Sie, Sie seien kein Tourist?"

Ich sollte mich freuen, dass sie mich nicht auf den ersten Blick erkennt. Aber den kränkenden Stich im Herzen kann ich nicht verleugnen. Verdammt! Wieso hatte ich mir das einfach vorgestellt? Mutig hebe ich den Blick und schaue in die Augen meiner Tante.

Sie öffnet den Mund, um etwas zu sagen, verharrt aber in der Position. Ich sehe das Wiedererkennen und die Freude in ihren Augen aufblitzen. „Jessi…?"

„Genau, Jesse", unterbreche ich sie, bevor sie meinen Namen sagt. Meine Augen huschen zu dem Mann neben ihr, der mich von unten bis oben mustert. Ich hebe die Augenbrauen und werfe Emily einen, wie ich hoffe, warnenden Blick zu. Sie sieht aus, als wolle sie sich auf mich stürzen und in die Arme ziehen. *Shit!* Räuspernd sage ich in der tiefen Tonlage, die ich gestern früh so lange geprobt habe, bis ich zufrieden mit ihr war: „Lange nicht gesehen, Tante Emily. Ich hoffe, du hast noch ein Bett frei für deinen Neffen?" Automatisch stelle ich mich breiter hin und straffe die Schultern. Zwei Dinge, die ich vor dem Spiegel geübt habe, um mich männlicher wirken zu lassen. Emily, die bereits die Stufen der Veranda auf mich zugelaufen kommt, hält inne. Verwirrt öffnet sie den Mund. „Neffe?", fragt sie tonlos.

Innerlich seufzend stelle ich fest, dass Emily entweder an Scharfsinn eingebüßt hat, oder aber an Coolness. Denn die Situation scheint sie kurzzeitig zu überfordern.

„Ja. Meine Mutter, deine jüngere Schwester Anne, lässt dich grüßen." Herrje. Auffälliger kann es kaum sein. Im Augenwinkel sehe ich, wie Luke Emily sorgenvoll anschaut. So hat er sie wohl noch nie erlebt.

„Jüngere Schwester ...?" Emily kneift die Augen zusammen, während es hinter ihrer Stirn offensichtlich rattert.

Pferdewiehern weht zu uns herüber, und ein weiterer Tropfen Schweiß löst sich unter der Bandage. Ich nicke Luke zu, der mir grüßend die Hand hinhält. Sie zu drücken, wage ich nicht. Noch fehlen mir die Schwielen an den Fingern, um glaubhaft zu wirken. Ich umfasse den Henkel meiner Reisetasche ein wenig fester.

„Ja ... *Anne* hat doch mit dir telefoniert. Ich soll auf der Ranch aushelfen. Drüben in Idaho war kein Platz mehr für mich, seit sie den neuen Mann hat." Erleichtert nehme ich wahr, wie ein amüsiertes Funkeln in Emilys Augen tritt.

Dann schlägt sie sich spielerisch die Hand vor die Stirn. „Ja, richtig! Wie konnte ich das vergessen? Dabei habe ich gestern noch mit *Anne* gesprochen. Sie hat mir gesagt, ich soll dich ordentlich rannehmen. Dein Stiefvater *Jack* hat dich wohl als faulen Nichtsnutz vom Hof gejagt."

Nun ist es an mir, verblüfft zu sein. *Jack?* Tante Emily hat offensichtlich Spaß an der Scharade und lebt ihre blühende Fantasie aus.

Luke schaut mich mitleidig an. Er hat, wie es scheint, leidvolle Erfahrung damit, der Bursche von Tante Emily zu sein. Im nächsten Moment zuckt er zusammen.

„Was stehst du hier noch rum, Luke? Du könntest schon längst in Parkers Laden sein."

Es fehlt nur, dass Emily ihm leicht auf den Hinterkopf schlägt. Aber das ist nicht nötig, denn Luke springt in Windeseile zu Emilys Pick-up und brettert davon, eine Staubwolke hinter sich herziehend. Als ich den Blick wieder auf Emily richte, grinst diese mich bis über beide Ohren an. Ihr Lächeln ist ansteckend, und am liebsten würde ich mich in ihre Arme werfen. Einen Moment die Last der Welt vergessen, die auf meine Schultern drückt und wieder das kleine Mädchen sein, für das Tante Emily *Applepie* backt und Pflaster auf wunde Knie klebt. Aber das wage ich nicht. Wer weiß, ob uns jemand beobachtet.

„Kann ich reinkommen?"

Emily tritt einen Schritt beiseite und macht eine Geste ins Haus. „Hinein in die gute Stube, lieber *Neffe*."

Kaum ist die Tür hinter uns geschlossen, zieht

sie mich in eine Umarmung, die mir die Luft abschnürt. Die Reisetasche fällt mit einem dumpfen Aufprall auf den Boden. Der Hut rutscht in meinen Nacken. Ich vergrabe die Nasenspitze in Emilys Hals und schlucke hektisch, um die Tränen, die unweigerlich aufsteigen, im Zaum zu halten.

Nach einer Weile lösen wir uns voneinander, und ich versinke im warmen, sorgenvollen Blick meiner Tante. Sie mustert missbilligend die kurzen Haarfransen über meiner Stirn. „Jessica ...", ihre Stimme klingt belegt „Ich dachte ... ich dachte, dir wäre etwas passiert."

Schuldbewusst beiße ich mir auf die Lippe. Seit dem Telefonat habe ich mich nicht mehr bei ihr gemeldet. Und das war vor drei Monaten. Was soll ich sagen? Mir bleibt nur, stumm zu nicken und die Schultern hochzuziehen. „Es war sicherer so. Für dich und für mich. Glaub mir!"

Emily seufzt. „Das habe ich mir gedacht. Trotzdem bin ich vor Sorge fast gestorben. Irgendwie habe ich gewusst, du würdest früher oder später zu mir kommen. Aber nach drei Monaten hatte ich die Hoffnung beinahe aufgegeben."

Ich nicke stumm. „Ich wollte erst abwarten, bis es sicher ist. Sonst wäre ich früher gekommen. Es tut mir leid." Sie stößt hörbar die Luft aus. Dann nimmt sie die Tasche und bedeutet mir, ihr zu folgen.

„Komm erst einmal an, und später reden wir. Du kannst in deinem alten Zimmer schlafen."

Ich folge Emily die ausgetretenen Holzstufen hoch in den ersten Stock. Hier hat sich wenig verändert. Die fünfte Stufe knarzt immer noch wie früher. Das vertraute Geräusch schafft es fast, die sorgsam unterdrückten Tränen zu lösen. Ich reiße mich zusammen. Emily macht sich genug Sorgen. Es macht es nicht besser, wenn ich flenne.

Sie öffnet die Tür, und ich betrete zögernd den kleinen Raum unter dem Dach. Auch hier drin ist alles wie früher. Die Tapete mit dem Muster aus winzig kleinen Blumen, der Holzschrank, das schmale Bauernbett unter der Dachschräge und die antike Waschstation, bestehend aus Schüssel und Karaffe wirken so, als hätten sie nur auf meine Rückkehr gewartet. Ich räuspere mich, um meinen Hals von dem dicken Kloß zu befreien, der dort seit meiner Ankunft hockt.

Emily deutet mit dem Kinn zur Waschschüssel. „Das ist nur Deko. Wenn du dich frisch machen willst, kannst du das Bad am Ende des Flurs nutzen. Handtücher findest du im Schrank. Ich setze Kaffee auf und warte in der Küche auf dich.“ Das Schmunzeln ist aus ihrem Blick verschwunden.

Ich nicke. Als sie die Tür hinter mir zuzieht und mich allein lässt, bröckelt die mühsam zusammengehaltene Fassade. Das hier ist der Ort, nach dem ich mich so lange gesehnt habe. Die Tränen wegschniefend, werfe ich meine Reisetasche aufs Bett. Mit zitternden Fingern entnehme ich ihr das Päckchen, das ich aus zwei Sweatern gerollt habe, die ich mir gestern in Atlanta bei Walmart gekauft habe. Meine Kleider habe ich in dem Motel neben der Busstation im Badezimmermüll versenkt. Zusammen mit den abgeschnittenen Haarsträhnen. Was wohl das Zimmermädchen am anderen Morgen gedacht hat? Ich lausche ins Haus, und als ich sicher bin, ungestört zu sein, entrolle ich vorsichtig die Sweater. Mit einem dumpfen Laut fällt der handliche Revolver aufs Bett. Die Waffe wirkt auf dem geblümten Bettüberwurf noch fremder als ohnehin in meinem Leben. Ich war immer gegen Schusswaffen. Es widerstrebte meinem ganzen Sein, gestern in diesen Laden zu gehen, den gefälschten Waffenschein vorzulegen und mir die Bandbreite der geeigneten Handwaffen für Frauen zeigen zu lassen. Beim Probeschießen in einem Tunnel, der zum Laden gehörte, hat meine Hand so sehr gezittert, dass mich der Besitzer nachsichtig angelächelt hat. Fünfhundert Dollar ärmer, das schicke Kästchen mit der Smith & Wesson Airweight, passender Munition und einem Flyer der „*Women's Shooting League*“ in einer weißen Plastiktüte habe ich das Geschäft verlassen. In diesem Moment ist mir klar geworden, nichts würde mehr so sein wie zuvor. Als ob es das nicht schon seit drei Monaten war. Doch der Waffenkauf und die Entscheidung, mich als Mann auszugeben, hat meiner Flucht eine andere Dimension gegeben.

Es ist nur ein Gegenstand!, rede ich mir ein. Ein Gegenstand, der mir eine Heidenangst macht. Wie einen toten Fisch hebe ich die Waffe mit zwei Fingern hoch und sehe mich im Raum nach einem geeigneten Versteck um. Gerade, als ich die Matratze anhebe, um den Revolver darunterzuschieben, höre ich ein Rufen von draußen.

„Smith, hierher!" Ein langes Pfeifen folgt.

Ertappt lasse ich die Smith & Wesson fallen. Woher …? Ein Hund bellt. Mein Herz rast und beruhigt sich nur langsam. Es handelt sich bei „Smith" um einen Hund, und die Übereinstimmung mit der Revolvermarke ist rein zufällig. *Oder nicht?* Ich stopfe die Waffe unter die Matratze und spähe vorsichtig aus dem Fenster. Auf dem Hof sehe ich den schwarz-weißen Hund. So genau kenne ich mich mit Hunderassen nicht aus, aber ich glaube, es ist ein Border Collie. Er läuft mit einem Stock im Maul schwanzwedelnd auf einen Mann zu, von dem ich aus meiner Perspektive nur einen Cowboyhut auf einem Körper sehe. Der Mann geht in die Hocke, krault den Hund hinter den Ohren und zieht an dem Stock, den der Hund nicht preisgibt. Sowohl der Hund als auch der Mann haben offensichtlich Spaß an dem eingespielten Kräftemessen. Das Bild hat etwas Beruhigendes. Ich hole tief Luft und entspanne mich. Reiner Zufall.

Unvermittelt hebt der Mann den Kopf und schaut direkt zu meinem Fenster. *O Gott, bitte nicht!*

Nicht hier! Mit einem erstickten Schrei stolpere ich zurück und stoße gegen die Waschschüssel. In letzter Sekunde kann ich verhindern, dass sie mit Getöse zu Boden fällt. Keuchend, als wäre ich einen Marathon gelaufen, lasse ich mich aufs Bett sinken und vergrabe mein Gesicht in den Händen. Die Gedanken rasen. *Wer ist dieser Mann? Was tut er hier? Warum hat er hochgeschaut? Er konnte doch gar nicht wissen, dass in diesem Zimmer jemand ist.*

Nur mühsam beruhige ich mich. *Ich muss diese Paranoia ablegen! Es war reiner Zufall. Niemand weiß, dass ich hier bin.*

Nach einer heißen Dusche geht es mir besser. Die kurzen Haare haben den Vorteil, dass ich schneller fertig bin. Mit dem Handtuch den beschlagenen Spiegel freiwischend, betrachte ich mein ungewohntes Abbild im Spiegel. Die ungeschminkten Augen wirken müde. Ich beiße auf die blassen Lippen und sehne mich nach meinem Lieblingslippenstift. „Was soll's?“, murmle ich, streiche mir über das weite Holzfällerhemd und übe mich noch einen Moment in männlicher Mimik. Dann beschließe ich, Emily zu erlösen.

JESSE

„Jss, ich habe dir ein Sandwich gemacht. Du bist zu dünn."

Ich schnaube. Dieser Spruch stammt wahrscheinlich aus dem Textbuch für fürsorgliche Tanten.

„*Zu dünn?* Das einzig Gute an Italien war, dass ich mich mit Pizza, Pasta und Gelato trösten konnte. Das Hüftgold bekomme ich schwer wieder los."

Emily zieht die Brauen hoch und schiebt den Teller in meine Richtung. *Keine Widerrede!*, signalisiert sie mir. Ich starre auf das riesige Brot mit mehreren Lagen Käse und Schinken, aus dessen Innerem Mayonnaise tropft. Okay, ich gebe es zu: Seit Tagen habe ich nicht anständig gegessen. Mein Magen ist wie zugeschnürt. Emily hat recht. Ich brauche Kraft. Ich zwinge mich, eine Ecke abzubeißen, und schlucke sie nach kurzem Kauen mühsam hinunter.

„Wie geht es Anne? Ist sie glücklich mit Jack?" Emilys ernster Blick steht im krassen Widerspruch zu ihrem Witz. Wir wissen beide, dass Emily keine Schwester hat, die Anne heißt. Ich nehme einen Schluck Kaffee und weiche ihrer Musterung aus. *Mhm!*

„Dein Kaffee ist immer noch der beste, Emily."

Sie schnaubt ungeduldig. „Komm endlich zur Sache, Jessica." Sie hält inne. „Ich sollte mir *Jesse* angewöhnen."

Ich seufze. Zeit, die Karten auf den Tisch zu legen. „Emily ... wie du dir denken kannst, bin ich immer noch auf der Flucht und muss bei dir untertauchen."

Meine Tante zieht hörbar die Luft ein. „Ich hatte die Hoffnung, dass du inzwischen etwas rausgefunden hast und deshalb hier bist. Dass du dich nicht mehr verstecken musst. Aber dann wäre deine Verkleidung wohl überflüssig."

Ich lache trocken. „Das wäre schön. Nein, die Situation ist unverändert."

Ein Schatten huscht über Emilys Züge. Mein Vater und Emily sind sich seit Jahren aus dem Weg gegangen. Für meinen Vater war Emily die Bäuerin, die trotz hoher Intelligenz nichts aus ihrem Leben macht. Die auf der Ranch versauert, die schon seit Langem in Familienbesitz ist. Für Emily war mein

Vater der konservative Stadt-Schnösel, der, anstatt auf einer wunderbaren Ranch zu leben, Unschuldigen das Geld aus der Tasche zieht und damit jegliche Ideale seiner Jugend verriet. Der Bruch geschah etwa in meinem vierzehnten Lebensjahr. Seitdem hat er versucht, mir die Urlaube auf Emilys Ranch auszureden. Nicht offensichtlich. Doch jedes Mal, wenn ich ihn bedrängt habe, den Sommer im Paradies meiner Kindheit in Wyoming zu verbringen, hat er mich mit einer tollen Reise gelockt. So habe ich in den darauffolgenden Jahren die Welt bereist. Die Urlaube bei meiner Tante wurden seltener. Als ich vor sechs Jahren in die Kanzlei meines Vaters eingetreten bin, habe ich die Besuche bei ihr eingestellt. Es ist mir nicht einmal aufgefallen. In der ganzen Zeit haben mein Vater und seine Schwester nicht ein Wort miteinander gewechselt.

Ich sehe Emily an, dass sein plötzlicher Tod vor drei Monaten sie tief trauern lässt. Vermutlich ging sie davon aus, irgendwann würde sich alles einrenken. Nur, dass diese Chance für immer vertan ist.

„Emily, es tut mir leid, dass ich dich jahrelang nicht besucht habe. Ich schätze, ich wollte nicht zwischen die Fronten geraten."

Emily winkt ab. „Das verstehe ich doch. Was mich nicht davon abgehalten hat, dich zu vermissen. Du weißt schon, dass ich mir nach deinem Anruf nach Walters Tod fürchterliche Sorgen gemacht habe. Ich hatte früher mit dir gerechnet. Was denkst du dir dabei? Alle Welt hat dich gesucht, Jesse."

Alarmiert blicke ich hoch. „War jemand hier?"

Sie nickt. „Zwei Mal. Das erste Mal, als ich gerade von der Beerdigung wieder zurück war. Ein junger Mann. Er hat behauptet, er wäre dein Freund ..."

Ich unterbreche sie. „O Gott, George", sage ich händeringend. „Dunkelhaarig, groß, Grübchen im Kinn?", frage ich.

Emily nickt. „Ja, mit George hat er sich vorgestellt. Er wirkte sehr besorgt und machte zunächst einen seriösen Eindruck auf mich. Aber als ich ihm nicht weiterhelfen konnte, wurde er ungehalten. Er hat gewütet, bis ich ihn rausgeworfen habe."

Ich höre Emily kaum zu. Es war klar, dass George mich sucht. Bittere Galle steigt in mir auf, als ich an seinen Verrat denke. In den vergangenen Monaten habe ich jede Sekunde, jede Nuance der zweijährigen Beziehung mit George analysiert. Am Ende konnte ich nicht begreifen, wie ich mich je mit diesem Mann verbunden gefühlt habe. *Habe ich das je?* Es hätte mir auffallen sollen, dass ich George nie von meinen wunderbaren Sommern bei Emily erzählt habe. Er wusste zwar, dass ich eine Tante auf einer Ranch in Wyoming habe, aber mehr auch nicht. Das, was Emily als „seriös" bezeichnet, hat mir an ihm gefallen. Er strahlte immer absolute Sicherheit aus. Dieses Gefühl vermisse ich heute mehr denn je. Aber ich weiß, dass er der Letzte ist, der es mir geben wird. Ich seufze. Alles Grübeln führt zu nichts. Das ist mir in Half Moon Bay am Todestag meines Vaters klar geworden. George ist gefährlich. Er ist ein Feind. Aber das kann er gut verschleiern. Zum Glück ist Emily nichts passiert.

„Und beim zweiten Mal? Wer ist da gekommen?"

„Das war vor etwa einem Monat. Ein älterer Herr mit silbernen Schläfen. Er sagte, du seist eine seiner Junior-Partnerinnen, und er mache sich Sorgen."

Meine Nackenhaare stellen sich auf. Wenn Jeff Fuller, der Gründungspartner und Freund meines Vaters, hier persönlich auftaucht, bestätigt sich die Vermutung, wie komplex die Sache ist. Ob er sich Sorgen um mich macht? Oder steckt er in der Sache mit drin? Ich streiche mit den feuchten Handflächen über die grobe Jeans. *Vielleicht sollte ich lieber weiterziehen?*

„Und, was hast du ihm erzählt?"

Sie legt den Kopf schief. „Na, die Wahrheit natürlich. Dass ich nicht weiß, wo du bist. Dass ich mir ebenfalls Sorgen mache, dass wir jedoch seit Jahren keinen Kontakt mehr haben."

Ich nicke. „Das hast du gut gemacht!"

Sie schnaubt. „Wenn du mich endlich aufklären könntest, was vor sich geht..."

Ich seufze und lege meine Hände breit gespreizt

auf den Holztisch. Ich starre sie an, als könne ich aus ihnen lesen. „Die vergangenen zwei Jahre habe ich in der Kanzlei die Pro-bono-Fälle übernommen. Du weißt, das sind die Fälle von Straftätern, die sich keine teure anwaltliche Verteidigung leisten können."

Emily nickt.

„Ich war schlecht. Zumindest dachte ich das, weil meine Erfolgsquote miserabel war." Ich schnaube bei der Erinnerung. Wie habe ich mir deswegen den Kopf zermartert. „Die Kanzlei hatte eine *Investigatorin.* Sie hat wichtige Informationen über unsere Mandanten oder andere Verdächtige besorgt, um Vorteile vor Gericht zu haben."

Emily nickt. „Ja, das kenne ich aus Anwaltsserien."

„Renée war die Investigatorin bei Morgan, Fuller & Partner. Wir haben eng zusammengearbeitet, und ich denke, sie war die einzige Freundin, die ich in der Kanzlei hatte. Sie war wahnsinnig hübsch und ein einziges Energiebündel. Du hättest sie gemocht."

„Du sprichst von ihr in der Vergangenheit?"

Ich schlucke. „Sie ist von einem Tag auf den anderen verschwunden. Ich befürchte, sie ... lebt nicht mehr." Meine Stimme bricht, als ich es zum ersten Mal offen ausspreche. *Renée! Gott, ich vermisse dich so.* Erinnerungen an intensive Gespräche nach der Arbeit überkommen mich. Sie mochte George von Anfang an nicht, was auf

Gegenseitigkeit beruhte. Aber ich wollte die Freundschaft zu ihr nicht aufgeben, auch wenn George mir damit in den Ohren lag.

Emily schaut mich traurig an.

„Sie hat etwas angedeutet, kurz bevor sie verschwand." Ich sehe es vor mir, als wäre es gestern gewesen:

Vier Monate zuvor:

Wieder einer dieser frustrierenden Fälle, denke ich, als ich den Aktendeckel aufklappe. Das übliche Los eines intelligenten Jungen, der leider im falschen Land geboren wurde und mit Träumen ins gelobte Land kam. Dort aber das Pech hatte, in einem unterprivilegierten Stadtteil zu landen. Auch wenn einige Indizien gegen ihn sprechen, für die Tatzeit hat er ein wasserdichtes Alibi. Im Grunde kann keine Verurteilung erfolgen, solange der Grundsatz *„im Zweifel für den Angeklagten"* gilt. Aber genau das habe ich in den letzten Wochen ein paarmal gedacht und vor Gericht verloren. Ich schlage nach, welcher Richter den Vorsitz hat. Camden. Ein vollkommen empathieloser Mann, der kurz vor der Pensionierung steht und es sich zum Ziel gesetzt hat, jegliches „Unkraut" im Staat auszumerzen. Mit *Unkraut* meint er vor allem illegale Einwanderer. Er ist damit ganz auf der Linie des Präsidenten. Das gilt auch im liberalen Kalifornien. Stöhnend reibe ich mir übers Kinn. Bei diesem

Richter bin ich in den vergangenen Monaten jedes Mal gescheitert. Auch in Fällen, in denen die Beweislage zu unseren Gunsten war. Frustriert schiebe ich die Akte von mir. Wie soll ich das dem Mandanten und seiner Familie nur beibringen? Seufzend erhebe ich mich, um mir den gefühlt zwanzigsten Kaffee an diesem Tag zu holen. Vielleicht sollte ich einmal um den Block laufen. Renée steckt den Kopf zur Tür rein.

„Hey, du kommst gerade richtig. Lust auf eine Auszeit und einen Blaubeermuffin bei Starbucks?", frage ich sie und runzle die Stirn, als ich ihren Gesichtsausdruck sehe. Ernst. Sie blickt über ihre Schulter, als wolle sie sich vergewissern, unter vier Augen mit mir sprechen zu können, und schließt die Tür. Was ungewöhnlich ist, da die Türen der Associates und Junior-Partner normalerweise weit offen stehen. Ich vermute, um die Arbeitsmoral zu stärken und vom Tagträumen abzuhalten.

„Hast du einen Moment Zeit?"

„Selbstverständlich. Setz dich."

Renée schüttelt den Kopf. „Ich stehe lieber." Sie vergräbt die Schneidezähne in der Unterlippe und streicht sich fahrig über ihren extrem kurzen Pixie. In dem eleganten Kostüm sieht sie eher aus wie eine der dunkelhäutigen Anwältinnen als eine Ermittlerin. Ihre Nervosität wäre mir nicht aufgefallen, wenn sie nicht sonst die Coolness in Person wäre.

„Schieß los, was hast du auf dem Herzen?"

Wortlos legt sie mir eine Mappe auf den Schreibtisch, die ich stirnrunzelnd öffne.

„Das ist eine Auflistung der Strafrechtsfälle der Kanzlei aus den letzten fünf Jahren", sagt sie und deutet auf den Ausdruck einer Excel-Tabelle in der Mappe. „Deine Pro-bono-Fälle sind grau hinterlegt. Sieh dir das mal an."

Ich denke, ich höre nicht richtig und ziehe erstaunt die Brauen hoch. „Super, fällst du mir jetzt auch in den Rücken? Ich weiß, dass meine Erfolgsquote die schlechteste in der Kanzlei ist."

Sie verzieht den Mund. Ein Lächeln ist das nicht. „Das meine ich nicht, Jessica."

„Renée, was meinst du dann? Was ist hier los?

„Ich meine, du wärst woanders besser aufgehoben."

„Du weißt, dass ich nicht woanders arbeiten werde. Mein Vater ist einer der Gründer. Als seine Tochter bin ich praktisch verpflichtet, hierzubleiben."

Sie seufzt. „Die Entscheidung musst du selbst treffen."

„Ja, genau. Ich fühle mich auch verantwortlich gegenüber unseren Associates. Ich bin die jüngste Junior-Partnerin hier und arbeite härter als alle anderen. Ich bin diesen Leuten verpflichtet. Eben weil ich die Tochter eines Partners bin."

„Ich bin raus. Leb wohl, Jessica." Sie dreht sich

so abrupt um, dass sie schon bei der Tür ist, als der Sinn ihrer Worte meinen Verstand erreicht.

Ich springe auf. „Leb wohl? Das klingt so endgültig. Was ist denn los, Renée?“ Ich gehe ein paar Schritte auf sie zu. Ich verstehe diese plötzliche Wendung nicht. Gestern bei unserem After-Work Drink war alles noch ... normal.

Renée verschränkt die Arme vor der Brust. Ich sehe ihr an, dass sie mit den Emotionen kämpft.

„Ich kann hier nicht darüber reden. Heute Abend, *Chapman* Bar. Sei pünktlich“, flüstert sie.

Ich nicke stirnrunzelnd. „Okay. Ich werde kommen.“ Warum will sie sich nicht in unserer Stammbar treffen, die um die Ecke der Kanzlei liegt? Zu perplex von dem geheimniskrämerischen Verhalten sehe ich ihr nach, wie sie mit einem letzten zaghaften Lächeln über ihre Schulter den Raum verlässt.

SHANE

Ihr Lächeln aus meiner Erinnerung verblasst, und meine Augen fokussieren wieder Emilys Küchentisch. Ein leiser Kopfschmerz meldet sich zwischen meinen Augen. „Renée ist an jenem Abend nicht gekommen. Während ich gewartet habe, bekam ich eine kurze Textnachricht. ‚*Kann nicht kommen. Sorry R.*' Seitdem habe ich sie nicht wiedergesehen. Sie antwortet nicht auf Anrufe oder Nachrichten. Sie ist wie vom Erdboden verschluckt."

Emily legt tröstend ihre Hand auf meine trotz der Sommerwärme eiskalten Finger. „Hast du etwas mit dieser Liste anfangen können, die sie dir gegeben hat?"

Ich stoße die Luft aus. „Mir ist aufgefallen, dass die Kanzlei eine hohe Freispruchquote hat. Bis auf meine Pro-bono-Fälle. Aber das war mir schon davor bekannt. Ich habe mich das Wochenende darauf mit Dad in seinem Haus in Half Moon Bay verabredet, um ihn zu fragen, was er davon hält oder ob er näheres darüber weiß. Aber als ich dort ankam, war es bereits zu spät."

Wir schweigen einen Moment betreten.

„Du meinst, diese Liste und sein Tod hängen zusammen?"

Ich kneife mir in die Nasenwurzel, doch es bringt wenig Erleichterung. „Im Grunde sind alles nur Vermutungen, die ich mir aus Bruchstücken zusammengereimt habe. Es muss sich um illegale Verflechtungen zwischen Richtern, Anwälten und wahrscheinlich auch der Polizei handeln. Unsaubere Geschäfte, bei denen eine Menge Geld im Spiel ist. Ich weiß nichts Genaues. Ich weiß nur, was immer es auch zu bedeuten hat, war es wert, Dad zu töten. Und wahrscheinlich auch Renée."

Emily nickt automatisch.

Ich seufze. „Es ist gefährlich. Gerade deswegen muss ich wissen, ob ich bleiben darf. Ich kann dir nicht garantieren, dass mich hier keiner mehr sucht. Und dann wärst auch du in Gefahr."

Jetzt verdreht sie die Augen und schmunzelt. „Hört sich an wie in einem Kriminalroman."

„Ja, wie in einem Krimi." Ich bringe doch tatsächlich ein echtes Lächeln zustande. Dass mein Gesicht überhaupt noch weiß, wie das geht. Ich sehe ihr an, wie weitere tausend Fragen hinter ihrer Stirn brennen. Aber sie gibt ihnen nicht nach. Coole Emily! Ich wusste, ich kann mich auf sie verlassen.

„Ich hatte nach deinem Anruf gehofft, dich doch auf der Beerdigung zu sehen. Ich musste alles von Ferne organisieren, und neben mir warst du die einzige Familie, die er hatte“, sagt sie.

Ich schlucke. „Ich war dort“, murmele ich in meine Tasse.

Sie schaut verwirrt.

„Ich habe mich versteckt und Fotos gemacht. Seither hoffe ich, damit eine Spur zu finden, die mir aus diesem Chaos hilft, zu dem mein Leben geworden ist.“ Ich seufze. „Ich stecke immer noch fest. Ich komme in diesem Puzzle kein Stück weiter.“

Emily lächelt mich an, und es ist, als würde die Sonne aufgehen. „Selbstverständlich kannst du bleiben. Du bist doch meine Lieblingsnichte ... Pardon, mein Lieblings*neffe*. Ich habe keine Angst. Und wenn dir jemand etwas antun möchte, muss er erst an mir vorbei!“ Wie zur Unterstreichung ihrer Worte steht sie auf und verschränkt die Arme vor der Brust. Dann legt sie nachdenklich den Kopf schief. „Aber, solltest du dir nicht einen anderen Namen ausdenken? Jesse klingt fast wie Jessica. Falls jemand nach dir fragen sollte, käme er dir schnell auf die Schliche.“

„Ich habe darüber nachgedacht. Aber ich hatte einmal einen Hochstapler als Klienten. Er hat mir erklärt, je näher man an der Wahrheit bleibt, wenn man in eine andere Rolle schlüpft, desto authentischer wirkt es. Und umso eher nimmt die Umwelt einem die Lüge ab. Dieser Tipp hat mir während meiner Flucht sehr geholfen."

„Wow. Jesse also! Mir ist egal, wie du heißt. Ich liebe dich wie ein eigenes Kind und bin sehr froh, dass du da bist."

Tränen brennen in meinen Augenwinkeln, und ich kann nicht mehr an mich halten. Der Stuhl scharrt über den Steinboden, als ich aufspringe und mich in ihre Arme werfe. Zum ersten Mal seit drei Monaten erlaube ich mir, schwach zu sein. Von dieser Frau habe ich nur Liebe erfahren. Sie ist die einzige Familie, die mir bleibt. Und ich ihre. Ich bin so unendlich erleichtert, dass sie mich trotz der Gefahr aufnimmt. Wir stehen eine Weile eng umschlungen in der Küche. Emilys kräftige Hände streichen beschwichtigend über meinen Rücken. Sie duftet vertraut nach Heu und Sonne. Ein Geruch, der zusammen mit ihren tröstend gemurmelten Worten den schlimmsten Heulanfall versiegen lässt. Sie bugsiert mich zurück auf meinen Stuhl, langt in eine Schublade und zieht ein Stofftaschentuch hervor. Die Dinger hatte ich schon fast vergessen. Als ich mich ordentlich geschnäuzt habe, schiebt sie eine frische Tasse Kaffee zu mir und nimmt mir gegenüber Platz. Mir ist millionenfach leichter ums Herz als noch vor zehn Minuten. Es ist, als nähme ich zum ersten Mal seit Wochen meine Umgebung wahr. Die abgenutzten Küchenschränke, der brummende, gut dreißig Jahre alte Kühlschrank, die Tassen mit den verblichenen Blumenmustern und Emilys unzählige Lachfalten.

„Italien also. Bist du in den vergangenen drei Monaten dort gewesen?“, fragt mich Emily und gießt sich Kaffee nach, in den sie drei Löffel Zucker gibt.

„Ja, in einem kleinen Dorf in der Toskana.“

„Dort wollte ich immer mal hin. Ist es so schön, wie man sagt?“

Ich nicke und erzähle ihr von den schmalen Gassen und den Kirchen, den plappernden Italienern und den unzähligen Vespas. Sie seufzt verträumt, bis ich ihr von meinen Ängsten und meinem Verfolgungswahn berichte, die mir mehr und mehr die Freude an der italienischen Lebensart genommen hatten.

„Warum bist du nicht dortgeblieben?“

„Mein Bargeld ging zur Neige. Und die Italiener sind auch nicht das, was ich erwartet hatte. Ohne Arbeitserlaubnis sah es schlecht aus. Ich hatte es satt, passiv zu sein. Ich muss herausfinden, weshalb Dad sterben musste. Außerdem wollte ich nach Hause. Und das einzige Zuhause, das ich noch habe, bist du, Emily.“

Sie lächelt mich an, und an der Art, wie sie rasch am Kaffee nippt, sehe ich, wie sehr sie sich darüber freut.

„Ich bin froh, dass du hier bist.“

„Ich auch. Ich habe dich vermisst, Emily. Und ich vermisse Dad. Wie wahnsinnig. Nachdem ich mich vom ersten Schock erholt hatte, war ich einfach nur traurig. Und einsam. Es war schrecklich."

„Jetzt bist du hier. Und die Familie hält zusammen." Sie lehnt sich zurück und mustert mich kritisch. „Meinst du, jemand nimmt dir auf Dauer ab, dass du ein Mann bist?"

Ich zucke mit den Schultern. „Es klappt, wenn du mich unterstützt. Deine Leute glauben dir. Dein Wort ist für sie Gesetz. Wenn du sagst, ich bin ein Mann, bin ich ein Mann. Du kannst ihnen erzählen, dass ich immer schmächtig war."

Erleichtert nehme ich wahr, wie das amüsierte Funkeln wieder in ihre Augen tritt. „Kein Wunder, meine Schwester Anne hat dich nicht richtig gefüttert."

Ich grinse und bin froh, dass die Stimmung locker geworden ist. Wann habe ich das letzte Mal entspannt Kaffee getrunken?

Auf dem Hof bellt ein Hund. Ich zucke zusammen und erschaudere bei der Erinnerung an die Szene am Fenster. „Du hast einen Hofhund?", frage ich, während ich die Tasse in der Hand drehe.

„Nein, Smith gehört zu Shane."

Ich hebe fragend die Brauen. „Wer ist Shane?"

Meine Tante kneift die Augen zusammen und grinst. „Ich denke, er wird dir gefallen. Er ist einer der Viehtreiber. Ein echter Cowboy."

Ich verziehe das Gesicht. „Tante, die Zeiten, in denen ich auf dem Paddock saß und die Kerle mit den Hüten und Lassos angeschmachtet habe, sind vorbei.“

Emily legt den Kopf schief. Ihr Lächeln ist ungebrochen. „Was ist schlecht daran, gut gebaute Kerle anzuhimmeln?“

Der Ausdruck in meinen Augen lässt sie den Kopf in den Nacken legen und in schallendes Gelächter ausbrechen.

„Ich steh auf gut gebaute Kerle. Aber in meiner jetzigen Lage...“, ich deute auf die Haarstoppel, „wäre es leichtsinnig, hier mit Sternchen in den Augen rumzulaufen. Findest du nicht auch?“

Sie hat sich gefangen und zuckt wieder mit den Schultern. „Also, ich finde, das passt zu deiner neuen Rolle.“

Ich pruste los und sprühe den Kaffee in alle Richtungen.

Sie beugt sich verschwörerisch vor. „Aber dann solltest du dich vor Luke in Acht nehmen. Der steht auf zarte Kerle wie dich. Du hältst dich besser an Männer wie Shane.“

Ich bin es nicht gewohnt, mit einem Familienmitglied über solche Dinge zu reden.

„Shane ist eine Augenweide, da könnte sogar *ich* schwach werden. Die anderen Cowboys sind ... weniger eindrücklich. Er ist seit knapp drei Monaten hier und leistet gute Arbeit.“

„Drei Monate, sagst du?“ Ich werde panisch. Seit meiner überstürzten Flucht vermute ich hinter jeder Veränderung etwas Gefährliches. Und das hat sich in Italien eher verschlimmert. Angst und Paranoia sind keine gute Kombination. „Woher kommt er und welche Referenzen hat er?“

„Er hat einen einwandfreien Lebenslauf und ist in Texas auf einer riesigen Rinderfarm aufgewachsen. Ein echter Glücksgriff für die Farm. Er arbeitet für zwei. Aber warum interessiert dich das so brennend?“

Ich versuche, mich zu beruhigen. „Na ja, ... ach, lassen wir das. Ich fühle mich ständig verfolgt seit Dads Tod. Wahrscheinlich übertreibe ich.“

„Okay.“ Sie scheint zu spüren, dass ich einen Themenwechsel brauche. „Was ist mit George?“

Ich schnaube trocken. „Wir waren zwei Jahre zusammen. Aber ich kann ihm nicht mehr trauen. Es ist sehr wahrscheinlich, dass er für Dads Tod verantwortlich ist.“

„Wie kommst du darauf?“ Emily schaut mich mit blassem Gesicht an.

„Alles deutet auf ihn. Die große Frage ist, warum er das getan hat.“ Ich habe mir seit drei Monaten verboten, an George zu denken. Das letzte Mal sah ich ihn aus der Ferne am Grab meines Dads stehen. Er sah nervös aus, hat sich immer wieder umgeschaut, als erwarte er mich. Ruhig in meinem Versteck zu bleiben, ist mir bei seinem Anblick am schwersten gefallen. Der Zorn über seinen Verrat hat mich beinahe zerrissen. Auch jetzt verdränge ich besser dieses Bild von ihm. Jede Erinnerung an uns.

Ich kann niemandem mehr trauen. Außer meiner Tante. Bei ihr bin ich sicher. Das weiß ich. Und deswegen war es die einzige Konsequenz, meine einsame Flucht durch Europa nach drei Monaten abzubrechen und hierhinzukommen.

Emily mustert mich aufmerksam. „Wenn die ganze Sache vorbei ist, wirst du dein Glück finden, Jesse."

Ich räuspere mich und fahre mit der Hand über die ungewohnt kurzen Haare in meinem Nacken. „Ehrlich gesagt, weiß ich nicht, ob die Sache jemals vorbeigeht", flüstere ich.

Emily legt mitfühlend die Hand auf meinen Arm. „Aber du kannst dich nicht dein Leben lang verstecken, Jesse. Willst du etwa ewig als Mann leben?"

Verzweifelt blicke ich in ihre blauen gütigen Augen und zucke mit den Schultern. Ich habe keine Vorstellung, was die Zukunft für mich bringt.

Ich weiß nicht einmal, wie lange ich noch leben werde.

AUSRITT

Heute wird wieder ein heißer Tag. Das spürt man bereits am frühen Morgen, selbst wenn die Wiesen noch vom Nachttau glitzern. Oder es kommt nur mir so warm vor, denn vor diesem Moment hat mir gegraut. Die halbe Nacht lag ich deswegen wach.

Emily hat mich auf die hintere Veranda geschoben. Auf der die schlaftrunkene Truppe von Cowboys ihr Frühstück einnimmt. Sie stellt sich ans Tischende und bittet um Aufmerksamkeit. Als die Gespräche verstummen und die fünf Männer sich ihr interessiert zuwenden, ist mir vor Aufregung speiübel. *Das klappt niemals! Wie konnte ich mir so einen bescheuerten Plan ausdenken?*

„Guten Morgen, Jungs. Wie ihr seht, haben wir Zuwachs bekommen. Mein Neffe Jesse, der Sohn meiner Schwester aus Idaho, wird uns eine Zeit lang unterstützen. Die nächsten Wochen werden arbeitsintensiv sein. Vor allem beim Branding brauchen wir jede helfende Hand. Wie ihr seht, fehlt es dem Greenhorn noch an Muckis. Das könnt ihr gern ändern. Aber seid nicht zu grob. Nicht, dass ich Ärger mit meiner Schwester bekomme."

Erheitertes Gelächter ertönt, und ich wage endlich, den Kopf zu heben. Was, wenn sie merken, dass ich eine Frau bin?

Ich blicke in freundliche Gesichter, die mir aufmunternd zunicken. Luke ist auch dabei. Er strahlt mich an.

Ein Cowboy steht auf und streckt mir die Hand hin. „Hi, ich bin Peter, der Vorarbeiter. Du kannst dich an mich wenden, wenn die Bande dir Probleme macht."

Entrüstetes Gemurmel der anderen erhebt sich, und einige heben die Hand zum Gruß. Den alten Jock entdecke ich nicht. Ich muss Emily dringend fragen, wo er ist.

Der Reihe nach mustere ich die Männer und nicke ihnen zu. Alle sind sehr gut gebaut und kernige Naturburschen, entgegen der Ankündigung von Emily. Am Ende des Tischs trifft mein Blick auf den Mann, der als einziger nicht lächelt. Die grünen Augen schauen mich so intensiv an, dass ich noch nervöser werde. Sein Blick wandert, und jedes Haar an meinem Körper stellt sich unter seiner Musterung auf. Die Augenfarbe ist nicht das Einzige an ihm, was mir auffällt. Das Gesicht ist kantig. Wie mit Lineal und Winkelmaß gezogen, stehen Kieferlinie und Wangenknochen im Verhältnis zueinander. Eine auffällige Narbe zieht sich von der rechten Braue aus über die Schläfe Er fasziniert mich. Sehr. Wenn da nicht der abweisende Mund wäre. Ein schroffer Strich, dessen Misstrauen über den Tisch zu schreien scheint. Ein Schauder läuft über meinen Rücken, als mir das Bild wieder in den Sinn kommt, wie dieser Mann ohne ersichtlichen Grund zu meinem Fenster hochgeblickt hat. *Sei auf der Hut, Jessica!,* wispert eine beharrliche Stimme in meinem Hinterkopf. Sofort löse ich den Blick von ihm und starre auf den Brotkorb in der Mitte des Frühstückstischs. Sicher ist sicher.

„Oliver und Luke, ihr reitet zur hinteren Koppel und repariert das Trinkbecken." Die beiden nicken und machen sich auf den Weg. Ich blicke ihnen nach und bekomme nur am Rande mit, wie Emily weitere Arbeiter einteilt. „Shane, der alte Anderson hat ein paar unserer Rinder auf seinem Land gesehen. Fang sie bitte wieder ein. Anderson tut, als müsse ich ihm das Gras ersetzen, das sie wegfressen, der alte Geizhals." Tante Emily ist die geborene Chefin, deren Tonfall keine Widerrede duldet. Während Emily mit ihm spricht, huscht mein Blick wieder zu ihm. Sie hat nicht untertrieben. Er ist anders als George.

Sein muskulöser Hals geht in kräftige Schultern über. Mehr als das dunkle Jeanshemd, dessen Ärmel aufgekrempelt sind und männliche Unterarme entblößen, kann ich nicht von ihm sehen. Aber ich bin sicher, der Rest seines Körpers ist ebenso dazu geeignet, mich in Schnappatmung zu versetzen. Obwohl George etwa zwei Mal die Woche im Fitnessstudio des Büros sein Work-out absolviert hat, stammen Shanes Muskeln eindeutig von körperlicher Arbeit unter freiem Himmel. Die gebräunte Haut schimmert wie Gold in der Sonne. Das etwas längere haselnussbraune Haar fällt ihm in die Stirn, und es juckt mich in den Fingern, die Strähne wegzuwischen. Seine abweisende Art schürt mein Interesse. Mein *Interesse*? Was denke ich denn da? Sind das die Vorläufer eines Nervenzusammenbruchs nach der monatelangen Flucht? Der Charme heißblütiger Italiener ist an meinem Desinteresse und meiner Vorsicht zerschellt. Und die waren sehr hartnäckig und freundlich. Wohingegen dieser Typ mir kaum in die Augen schaut. Als er Emily antwortet, bekomme ich die Worte nicht mit, so sehr fasziniert mich diese tiefe Stimme, die eine Saite in mir zum Klingen bringt, die ich bisher nicht von mir kannte. Alles an Shane trieft vor Männlichkeit. Im ursprünglichsten, rauen Sinne. Um die in mir aufkeimende Unruhe zu vertuschen, atme ich tief durch die Nase ein und stoße die Luft durch den Mund aus. Eine Freundin hat mir diese Yogaatmung als todsichere Methode empfohlen, um ruhig zu bleiben. Obwohl ich nie in meinem Leben Yoga gemacht habe, hat mir diese Atemtechnik über manchen aufregenden Moment geholfen.

„... Jesse wird dich begleiten. Dann kannst du ihm direkt das Gebiet zeigen.“

Wie bitte? Schlagartig bin ich wieder im Hier und Jetzt. Das kann nicht Emilys Ernst sein? Ich soll mit dieser Testosteronbombe den Tag verbringen? Allein? Ich versuche, Emily mit einem betont tiefen Räuspern zu verstehen zu geben, dass ich das für eine saublöde Idee halte. Wenn einer merkt, dass ich kein Typ bin, dann dieser Mann. Shane nimmt Emilys Vorschlag gleichmütig hin. Nur sein Blick scheint noch eine Spur intensiver auf mir zu ruhen. Wieder räuspere ich mich.

Emily wendet sich mir grinsend zu. „Hast du etwa einen Frosch im Hals, Jesse? Solltest du direkt am ersten Tag krank werden, schicke ich dich postwendend zurück nach Idaho.“ Ihre Augen blitzen mich vergnügt an.

Ich schüttle automatisch den Kopf.

„Keine Angst, Shane beißt nicht. Nicht wahr?“ Emily lässt ihren Blick warnend auf dem Cowboy ruhen, der kurz einen inneren Kampf auszufechten scheint. Dann hebt er beide Hände.

„Geht klar, Emily. Aber ich spiele nicht den Babysitter. Wenn er schlappmacht, schick ich ihn zurück.“

Einen Augenblick bin ich erleichtert, dass er meine Scharade nicht sofort durchschaut und mich offensichtlich für einen Jungen hält. Dann sackt die Bedeutung seiner Worte in mein Bewusstsein. Das war eindeutig eine Provokation. Sein Blick hält mich fest, während er mit Emily spricht. *Na warte!* Ich bin früher mit Jock immer die Zäune abgeritten. Weshalb sollte ich schlappmachen? Trotzig hebe ich das Kinn und stelle mich ein wenig breitbeiniger hin. So, wie ich denke, ein Mann würde seine Position behaupten. Irre ich mich, oder huscht ein amüsierter Zug über Shanes Züge?

Der Cowboy rückt seinen Stuhl nach hinten, nickt Emily kurz zu und wendet sich an mich. „Sei in einer halben Stunde bei den Ställen. Pünktlich. Ich warte nicht!"

Jawohl, Mister Unfreundlich! So ein Arsch! Als er sich umdreht, stockt mir der Atem. Habe ich *Arsch* gedacht? Holy Mary! Dieser Mann hat den phänomenalsten Hintern, den ich je gesehen habe. Der Jeansstoff spannt sich bei jedem Schritt um die Muskeln seiner kräftigen Beine.

Emily neben mir seufzt verträumt. „Na, habe ich zu viel versprochen?", wispert sie.

Ich boxe ihr leicht in die Seite. Hoffentlich hat sie keiner gehört. Meine Befürchtung zerstreut sich, als der Rest des Teams gleichmütig den Tisch verlässt und mit dem Tagwerk beginnt.

„Tante Emily, musste das sein?", frage ich, als wir in der Küche außer Hörweite sind.

Sie grinst verschmitzt und zuckt mit den

Achseln. „Es hat ja niemand gesagt, du kannst bei deinem Versteckspiel keinen Spaß haben."

Ich seufze. „Unter Spaß verstehe ich etwas anderes, als diesem Typen vorzuspielen, ich sei dein Neffe. Hast du gesehen, wie es ihn nervt, dass er mich dabeihaben muss? Und wie misstrauisch er mich gemustert hat?"

Emily winkt ab. „Das hier ist meine Ranch, und er hat gefälligst zu tun, was ich ihm auftrage."

„Mir ist nicht wohl bei der Sache."

„Blödsinn, Shane ist ein Naturbursche. Wenn sich einer in der Wildnis auskennt, dann er. Du musst dir keine Sorgen machen."

Ich verdrehe die Augen. „Das meine ich doch gar nicht. Was, wenn er sich hier eingeschlichen hat und die Gelegenheit nutzt, um mich zu beseitigen? Er ist seit genau drei Monaten hier. Findest du das nicht auffällig?"

Emilys starrt mich mit offenem Mund an. Dann lächelt sie nachsichtig. „Meinst du nicht, du übertreibst? Du solltest diese Paranoia ablegen. Wir sind in Wyoming, und der Kerl ist ein echter Cowboy. Sieh ihn dir an. Ich habe noch keinen Typen gesehen, der so mit seinem Cowboyhut verwachsen ist. Ich traue ihm."

Ich bin nicht überzeugt. „Okay, selbst wenn er mich nicht umbringt. Was, wenn er mich durchschaut und mich auffliegen lässt?"

Jetzt ist es an Emily, mit den Augen zu rollen.

Sie tupft mir mit dem Geschirrtuch auf die Nasenspitze. „Jesse. Ich weiß, du hast viel durchgestanden. Es ist an der Zeit, runterzukommen. Shane ist ein Cowboy und hat Besseres zu tun, als sich Gedanken über dich zu machen. Und wie gesagt, ich traue ihm."

Ich seufze. „Okay, du hast vermutlich recht. Ich bin es selbst so leid, hinter jeder Ecke Gespenster zu sehen."

Emily lächelt. Dann nickt sie mit dem Kinn Richtung Brotkasten. „Und jetzt spute dich. Shane wartet nicht, hast du doch gehört."

Ich schnaube empört und beginne damit, mich mit Proviant für den Trip einzudecken.

Exakt eine halbe Stunde später komme ich bei den Stallungen an. Emily hat mir eine Lederhose von einem der Jungs aufgedrängt. Ein speckiges, knirschendes Teil, in das ich mich mit Ach und Krach gezwängt habe. Weibliches Hüftgold. Dabei wäre heute das Wetter für ein luftiges Sommerkleid. Aber ich muss zugeben, ich sehe aus wie ein waschechter Cowboy. Ein Outfit, über das ich in San Francisco müde gelächelt hätte. Hier in Wyoming hingegen scheint die Zeit seit dem Wilden Westen stillzustehen, was die Männermode angeht. Ich fühle mich richtig männlich, als ich mit bewusst schweren Schritten auf Shane zugehe. Den Cowboyhut habe ich mir tief in die Stirn gezogen. Er sattelt gerade einen braunen Hengst, ein kraftvolles Quarterhorse.

Der Anblick lässt mein Herz höherschlagen. Dieser Mann mit dem Cowboyhut, der vor der eindrucksvollen Bergkulisse sein Pferd versorgt, hat etwas Unwirkliches. Der Hund sitzt artig neben ihm und hechelt.

„Da bin ich. Pünktlich“, sage ich in meiner verstellten Stimme, als ich mich nähere. Himmel, diese grünen Augen sind wie Röntgenstrahlen. Gar nicht einfach, unter dieser intensiven Musterung wie ein Mann zu laufen. Ich greife mir in den Schritt und tue so, als müsse ich die Kronjuwelen ordnen. Männer fassen sich doch andauernd zwischen die Beine, um zu checken, ob noch alles am rechten Platz ist, oder etwa nicht? Shane scheint die Vorstellung nicht zu beeindrucken. Seine Miene bleibt unbeweglich. Als ich bei ihnen bin, verlässt der Hund den Platz neben seinem Herrchen und kommt schwanzwedelnd auf mich zu. Bevor ich es verhindern kann, landet seine große feuchte Hundeschnauze zwischen meinen Beinen.

„Hoho ..., nicht, Smith!“, sage ich und winde mich unter dem beharrlichen Schnüffeln des Tiers zur Seite. Mit brennend roten Wangen begegne ich Shanes Blick, dessen Brauen nachdenklich zusammengekniffen sind. Er reibt sich übers stoppelige Kinn, und einen Moment lang erwarte ich, dass er eins und eins zusammenzählt. *Schnell, lass dir etwas einfallen, Jessica!*, ermahne ich mich selbst und kraule ein wenig zu hektisch Smiths Fell. „Ha! Du schnupperst wohl die Salami, die mir heute beim Frühstück auf die Hose gerutscht ist.“ *Echt jetzt? Etwas Saublöderes ist dir nicht eingefallen?* Mit klopfendem Herzen löse ich den Blick vom Hundefell, und Shanes grüne Augen schauen direkt in meine Seele. Mir wird heiß und kalt, während ich darauf warte, dass er mich zur Rede stellt.

„Wir reiten Richtung Sheridan. Durch den Canyon. Da braucht man Sitzfleisch.“

Erleichtert stoße ich die Luft aus. „Warum reiten wir?“, frage ich und deute auf die Schnellstraße, die durch den Canyon führt und eine beliebte Route der Touristen ist. Wir könnten locker Emilys Pick-up nehmen. Shane zieht nur vielsagend die Augenbrauen hoch. Aha? Wenn ich doch verstehen würde, *was* er mir sagt. Dass Autos etwas für Weicheier sind? Für Greenhorns wie mich? Okay, ich halte die Klappe.

Er deutet mit dem Kinn auf ein Pferd, das bereits gesattelt ist. „Ich nehme an, mit deinen Reitkenntnissen ist es nicht so gut bestellt. Agnes ist eine umgängliche Stute.“

Ich verdrehe die Augen. Sicherlich bin ich aus der Übung. Die letzten Jahre in der Kanzlei bin ich nicht mehr regelmäßig zum Reiten gekommen. Schon mit fünf Jahren habe ich auf einem Pferd gesessen und bin in meiner Jugend inbrünstig geritten. Sogar bei einem Fässer-Rennen, dem alljährlichen *Barrel-Race* in Shell, habe ich mitgemacht.

Wenn ich auch nur auf dem vorletzten Platz gelandet bin. Und George und ich haben vergangenes Jahr am Rande eines großen Kongresses in England an einer echten Fuchsjagd teilgenommen. Er sah stilecht aus in der weißen eng anliegenden Reithose und dem roten Rock. Alle Frauen haben sich nach ihm umgeschaut. Da kann ein staubiger Cowboy einfach nicht mithalten. Vergeblich verdränge ich die Erinnerung daran, wie aufmerksam George in England war. Er hat mir mit jeder Geste zu verstehen gegeben, wie sehr er mich schätzt.

So ein Dreckskerl! Der perfekte Showman. Urgh! Ich wollte doch nicht an George denken.

Ich schlucke trocken und konzentriere mich auf den Moment. Trotzig recke ich das Kinn und schwinge mich in einer fließenden Bewegung aufs Pferd. Dieser Kerl soll nicht denken, ich sei blutige Anfängerin.

Das Gefühl, nach so langer Zeit wieder auf einem Pferderücken zu sitzen, ist unbeschreiblich. Meine Schenkel schmiegen sich wie von selbst an den warmen Pferdekörper, dessen zuckende Muskeln geduldig auf Befehle warten. Der Duft des Fells steigt in meine Nase. Der Ledersattel, der von einem glänzenden Knauf gekrönt wird, knirscht, als ich mein Gewicht verlagere und nach den Zügeln greife. Ein vertrautes Geräusch. Herrlich. Ich hebe die Hand, um das Sonnenlicht abzuschirmen, und lasse den Blick über die Silhouette der Big Horns schweifen. Dabei sauge ich tief die klare Morgenluft ein und schließe einen Moment genießerisch die Augen. Dieser Ort bedeutet Frieden. Und wenn ich nach den drei Monaten Flucht etwas brauche, ist es das.

Es war die beste Entscheidung, hierherzukommen.

„Wenn du dann fertig bist? Ich möchte los." Shanes spöttischer Tonfall reißt mich aus der Stimmung.

So ein arroganter Typ! Mit einem Schnalzen der Zunge wendet er den Hengst und reitet voraus. Smith folgt ihm. Mit einem leisen Seufzen mache ich mich ebenfalls auf den Weg und spüre, wie die Anspannung in mir wächst. Was, wenn Emily sich irrt und Shane nur auf die Gelegenheit gewartet hat, mit mir allein zu sein? Plötzlich ist der Ausflug in den Canyon eine sehr schlechte Idee. Ich werde ihm vollkommen ausgeliefert sein.

Wir sind einige Meilen geritten, als ich mich langsam entspanne. Wenn Shane mir etwas antun wollte, dann hat er auf dem Ritt einige gute Gelegenheiten verstreichen lassen. Spätestens, seit ich unbehelligt den Shell Creek überqueren konnte, sollte ich darauf vertrauen, dass ich diesen Ausflug überleben werde. Dabei hatten sämtliche Alarmglocken geschrillt, als er seinen Hengst in die Fluten lenkte. Etwa zweihundert Yards weiter war eine Holzbrücke zu sehen, die wir ohne großen Umweg hätten nehmen können. Wie einfach wäre es gewesen, mein Ertrinken wie einen Unfall aussehen zu lassen. Mein Zögern am Flussufer hat Mr. Cool mit einem spöttischen Grinsen quittiert und mich offensichtlich als „Mädchen" abgestempelt. Womit er nicht ganz unrecht hat. Mein Trotz war in jenem Moment stärker als die Todesangst. Und, o Wunder, ich lebe noch.

Seitdem genieße ich den Ausflug und freue mich, nicht im Auto zu sitzen. Obwohl wir einige Male an der Straße entlanggeritten sind, hat dieser Ausritt in der Natur etwas Ursprüngliches. Meine gehetzten Gedanken kommen bei dem gemächlichen Tempo zur Ruhe. Kein Wunder, dass die Ranches in der Umgebung, wie Emily, Urlaube im Stil des Wilden Westens anbieten. Es ist, als wäre die Zeit stehengeblieben. Jeden Augenblick könnte ein Planwagen um die Ecke biegen oder ein Indianerhäuptling mit aufwendigem Federschmuck auf einer der Felskuppen erscheinen. Die Pferde kennen den Weg, und ich habe Muße, die Umgebung zu genießen und nehme Details wahr. Das gleichmäßige Plätschern des Creeks. Die dicke Schicht an Tannennadeln, die die Huftritte dämmt. Die steilen Felswände, die uns umgeben und an denen das Schnauben der Pferde und Shanes Pfiffe, wenn er Smith ruft, bricht. Mit Umgebung meine ich auch diesen Mann, der vor mir reitet. *Himmel!* Er sieht wirklich aus wie aus einem Wildwestfilm entsprungen. Die Ärmel seines Jeanshemds sind aufgekrempelt, und ich kann die Augen kaum von dem Spiel der Muskeln wenden. Die Zügel liegen lässig in einer Hand. Ich frage mich, wie man so gerade sitzen und gleichzeitig so entspannt wirken kann. Sein Unterleib scheint mit dem Tier verwachsen, und ich sabbere fast, als mir unweigerlich das Bild eines Zentauren in den Sinn kommt. Ob er einen so ausgeprägten Oberkörper hat wie diese mythischen Mischwesen aus Pferd und Mensch? Das, was ich unter dem Hemd erahne, spricht dafür. Automatisch setze ich mich aufrechter hin, strecke die Brust raus und verspüre den albernen Drang, kokett mit meinem Haar zu spielen. Als ich die Hand hebe, fällt mir ein, dass dort keine Haarsträhnen mehr sind. Ich. Bin. Ein. Mann. Doch Shane bringt meine Mädchenhormone in Wallung. Dabei hatte ich noch während der Highschool mit diesem Quatsch aufgehört und mich lieber auf den Notenschnitt konzentriert, den ich fürs Jurastudium benötigte. Zu Collegezeiten, als um mich herum wildeste Partys, vielleicht sogar Orgien, stiegen, habe ich mich rausgehalten. Mir blieb neben dem Lernen nicht viel Freizeit, denn ich habe seit Ende der Highschool für Morgan, Fuller & Partner gejobbt.

Es war immer klar, dass ich als Tochter einer der Gründer eines Tages als Partnerin einsteigen werde. Mein Vater hat Bestleistungen von mir erwartet. Ich habe seine Erwartungen noch übertroffen, wollte ihm beweisen, dass wir ein unschlagbares Team sind und er sich auf mich verlassen kann. Selbst die Jungs und später Männer, die ich gedatet habe, genügten Dads Ansprüchen. Wohlerzogen, ehrgeizig ... und *seriös*, wie Tante Emily sagen würde. Das Gegenteil von Shane. Wieder blinzle ich verstohlen auf das Spiel der kräftigen Schultern unter dem Hemd. Und diese Hände. So groß. Wie dafür gemacht, zuzupacken und einer Frau, mir, Wonnen zu bereiten. Beinahe meine ich, seine rauen Finger auf meiner Haut zu spüren und rutsche unruhig im Sattel hin und her. Aber warum sollte er mich im Männeroutfit auch nur ansatzweise interessant finden?

Verflucht! Was tue ich hier?, frage ich mich selbst. Drei Monate Todesangst und Einsamkeit, und gerade mache ich mir tatsächlich Gedanken, ob mich ein Cowboy sexy findet.

Fast reite ich in Shane, der unvermittelt gestoppt hat. Wie gut, dass wenigstens die Stute mitdenkt. Der absurde Gedanke kommt mir, er habe meine Tagträume belauscht und ziehe mich sofort vom Pferderücken in seine Arme. Mit klopfendem Herzen beobachte ich, wie er absteigt. Oder besser: abgleitet. Er steuert auf mich zu und ... O mein Gott! Tut er das, was ich denke?

Im Gehen knöpft er sich die Jeans auf. Ein heißes Brennen steigt in meine Wangen. Er greift in seinen Hosenstall, und meine Augen fallen fast aus dem Kopf. Obwohl ich wegsehen müsste, klebt mein Blick an seinem Schritt. Gleich wird er …

Er verharrt. „Was gibt es da zu glotzen, Jesse? Kurze Pinkelpause.“ Seine Worte haben die Wirkung einer klärenden Ohrfeige.

Am liebsten würde ich vor Scham die Augen zukneifen und hilflose Entschuldigungen stammeln. Ich reiße mich zusammen. Was habe ich mir nur gedacht? Er weiß ja nicht, dass ich eine Frau bin. Wenn er mich in seine Arme gezogen hätte, dann wäre er schwul. Obwohl ich weiß, die attraktivsten Männer spielen oft nicht in meiner Liga, schicke ich ein kurzes Stoßgebet wohin auch immer, dies sei bei Shane nicht der Fall.

Selbst wenn ich nichts davon haben werde.

Während ich Shane beobachte, der einen Baum gießt und versuche, nicht an das zu denken, was er in seinen Händen hält, fällt mir auf, wie sehr auch ich muss. Mist! Ich kann mich ja schlecht neben ihn stellen. Oder hocken, in meinem Fall. Das Plätschern des nahen Flusses wird mit einem Mal unerträglich. Ich steige ab, und der Drang wird im Stehen schlimmer. Mit Mühe halte ich mich davon ab, wie ein kleines Mädchen von einem Bein aufs andere zu springen. Links von mir erspähe ich eine Böschung. Bemüht cool, kraxle ich den Hügel hinauf. Kaum bin ich außer Sichtweite, reiße ich die Lederhose hinunter und hocke mich hin. Ein erleichterter Seufzer entfährt mir. Das war knapp. Ich beiße mir auf die Lippe vor Lachen. Ein euphorisches Gefühl überkommt mich. Diese Scharade beginnt, Spaß zu machen. Und Spaß hatte ich schon lange nicht mehr. Während ich darüber nachgrüble, wann ich das letzte Mal so vergnügt gewesen bin, auch vor den Geschehnissen vor drei Monaten, knöpfe ich meine Hose zu. So ein heißer Tag. Schweißperlen laufen mal wieder zwischen meinen Brüsten hinab, und ich schaue sehnsüchtig auf das glitzernde Nass des Flusses. Das trockene Laub vor meinen Füßen raschelt. Ein glitzerndes braunes Seil windet sich über die Stelle, an der ich vor Sekunden noch gehockt habe. Ein sehr unmännliches Quieken entfährt mir.

„Alles in Ordnung, Jesse?“, Shanes Stimme kommt bereits näher.

Wie gelähmt stehe ich da, anstatt fortzulaufen. „Eine Schlange!“, krächze ich, als er mich erreicht. Ich deute auf das Kriechtier, das natürlich genau in diesem Moment einen äußerst friedlichen Eindruck macht. Es sieht sogar ein wenig ... *tot* aus. O weh! Der Schreck, ein unschuldiges Lebewesen getötet zu haben, setzt ein. Ich konnte noch nie einer Fliege etwas zuleide tun. „Ich denke, mein Schrei hat einen Herzstillstand ausgelöst. Das tut mir leid.“

Ein tiefes Rumpeln kommt aus Shanes Brust. Er wirft den Kopf in den Nacken, sodass der Hut ins Gras fällt. Er lacht doch nicht etwa? Das Grün seiner Augen leuchtet noch intensiver.

„Das ist eine harmlose Natter, Jesse. Rotbauch,

wenn ich mich nicht irre. Die stellen sich gern bei Gefahr tot", keucht er zwischen weiteren Lachern.

Wie aufs Stichwort kommt Leben in das Reptil. Es ahnt wohl, dass von lachenden Menschen keine Bedrohung ausgeht und verzieht sich ins Gebüsch. Oder Shanes grüner Röntgenblick hat die Schlange vertrieben.

„Das kommt davon, wenn man beim Pinkeln allein sein will und sich in die Wildnis verzieht. Hast du was zu verbergen?" Er mustert mich abschätzend, und schlagartig ist jegliches Leuchten aus seinen Augen verschwunden.

Das Herz pocht mir im Hals, als ich krampfhaft nach einer Entgegnung suche. *Was würde ein Mann sagen? Überleg, Jessica!*

„Kann halt nicht jeder so gut ausgestattet sein wie du."

Shane kneift ungläubig die Augen zusammen. Mit einem Mal wird sein Blick milder, und die Mundwinkel zucken. Er hat ein schönes Lächeln, wenn das eins sein soll.

„Ist ja auch egal. Überleg dir das beim nächsten Mal. Du kannst froh sein, dass dich kein Bär erwischt hat."

AUGE IN AUGE

Nach etwa fünf Meilen, die meinem Hintern vorkommen wie einhundert, erreichen wir eine Stelle unterhalb der Shell Falls. Das Rauschen der nahen Wasserfälle liegt in der Luft. Wer mit dem Auto anreist, kann die Fälle von einer der Aussichtsplattformen besichtigen. Wir hingegen sind direkt am Flussufer. Die größte Wucht der Fälle ist an dieser Stelle vorbei. Die Wasserkraft hat tiefe Becken ausgeschürft, und unzählige kleine Wasserfälle füllen und leeren diese Becken. Noch nie konnte ich mich an Wasser sattsehen. Das Wunder eines Flusses, in dem stetig Wasser nachkommt, hat mich schon als Kind fasziniert. Ich erkenne die Stelle wieder, an der ich mit Emily und Jock unzählige Male in den Sommern meiner Kindheit schwimmen war. Am liebsten würde ich laut Jauchzen. Aber ich wage nicht, dem

Impuls nachzugeben. Stattdessen zücke ich mein Smartphone und mache ein paar Schnappschüsse. Dass auf einigen von ihnen Shanes knackiger Hintern ins Bild rutscht, ist rein zufällig.

Der Ritt hierher war hauptsächlich von Schweigen geprägt. Sowohl Shane als auch ich hingen jeder unseren Gedanken nach. Die Mittagssonne hat ihren Höhepunkt erreicht, und ich habe gefühlt tausend Mal die letzte halbe Stunde nach der Wasserflasche in der Satteltasche gegriffen. Selbst Smith sprang nicht mehr so emsig umher wie zu Beginn des Ausflugs. Er trottete hechelnd neben Shanes Hengst her. Ab und an machte er einen Abstecher an den Fluss, um seinen Durst zu stillen oder ein paar Schritte in die Flussmitte zu gehen und den ganzen Körper abzukühlen. Wie habe ich den Hund beneidet!

Shane bringt den Hengst zum Stehen und gleitet ein weiteres Mal vom Pferd.

„Wir rasten!“, sagt er in seiner unbeteiligten Art.

Na dann! Ich steige ebenfalls ab. Aber die Muskeln nehmen mir den ungewohnten Ritt übel. Bereits als ich das rechte Bein über den Pferderücken hebe, ahne ich, der Abstieg wird alles andere als elegant ausfallen. Mühsam unterdrücke ich ein Stöhnen, als ich mit beiden Beinen auf festem Boden stehe. Ich blicke verstohlen zu Shane, der von meinen Schmerzen zum Glück nichts mitzubekommen scheint. Oder sie ignoriert. Er löst den

Sattel und führt den Hengst ins Wasser, in dem Smith bereits schwanzwedelnd wartet. Dies scheint ein Ritual zu sein, denn Shanes Pferd wiehert fröhlich. Der Hengst versucht, nach dem Hund zu schnappen, wobei er mit der Schnauze eine Fontäne Wasser auf Smith schippt. Ich lache, so lustig sieht die Wasserschlacht aus. Ich sehe Shane an, dass er ebenfalls schmunzelt. Der Moment, in dem sich unsere Blicke treffen, fühlt sich an, als würde ein warmer Sonnenstrahl direkt in meine Brust fahren. Halt, nein. Das klingt zu kitschig. Korrektur: als würde ein heißer Luststrahl zwischen meine Beine fahren. Es gibt doch kaum ein erotischeres Bild als einen gut gebauten Cowboy, dessen hellgrüne Augen einen lachend anfunkeln. Meine Libido erwacht vollends aus ihrem Dornröschenschlaf. Am liebsten möchte ich mich sofort mit diesem Kerl im Sand des Flussufers wälzen. Was ist nur los mit mir? Ist es die Umgebung meiner Kindheit, die diese Unbedarftheit in mir auslöst?

Gott, ich bin in Schwierigkeiten. Ich. Darf. Nicht. Schwach werden.

Er bemerkt mein Starren und kneift fragend die Brauen zusammen. Mit betont tiefer Stimme lache ich auf und zeige auf Smith und das Pferd. Das Ablenkungsmanöver scheint geholfen zu haben. Shane watet aus dem Wasser. Kann der auch etwas Anderes machen, als filmreif auf mich zuzukommen? Wo bitte schön ist die Zeitlupe, wenn man sie braucht? Auch dieses Mal kommt er nicht zu mir, sondern löst den Sattel meiner Stute und führt sie ebenfalls in die Furt. Während sich die Tiere im kühlen Nass vergnügen, krame ich Sandwiches aus der Satteltasche und reiche Shane eines. Jeder sucht sich einen dicken Findling, und wir beobachten einträchtig schmausend das übermütige Spiel. Shane hebt sein Sandwich, was wohl Anerkennung ausdrücken soll.

„Emilys Sandwiches sind die besten", sagt er mit vollem Mund.

Ich setze an, zu protestieren. Im letzten Augenblick fällt mir auf, es wäre für einen Mann wohl uncool, darauf hinzuweisen, dass ich die Sandwiches gemacht habe und nicht Emily.

Die Tiere haben genug vom Wasser und haben sich unter den Schatten der Bäume zurückgezogen. Die beiden Pferde grasen, und Smith hat die Augen geschlossen. Ab und an fährt ein seliges Zucken durch den Hundekörper. Auch Shane hat sich zurückgelegt und den Hut über die Augen gezogen. Sein Kopf ruht in echter Cowboymanier auf den verschränkten Händen. Ich begaffe schamlos seinen ausgeprägten Bizeps. Ein tiefer Seufzer entfährt mir, und ich entscheide mich, lieber den Fluss anzusehen. Wie friedlich es hier ist. Bis auf ein paar Insekten und das Plätschern des Wassers gibt es keine Geräusche. Nicht einmal Fluglärm stört die Idylle.

Als ich sehe, wie sich Shanes Brustkorb regelmäßig hebt und senkt, nutze ich die Gelegenheit, mich abzukühlen. Hastig streife ich die Lederhose ab und entledige mich des karierten Hemds. Ein Kontrollblick zu Shane bestätigt mir, dass er schläft. Ich kann es riskieren. In Unterwäsche wate ich ins Wasser. Unter dem Männerunterhemd blitzt die grässliche Bandage hervor, die meinen Busen fest auf den Brustkorb schnürt. In die hässliche Feinripp-Unterhose habe ich eine Socke gestopft, damit es ansatzweise danach aussieht, als hätte ich etwas in der Hose vorzuweisen. Die Socke ist verrutscht und hängt quer unter dem Bauchnabel. Verstohlen blicke ich über die Schulter auf den schlafenden Cowboy. Alles ruhig. Rasch greife ich in den Schritt und drapiere alles wieder am richtigen Ort. Das glitzernde Wasser lockt mich. Wie gern würde ich ausgelassen toben. So, wie die Tiere soeben. Wie ich es in meiner Kindheit getan habe. Die Vernunft und die Vorsicht halten mich davon ab. Es wäre zu auffällig, wenn die nasse Bandage durch das Hemd sichtbar wäre. Oder wenn die Socke im Schritt nass wird und durch die Hose suppt. Seufzend beginne ich, Arme und Gesicht mit Wasser zu besprenkeln. Das kühle Nass entlockt mir ein zufriedenes Stöhnen. Ich werde übermütig, beuge mich vornüber und schöpfe mit beiden Händen Wasser ins Gesicht. Herrlich frisch! Das muss reichen. Ich verliere mich im Glitzern der Lichtreflexe auf der Wasseroberfläche. Dieser Ausflug tut mir gut. Schon lange habe ich mich nicht mehr so lebendig und zuversichtlich gefühlt. Wenn nur die Leute nicht immer Müll ins Wasser werfen würden! Missmutig betrachte ich das längliche Etwas, das ein Stück von mir entfernt auf dem Wasser tänzelt. Sieht aus wie ... eine Socke.

Eine Socke?

Mit mühsam unterdrücktem Quieken pflüge ich durchs Wasser und grapsche nach meinem schwimmenden Gemächt. Das verfluchte Ding glitscht durch die Finger. Fast rutsche ich auf den Steinen aus. Bevor sie sich zwischen zwei Felsen in den Abgrund verabschiedet, erwische ich die Socke. Ha! Ich möchte ein kleines Freudentänzchen hinlegen, als mir auffällt, Hemd und Bandage sind durch die Aktion klatschnass. Urgh! Wie blöd kann man sein!? Hektisch wringe ich die Socke aus und schiebe sie zwischen die Beine. Ein lautes Lachen lässt mich erstarren. Ich fahre herum. Shane steht am Ufer. *Shit!* Wieso schläft er nicht? Obwohl er lacht, erreicht die Heiterkeit seine grünen Augen nicht. Die Art, wie er am Ufer steht, dominant und selbstsicher, lässt einen Schauder über meinen Rücken laufen. Das eben noch erfrischende Wasser kommt mir plötzlich eiskalt vor, als sich mein Körper mit Gänsehaut überzieht. *Ich bin enttarnt. Das war's dann wohl,* schießt mir durch den Kopf. Ich bin eine solche Idiotin! Drei Monate habe ich jeden meiner Schritte geplant und die Deckung keine Sekunde aufgegeben. Und jetzt so etwas! Eine Sekunde nicht aufgepasst, und die Katastrophe ist perfekt.

Unvermittelt nehme ich jedes Detail der Umgebung gestochen scharf wahr. Die Pferde und der Hund im Schatten, Shanes Cowboyhut auf dem Felsen, auf dem er soeben noch friedlich gelegen hat. Die rutschigen Kiesel unter meinen nackten Füßen. An Land hätte ich vielleicht etwas finden können, um mich zu wehren. Diesen Ast dort ... oder den großen Stein am Ufer. Dinge, die jetzt unerreichbar sind. In der Flussmitte bin ich dem Tod gnadenlos ausgeliefert. Warum nur bin ich nicht in der Toskana geblieben? Was war so verkehrt an einem Leben unter quirligen Italienern? Ein Leben in Sicherheit? Ich schlucke trocken. Obwohl mir danach sein müsste, zu fliehen, oder Shane zumindest um Gnade anzuflehen, überkommt mich eine abgeklärte Ruhe. Ich werde diesem Mörder nicht den Gefallen tun und meine Würde verlieren.

Keine Ahnung, wo George und die anderen einen Typen wie Shane gefunden haben, um mir aufzulauern. Wo heuert man Auftragskiller an? Im Darknet? Wie wohl seine Anzeige ausgesehen hat? *Unwiderstehlicher Cowboy bringt jede für Sie um? Erst betäube ich mein weibliches Opfer, indem ich die Hormone in Wallung bringe, dann erledige ich den Rest lautlos und diskret.*

Sollte ich ihnen vielleicht dankbar sein, einen so sexy Killer auf mich angesetzt zu haben? Ich hätte es schlechter treffen können. Zum Beispiel, wenn das letzte, was ich vor meinem Tod sehe, ein pickliger Glatzkopf wäre.

Shane hebt die Hand, und ich wage es nicht, nachzuschauen, mit welcher Waffe er mich niederstreckt. Langsam schließe ich die Augen, und mein wild pumpendes Herz übertönt fast das Rauschen des Wasserfalls. Ein letztes Mal sauge ich Luft in meine Lungen, und mir fällt auf, wie würzig sie ist. Das muss von den Bäumen kommen. Diese Bäume, die wahrscheinlich noch an diesem Ufer stehen, wenn ich längst vergangen bin. Was wird er Emily erzählen? Wo er mich wohl verscharren wird? Ob ich ihn darum bitten soll, es hier an diesem wunderschönen Ort zu tun?

Adieu, Welt!

„Glaubst du wirklich, ich hätte dir abgenommen, du wärst ein Mann?"

Seine Stimme ist nah. Zu nah. Ich blinzle, und Shane steht so dicht vor mir, dass ich den Kopf heben muss, um ihm in die Augen zu sehen. Warum habe ich ihn nicht kommen hören? Kann er übers Wasser gehen? Der Mann ist ein Phantom.

Ein wohlduftendes Phantom. Männlich herb, gemischt mit einem Hauch von Citrus. Der würzige Duft kam definitiv nicht von den Bäumen. Er mustert mich intensiv. Von einer Waffe keine Spur. Vermutlich bevorzugt er den Nahkampf. Damit kann ich umgehen. Will er mich etwa erdrosseln?

Unter Wasser drücken? Mein Herz überschlägt sich. Wie es wohl sein wird, seine starken Hände um meinem Hals zu spüren? Trotz der Gefahr durchläuft mich bei dem Gedanken an seine bevorstehende Berührung ein sinnlicher Schauer. Dennoch gehe ich innerlich in Verteidigungshaltung.

Warum lässt er sich Zeit? Genießt er es, sich an der Angst seiner Opfer zu weiden? Die Katze, die mit der Maus spielt.

„Komm aus dem Wasser. Du frierst." Sein Blick senkt sich auf meine Brust, und die Art, wie er die Brauen weitet, reißt mich aus der Starre. Ich schiele auf mein Unterhemd, und die Brustwarzen zeichnen sich wie harte Kieselsteine durch die nun transparente Bandage ab. Instinktiv hebe ich die Arme und verschränke sie vor der Brust. Shane dreht sich um und geht zurück ans Ufer. Er greift nach einem der Sattel. Als wäre nichts geschehen, lässt er mich bibbernd im Wasser stehen. Langsam tröpfelt es in meinen Verstand, dass er mich nicht töten wird. Zumindest noch nicht. Die Erleichterung macht mich schwach.

Mit schlotternden Knien stolpere ich aus dem Wasser und widerstehe dem Drang, mich erschöpft am Flussufer abzulegen. Ich darf meine Wachsamkeit nicht aufgeben. Ich streife Hose und das Hemd über die nasse Wäsche. Doch das Zittern hält an. Meine Zähne klappern, und ich kann kaum länger stehen. Um mich abzulenken, suche ich nach meinem Hut. Ich entdecke ihn im Gebüsch. Der Wind muss ihn dorthin geweht haben. Die drei Yards erscheinen mir schier unüberwindbar. Ich spüre Shane in meinem Rücken. Er kommt ganz nah. Hatte ich soeben noch den Entschluss, mich mit allen Kräften zu wehren, hält mich das stärker werdende Zittern davon ab. Alles, woran ich denken kann, ist diese Kälte, die Eissplitter durch mein Herz jagt. Shanes Arme legen sich von hinten um mich, und ich erstarre. Was hat er vor? Wird er mich doch erdrosseln?

„Schhht. Es ist alles okay, Jesse“, wispert er in mein Haar. Seine Hände reiben beruhigend meine Arme auf und ab.

Die Worte hängen in der Luft, während mein Körper sich willenlos gegen seine Brust ziehen und sich von Shanes Wärme umhüllen lässt. Ich spüre sein Herzklopfen an meinen Schulterblättern und vergesse einen Augenblick das Zittern. Wie kann es sein, dass ich ihn vor Sekunden noch für meinen Killer hielt und mich jetzt von ihm trösten lasse? Allmählich kehrt die Wärme in meinen Körper zurück. Seufzend lehne ich mich an den Mann in meinem Rücken. Er duftet so gut. Mir wird noch wärmer. Wie leid ich es bin, davonzulaufen. Wie gern würde ich mich fallenlassen. Heimat fühlen. Mich beschützen lassen. Vertrauen.

„Ich werde den anderen nichts verraten. So einen schlechten Job machst du gar nicht“, sagt er, seine Umarmung verstärkend. Ich schiele über die Schulter und begegne seinem aufmerksamen Blick. Die Stärke, die von ihm ausgeht, vermittelt mir eine Zuversicht, wie ich sie seit Monaten nicht gefühlt habe.

„Diese Socke solltest du festpinnen. Auch wenn mir der Gedanke an Nadeln so nah an den Weichteilen nicht zusagt."

Ich kann das Grinsen in seiner Stimme hören, und unweigerlich ziehen sich meine eigenen Mundwinkel nach oben.

„Vielleicht erzählst du mir bei Gelegenheit, weshalb du alle glauben lässt, du wärst ein schwächlicher Milchbubi, Jesse." Er stutzt. „Soll ich dich weiterhin Jesse nennen, oder verrätst du mir deinen richtigen Namen?"

„Jessica", murmle ich kraftlos.

Er gibt ein zustimmendes Geräusch von sich. Dann löst er sich so abrupt, dass ich am liebsten protestieren möchte. Gleichzeitig bin ich erleichtert, dass er nicht weiter bohrt. Über meine Schulter sehe ich, wie er mich zu den Pferden winkt. „Genug getrödelt." Smith begrüßt ihn schwanzwedelnd. Ein ganz normaler Aufbruch nach einer Pause. Die Szene wirkt so harmlos. Ich komme mir total paranoid vor.

„Wir müssen weiter. Wenn wir die versprengten Rinder nicht vor Sonnenuntergang einfangen, werden wir campieren", sagt er mehr zu dem Hund als zu mir. Langsam komme ich zu mir. Die vertrauten Handgriffe mit dem Tier helfen dabei. Grübelnd steige ich auf. Shane und Smith sind schon um die nächste Wegkehre, bevor ich sie einhole. Meine Gedanken rasen.

Wie kann er so cool bleiben? Warum fragt er mir nicht Löcher in den Bauch? Wer ist dieser Mann, wenn nicht mein Mörder?

Und was zum Teufel meint er mit *campieren*?

SCHLAFSACK

„Hier bleiben wir.“

Bleiben? Wir haben die Rinder noch nicht gefunden. Diese Biester! Der Cowboy an meiner Seite flucht und murmelt etwas nicht Jugendfreies über den alten Anderson, der sich bei Tante Emily beschwert hat. Irritiert schaue ich mich um. Zugegeben, ein netter Platz in der Prärie, den das Licht der untergehenden Sonne aussehen lässt wie eine Ansichtskarte des Wilden Westens. Aber hierbleiben? Über Nacht? Ich schiele zu Shanes Sattel. Von einem Zelt ist nichts zu sehen.

Als ich für den Trip gepackt habe, bin ich davon ausgegangen, gegen Nachmittag zurück zu sein. Es war keine Rede davon, eine Nacht unter freiem Himmel verbringen zu müssen. Ich meine: Wir sind doch nicht in einem Cowboyfilm! Als Shane vom Pferd gleitet – so langsam gewöhne ich mich an die geschmeidige Bewegung – und beginnt, Holz und Steine für ein Lagerfeuer zusammenzusuchen, kann ich mich nicht zurückhalten.

„Hey, Shane!“ Typisch, er ignoriert mich. Ich stoße genervt die Luft aus und reibe mir ungeduldig den Nacken. „Wir sind gerade ein paar Meilen von der Ranch entfernt. Emily könnte uns mit dem Pick-up abholen.“ So, jetzt habe ich das mal klargestellt! Das ist das einundzwanzigste Jahrhundert. Als Shane nicht reagiert, zücke ich mein Smartphone. Gott, der Typ ist sexy, aber anstrengend. Ich kann ja verstehen, wenn man keinen Small Talk mag. Aber eine einfache Frage beantworten? Dann muss ich mich eben selbst darum kümmern. Eine gefühlte halbe Stunde laufe ich umher, um wenigstens einen kleinen Balken Empfang zu haben. Das gibt es doch nicht! Selbst in den Käffern der Toskana hatte ich Empfang. Bevor ich Erfolg habe, stirbt der Akku. Mist! Genervt kehre ich zum „Lager“ zurück.

„Hast du Empfang?“, frage ich Shane, der mittlerweile ein Feuer entfacht hat. Jeder Handgriff des Cowboys ist sinnhaft. Er beachtet mich kaum, schüttelt den Kopf und zieht Richtung Fluss ab. In der Hand hält er einen verbeulten Topf, den er aus seiner Satteltasche gezogen hat. Was er noch alles darin hat? Vielleicht sollte ich ihn *Mary Poppins* nennen? Ich presse meine Lippen zusammen, um ein Lachen zu unterdrücken.

„Du hast ja gar nicht geschaut!“, rufe ich ihm hinterher.

Er bleibt nicht einmal stehen, als er erwidert: „Brauche ich nicht, ich habe kein Handy.“

Kein Handy? Überhaupt keines? In welchem Jahrhundert lebt der Mann? Ich habe keine Lust, mir Vorträge über Krebs durch Strahlung anzuhören und nehme die Tatsache hin. Man muss nicht alles kommentieren. Selbst wenn das meinem besserwisserischen Naturell widerspricht.

Als Shane mit dem gefüllten Topf zurückkehrt, platziert er ihn geschickt auf den brennenden Holzscheiten. Er runzelt die Stirn und blickt sich suchend um. „Du hättest ruhig schon deinen Schlafsack holen können. Es wird kalt, wenn die Sonne fort ist.“

Schlafsack? Shit, shit, shit! „Ich ...“, beginne ich verlegen und schiele zu meinem leeren Sattel, der neben den grasenden Pferden liegt. Shane begreift das Dilemma. Fluchend schüttelt er den Kopf, und ich komme mir tatsächlich vor wie ein verwöhntes Stadtmädchen. Die Verlegenheit muss sich auf meinem Gesicht abgezeichnet haben, denn sein Blick wird milder. Er hebt ergeben die Hände.

„Meine Schuld. Ich hätte wissen sollen, dass du Greenhorn nicht daran denkst, wir würden notfalls draußen schlafen.“ Er reibt sich das Kinn, und das Geräusch der Bartstoppel unter den schwieligen Fingern kommt mir in der Abendluft unwirklich laut vor. Wie still es hier ist! Und gottverlassen. Ich werde nervös. Ich werde tatsächlich die Nacht allein mit diesem Mann in der Prärie verbringen. Keiner wird meine Hilfeschreie hören. Ich reiße mich zusammen. Shane hatte zigmal an diesem Tag die Gelegenheit, mich diskret um die Ecke zu bringen. Warum sollte er warten, bis es dunkel ist? Er hat mich sogar gewärmt. Ich muss diese Paranoia loswerden, die mich seit drei Monaten im Griff hat. Er ist ein harmloser Cowboy, der sich mit einem naiven Greenhorn herumplagt, das zu doof war, für sich selbst zu sorgen.

„Dann wird uns nichts anderes übrig bleiben, als einen zu teilen." Shane deutet mit dem Kinn auf seinen Schlafsack.

„Teilen?" Meine Stimme klingt selbst für mein weibliches Ich zu hoch. Irgendwie hatte ich gehofft, nun, da er weiß, ich bin eine Frau, würde er mir gentlemanlike den Schlafsack überlassen. Aber da habe ich bei Shane wohl zu viel erwartet. Cowboys sind offenbar pragmatische Machos. Ich schlucke trocken, als mir noch etwas anderes bewusst wird. Die Vorstellung, mit diesem Mann die Nacht über in einem engen Schlauch zu stecken, ist ... *heiß*. Zu heiß! Um konzentriert zu bleiben, habe ich mir seit Monaten jede Form von Lust untersagt. Schnell senke ich den Kopf und blicke auf die Flammen, in deren Mitte das Wasser im Topf zu sieden beginnt.

Shane schnaubt amüsiert. „Ja, teilen. Wenn dir

das zu eng ist, könntest du zwischen den Pferden schlafen. Da ist es einigermaßen warm."

Ich sagte es schon: ein wahrer Gentleman!

„Nein, ist schon gut", murmle ich.

Shane zieht die Brauen hoch. Ich kann nachverfolgen, wie sich ein spöttisches Grinsen über seine Züge legt.

„Keine Angst, Jessica Ich lass' dich in Ruhe. Ich stehe auf Frauen, die mehr Fleisch am Arsch haben." Er grinst mich vergnügt an.

Den kleinen Stich Enttäuschung, dass ich ihn nicht interessiere, kaschiere ich mit genervtem Augenrollen. Was hat er gegen meinen Hintern? Ich muss mich davon abhalten, das besagte Körperteil abzutasten. Klar, er ist nicht ausladend. Aber bislang habe ich ihn immer für meinen ansehnlichsten Körperteil gehalten. Klein und knackig. Na ja. Jeder nach seinem Geschmack.

Das Wasser kocht. Ich beobachte, wie Shane Kaffeepulver hineinrührt und das Ganze in eine Thermoskanne umfüllt.

Shane hält mir die Tüte mit Trockenfleisch hin, die er ebenfalls aus seinen Satteltaschen gezaubert hat. Ich verziehe angewidert das Gesicht und schüttle den Kopf. Urgh! Wer isst denn so etwas? Allein der Gedanke daran, dieses zähe Zeug in meinen Mund zu schieben, lässt mich erschaudern.

Shane verdreht die Augen. „Ach, möchte Madame etwas anderes?"

Ich zucke mit den Schultern. „Und wenn es so wäre?“ Herausfordernd sehe ich Shane an, dessen Kaubewegungen innehalten. Er schluckt, und ich beobachte fasziniert, wie sein Adamsapfel sich den Hals hinaufbewegt. Plötzlich dreht er den Kopf und lauscht. „Was ist?“, frage ich alarmiert. Er hebt die Hand und bedeutet mir, still zu sein. Ohne eine Erklärung springt er aus dem Schneidersitz in den Stand und sprintet in die Dunkelheit. Instinktiv stehe ich auf und spähe in die Richtung, in die er verschwunden ist. Was ist los? Trotz des Feuers fröstelt es mich. Merkwürdig, dass ich mich in seiner Gegenwart nicht gefürchtet habe und mich nun so allein fühle. Was, wenn er mich hier zurücklässt? Ich höre das Kreischen eines Tiers und ein dumpfes Geräusch. Angespannt lausche ich. Schritte kommen näher. Wenige Herzschläge später schält sich Shanes Gestalt aus der Dunkelheit. In seinen Händen hält er ein zappelndes Tier an den Ohren. Ein Kaninchen? Das arme Wesen! Er hält es hoch und zieht gleichzeitig ein großes Messer aus seiner Satteltasche. Das Tier spürt die Gefahr und verstärkt das Zappeln.

„Lust auf Kaninchenbraten?“

Einen Moment bin ich wie gelähmt vom Anblick der im Lichtschein funkelnden Klinge. Hat er tatsächlich mal eben so ein Kaninchen gefangen? Wie hat er das geschafft? Braucht man dafür nicht eine Falle und viel Geduld? Wie in Zeitlupe sehe ich

Shane das Messer heben, um dem Tier die Kehle zu durchtrennen. „Stopp!“, rufe ich und reiße im letzten Augenblick Shanes Arm zurück. Das Tier windet sich aus Shanes gelockertem Griff und verschwindet in der Dunkelheit.

„Was soll das denn?“ Zum ersten Mal sehe ich echte Verärgerung in seinem Blick.

„Das sollte ich dich fragen. Du kannst doch nicht einfach aus der Laune heraus ein Tier töten!“

„Aus der Laune heraus? Wer von uns war sich denn zu fein für Trockenfleisch und wollte unbedingt etwas anderes?“

Zu meiner Erleichterung verstaut Shane das Messer wieder in seiner Tasche. Ich fahre empört durch mein stoppeliges Haar. „Aber damit meinte ich doch Burger. Oder Pasta. Kein lebendes Tier.“

„Es hätte ja nicht mehr gelebt, wenn wir es erst gebraten hätten.“

Ich stoße einen frustrierten Laut aus, setze an, etwas zu sagen, hebe dann aber resigniert die Hände. Der Mann versteht mich nicht. „Gib mir die Tüte mit dem Trockenfleisch“, sage ich und strecke die Hand aus. Shane lässt sich zufrieden neben dem Feuer nieder und reicht mir das Zeug.

Angewidert schiebe ich mir ein Stück in den Mund, rede mir ein, es handle sich um Kartoffelchips. So klappt es.

„Das hätten wir auch einfacher haben können“, murmelt er.

Ein paar Minuten sind das Rascheln der Tüte und das Knacken des Feuers die einzigen Geräusche. Die Pferde sind zur Ruhe gekommen. Es ist merklich kühler, seit die Sonne untergegangen ist. Über uns spannt sich ein endloses Sternenzelt. Ich hatte vergessen, wie sehr die Sterne in der Wildnis von Wyoming funkeln. Unser Feuer ist eine kleine Lichtinsel in der Unendlichkeit. Langsam entspanne ich mich. Wenigstens muss ich mich nicht mehr verstellen und vorgeben, ein Mann zu sein.

Seufzend schiebe ich einen Fleischstreifen in den Mund und spüle ihn mit heißem Kaffee hinunter. Automatisch greife ich für Nachschub in die Tüte, und Shane lacht leise. Ich zucke mit den Schultern.

Shane hebt die Thermoskanne. „Mehr?"

Ich nicke, und er schenkt mir nach. Meine Finger umklammern die warme Blechtasse. Das Gebräu darin ist schwarz und stark. Trotzdem nicht zu vergleichen mit Emilys Kaffee.

„Läufst du vor deinem Ehemann davon oder einem Stalker?", fragt Shane so unvermittelt, dass ich mich verschlucke.

Als sich meine Atmung wieder beruhigt, sage ich: „Schön wär's." *Mist!* Warum ist mir das rausgerutscht? Ich hätte Shanes Version einfach bestätigen können. Hört sich doch plausibel an: Eine Frau taucht unter, damit ein gewalttätiger Ehemann sie nicht findet. Shane hat sich mir zugewendet und mustert mich aufmerksam. Dieser Mann hat eine direkte, ungefilterte Art, einen wahrzunehmen, die ich noch nie erlebt habe. Obwohl ich ihn erst seit heute kenne, kann ich sagen, ich habe noch nie jemanden getroffen, der so zuhören kann und bei dem kein Wort überflüssig ist. Ob das die Verbundenheit mit der Natur bewirkt? Sein Blick löst in mir den Drang aus, ihm die ganze Geschichte zu erzählen. Ich erinnere mich an den Moment heute, als er mich gewärmt hat. Bereits da hätte ich am liebsten sämtlichen Ballast an ihn abgegeben. Das Bedürfnis, mich ihm anzuvertrauen, eine Einschätzung von außen, vielleicht einen Plan zu bekommen, der mir helfen kann, wird übermächtig. In letzter Sekunde beiße ich mir auf die Zunge. Ich darf in meiner Wachsamkeit nicht nachlassen. Ich kenne diesen Mann nicht. Wie soll mir ein einfacher Cowboy helfen können, wenn ich es nicht kann? Eine Spitzenanwältin, die jeden Schachzug kennt, um den Gegner vor Gericht mit Erfolg in die Knie zu zwingen.

„Sucht dich die Polizei?"

Ich zucke bei seiner Frage zusammen, so berechtigt sie auch ist. „Nein, keine Angst, ich habe kein Verbrechen begangen. Es ist einfach besser, wenn man mich nicht findet. Ich möchte nicht darüber reden."

Er fasst sich mit geschlossenen Augen an die Nasenwurzel, als presse er die drängenden Fragen in seinen Kopf zurück. „Ich kann warten“, lautet seine Antwort, als er mich wieder ansieht.

Ich weiß in diesem Moment so sicher wie das Amen in der Kirche, dass ich ihm alles erzählen werde.

Sehr bald.

„Zeit, schlafen zu gehen“, murmelt Shane, und ich schrecke aus den Gedanken.

„Okay“, sage ich vermeintlich cool, auch wenn ich diesen Augenblick unbewusst verdrängt habe. Was nun? Ob ich die Lederhose ausziehen soll? Das Ding ist nicht besonders bequem, um darin zu schlafen. Als hätte Shane meine Gedanken gehört, zieht er das Hemd über den Kopf und öffnet die Knöpfe seiner Hose. Das kenne ich ja bereits. Mein Herz macht einen Satz, und ich schaue weg. Als wäre es das Natürlichste der Welt, schlüpfe ich ebenfalls aus der Lederhose, und sofort bekomme ich in der kühlen Nachtluft eine Gänsehaut. Als ich mich umdrehe, liegt Shane mit dem Rücken zum Feuer. Seine Gesichtszüge kann ich nicht erkennen. Ich weiß aber, er beobachtet mich. Sofort verstärkt sich die Gänsehaut. Was ausnahmsweise nicht mit meiner Paranoia zusammenhängt. Er hebt einladend eine Ecke des Schlafsacks, und ich krabble zu ihm. Ich hoffe, er trägt außer dem T-Shirt noch Shorts. Bei solchen Naturburschen weiß man ja nie, was unter der Lederhose ist. Sofort frage ich mich, ob er wie ein Hengst behangen ist. Der Vergleich ist nicht so weit von einem Cowboy entfernt. Gott, was spinne ich denn in meiner Nervosität zusammen? Schlechter Gedanke, wenn man zu einem Typen ins Schlaflager krabbelt. Ich atme tief durch und lege mich zu ihm. Sofort umhüllt mich der herbe Duft. Sein halb nackter Körper strahlt eine Hitze aus, die mir bei den Außentemperaturen rätselhaft ist. Ich spüre ihn an meiner gesamten Körperlänge. Meine Füße sind eiskalt, wie immer. Ob ich …?

„Boah, nimm deine Eisfüße von mir. Nur zur Info: Spätestens jetzt wäre mir klar gewesen, dass du eine Frau bist."

Ich grinse in die Nacht. Umständlich winde ich mich und versuche, eine Position zu finden, in der ich so wenig wie möglich von ihm berühre. Was schlicht nicht geht. Auf dem Rücken? Mein Körper ist verkrampft, und mein Herz pocht übernatürlich laut. Wieso stelle ich mich so an? Er hat doch gesagt, er will nichts von mir. *Der Hintern, du erinnerst dich, Jessica?* Außerdem stelle ich mich sonst nicht so prüde an, wenn ein Mann neben mir liegt. Ich versuche, zu überlegen, wann ich das letzte Mal in solch einer Situation war. In einem Schlafsack mit einem Mann, über uns der Sternenhimmel? Niemals. Ich bin auch nicht der Typ für One-Night-Stands. Wenn ich mit einem Mann intim wurde, geschah das frühestens nach dem dritten Date. Ich stelle mir Shane bei einem Date in einem der hippen Restaurants in Downtown San Francisco vor. Ob er den

Cowboyhut dafür ablegt? Ich fühle mich wie ein unreifer Teenager. Und bin hellwach.

„Gib endlich Ruhe, Frau“, brummt Shane neben mir und bewirkt damit das absolute Gegenteil. Jedes Härchen an meinem Körper stellt sich bei seiner tiefen Stimme auf, Hitze fährt in meinen Schoß. Ich reiße mich zusammen, gleichmäßig zu atmen, obwohl ich kaum genug Sauerstoff in meine Lungen ziehen kann. Das geht etwa drei Minuten gut.

Shane seufzt. „So wird das nichts. Rück näher.“

„Wie bitte?“

Jetzt grunzt er etwas Unverständliches. Im nächsten Augenblick spüre ich eine Hand an meiner Hüfte. Mit einem Ruck werde ich auf die Seite gedreht. Die Hand wandert zu meinem Bauch. Shane zieht mich an seinen Körper, bis wir in Löffelchenstellung beieinanderliegen.

„So sollte es gehen, Socke“, murmelt er an meinem Ohr.

Socke? Soll das etwa ein Spitzname sein? Kein besonders schöner, denke ich, als ich an das auf den Wellen tanzende Suspensorium denke. Andererseits hatte ich noch nie einen Spitznamen. Noch nicht einmal in der Schule. Mein Vater hat mich immer beim vollen Namen genannt. Außer als Kind. Da war ich Dads *Lämmchen*. Aber das ist etwas anderes. Ausgerechnet dieser heiße Mann nennt mich Socke. Irgendwie süß. Ich grinse in die Dunkelheit. Bis mir aufgeht, wie nah wir gerade beieinanderliegen. Viel zu nah. Die Enge im Schlafsack ist nicht mehr unerträglich. Dafür spüre ich den Mann neben mir auf der gesamten Rückseite meines Körpers. Von den Schultern bis zu den Fersen. Ich wage kaum, zu atmen, so ungewohnt ist dieses Gefühl. Aber nicht schlecht. Warm und eigentümlich vertraut. Einen Moment liegen wir so, bis mir auffällt, seine Hand liegt immer noch an meinem Bauch. Ich schlucke aufgeregt. Dann versuche ich, vernünftig zu sein. Wo sonst soll er die Hand hinlegen?

Nach zwanzig Sekunden habe ich das Gefühl, seine Finger brennen sich durch das T-Shirt in meine Haut. Da! Hat er gerade den Daumen bewegt? Atemlos konzentriere ich mich auf die Berührung. Das Bewusstsein, wie nahe die Hand an meiner Scham liegt, schießt noch mehr Hitze in meinen Unterleib. Ich werde unruhig, und es kann sein, dass ich ein klitzekleines bisschen dabei mit dem Hintern wackle. Der, den er doof findet. Da! Jetzt hat sich die Hand bewegt. Und in meinem Kreuz hat sich etwas verändert. Es fühlt sich an wie ... *oh mein Gott!* ... Ist das seine Erektion? Ha! Also doch. Mein Triumph währt nicht lange, denn die Vernunft übernimmt. Was passiert hier? Ich kenne diesen Mann nicht. Wir hatten noch nicht einmal ein Date. Oder zählt gemeinsames Trockenfleisch-Essen am Lagerfeuer dazu? Bin ich eine Schlampe, wenn ich mich ihm hingebe? Tausende von anderen geben doch auch täglich ihrer Lust nach. Warum ich nicht? Er ist ein attraktiver Mann. Und ich bin eine Frau. Mir ist mein Geschlecht noch nie so bewusst gewesen wie in den beiden Tagen, in denen ich vorgeben musste, ein Mann zu sein. Ich habe das Frausein vermisst. Vielleicht brauche ich Sex, um mir zu bestätigen, noch eine Frau zu sein? Kann ich ihm wirklich trauen? Ich kann nicht bereits am zweiten Tag auf der Ranch meiner Tante einen Cowboy anspringen. So kenne ich mich gar nicht.

Meinen Unterleib scheint das Gerangel in meinem Hirn nicht zu beeindrucken. Instinktiv schiebt sich mein Hintern gegen seine Hüfte. Die Vorstellung, wie ich mich zum ersten Mal seit Monaten fallen lasse und einfach nur fühle, macht mich schwach. Meine Atmung verstärkt sich, und am liebsten möchte ich die auf dem Bauch wie festgewachsene Hand dazu bringen, auf Wanderschaft zu gehen. Das warme Fleisch meiner Brüste zu kneten, sich in die feuchte Spalte zwischen meinen Schenkeln zu stehlen und dort Wunder zu wirken. Irre ich mich, oder ist die Härte, die ich in meinem unteren Rücken spüre, noch größer geworden? Ich unterdrücke ein erregtes Stöhnen. Shane knurrt in mein Haar. Sein Atem geht schwer, und nun bin ich sicher, dass er mich mit der Hand an sich presst. Gegen seine Erektion. Es ist so heiß. Lust überschwemmt meinen Verstand. Ich will mehr und verhehle es nicht mehr.

Ich lege die Hand auf seine, um sie an die

Stellen zu lotsen, wo ich sie am drängendsten brauche. „Shane …“, wimmere ich in die Nachtluft.

Mein Laut hat die Wirkung einer kalten Dusche auf den Cowboy. Fluchend entzieht er mir die Hand und reißt den Verschluss des Schlafsacks auf. Mit großen Augen verfolge ich, wie er im Schein des Feuers seine Lederhose findet. Er hat Mühe, sie über die immer noch beachtliche Erektion zu ziehen, von der ich kaum den Blick wenden kann. Ich lag mit dem Hengst nicht so falsch. Dabei flucht er vor sich hin. Er knöpft sich das Hemd zu, greift nach seiner Jacke und verschwindet in der Dunkelheit. Das Ganze hat keine Minute gedauert, und erst jetzt begreife ich die Zurückweisung. Wie ein Schwall kalten Wassers wird mein Verlangen von dem demütigenden Gefühl gelöscht. Ich schlucke Tränen zurück, die in meinen Augenwinkeln brennen. Was habe ich mir nur dabei gedacht? Erst denke ich, er ist mein Killer, und dann reibe ich mich an ihm wie eine rollige Katze? Dabei hat er mir klar und deutlich zu verstehen gegeben, er steht nicht auf meinen Arsch. Er ist ein Angestellter meiner Tante, und er weiß, ich bin kein Typ. Ich bin völlig in seiner Hand. Wenn auch nicht mit den Körperstellen, an denen ich es will.

Nachdem ich ein wenig in Selbstmitleid geschwelgt habe, steigt ein anderes Gefühl in mir auf: Erleichterung.

GUTE NACHT

Eine Hand reißt mich grob zur Seite. Benommen blinzle ich die Müdigkeit weg. „Shane?“, murmele ich fragend.

Es ist kalt. Der Schlafsack ist fort. Das Feuer niedergebrannt. Fröstelnd reibe ich über meine Arme. Warum hat Shane mir die Decke weggenommen? Typisch. Als ich einschlief, war der Cowboy noch nicht zurück. Ich habe versucht, wach zu bleiben, muss aber eingeschlafen sein.

„Steh auf, Jessica!“ Die Stimme lässt mich zusammenzucken.

George? Was macht er hier in der Wildnis? Wo zum Teufel ist Shane? Schlagartig bin ich hellwach. Hektisch setze ich mich auf und taste im Dunkeln nach meiner Lederhose. Es ist noch nicht Tag. Nur ein silbriger Streif ist am Horizont zu sehen.

„Ich habe dich vermisst, Jessica.“ Der hämische

Tonfall meines Exfreundes jagt mir einen Schauder über den Rücken. Trotz seiner Worte versuche ich, mit zitternden Fingern in meine Kleidung zu schlüpfen. George reißt mir die Hose aus der Hand. Das tadelnde Schnalzen seiner Zunge schallt durch die Dunkelheit. „Du brauchst dich nicht anzuziehen. Wir wollen doch ein wenig Spaß miteinander haben. Obwohl ich deinen neuen Haarschnitt abscheulich finde."

Ich umklammere meine Knie und versuche, die Hoffnungslosigkeit, die in mir aufkeimt, zurückzudrängen.

Gibt es Hoffnung? Warum hat Smith nicht Alarm geschlagen? Oder die Pferde? Ich schiele zu dem Platz, an dem die Tiere gestern Abend lagen. Aber dort ist nichts mehr. Nicht die Spur von ihnen oder Shane. Ich bin mutterseelenallein. Was hat George mit ihm gemacht? Der Verlust des Cowboys hinterlässt ein trostloses Gefühl. Es ist allein meine Schuld, dass es ihn getroffen hat.

Endlich wage ich es, den Blick zu meinem Peiniger zu heben. George trägt einen maßgeschneiderten Anzug, der in der Prärie völlig fehl am Platz ist. Beinahe erheitert mich sein Anblick. Er wird sich nie ändern.

Bedrohlich ist er über mir aufgebaut. Mit einem selbstgefälligen Grinsen hält er einen Revolver auf mich gerichtet, den ich trotz der Dämmerung klar erkennen kann. Es ist meine Smith & Wesson.

Woher hat er die Waffe? O Gott! Er muss auf der Ranch gewesen sein. Was ist mit Emily? Ich springe auf und stolpere rückwärts. Suchend schaue ich mich nach einem Gegenstand um, mit dem ich mich verteidigen kann. Er schnaubt amüsiert.

„Du kannst nirgendwo hin, Jessica. Es ist vorbei! Akzeptier das."

Tief Luft holend stelle ich mich ihm. Wenn ich schon sterben muss, möchte ich wenigstens Antworten haben. „Warum, George? War Geld es wert, alles aufzugeben und ein Verbrecher zu werden?"

Er zuckt mit den Achseln. „Das wirst du nie verstehen. Dir fehlt der Ehrgeiz."

Ein Wimmern ertönt in seinem Rücken. George hebt genervt eine Braue. Diese Geste kenne ich. Meine Augen, die sich mittlerweile an das dämmrige Licht gewöhnt haben, erspähen hinter George eine zusammengeschnürte Gestalt. Eine Frau, deren Gesichtszüge sich mir allmählich offenbaren.

„Renée?" Meine Stimme klingt schrill und schreckt einen Raubvogel auf, der meinen Laut aufnimmt. Renée ist bewegungslos, aber sie lebt. „Was hast du mit ihr gemacht, du Schwein?"

George kommt näher, und es kostet mich alle Kraft der Welt, nicht zurückzuweichen. Wie ein dunkler Berg ragt er vor mir auf, und sein penetrantes Aftershave reizt meine Sinne. Warum ist mir nicht vorher aufgefallen, wie unerträglich ich diesen

Duft finde? Im Vergleich zu Shanes männlicher Note.

„Dasselbe, was ich mit dir machen werde, meine *Schöne*."

Der vertraute Kosename ekelt mich an. Erinnerungen an die seltenen intimen Momente, die ich mit George geteilt habe und in denen es sich meistens um seine Befriedigung drehte, lassen mir die Galle in der Kehle aufsteigen. Alles an diesem Mann war eine Lüge. Ohne die Mündung der Waffe zu senken, greift George in seine Jackettasche und zieht etwas heraus. Das Blut, das in meinen Ohren dröhnt, mischt sich mit Renées Wimmern. Die Sterne sind verschwunden. Der Himmel ist pechschwarz.

„Iss, Jessica!", sagt er fordernd.

Zunächst verstehe ich nicht. Dann entdecke ich auf seiner Handfläche einen runden Keks. Erdnuss! Entsetzt schüttle ich den Kopf und presse die Lippen zusammen. George steckt die Waffe in den Hosenbund, umfasst mit der nun freien Hand grob mein Gesicht und zwingt mich, den Mund zu öffnen. Obwohl ich mich wehre und ihn am Schienbein erwische, habe ich keine Chance gegen den unerbittlichen Griff. Sein Lachen ist unheimlich. Mit der anderen Hand schiebt er mir grob den Keks in den Rachen.

„Iss, Jessica. Damit es dir genauso ergeht wie deinem Schwächling von Vater."

Obwohl ich weiß, dass ich nicht allergisch bin,

sträubt sich alles in mir, den Keks zu schlucken. Mit irrem Blick hält er mir den Mund zu, und die Keksbrocken sacken in die Kehle. Ich wehre mich, würge. Krümel verfangen sich in meiner Luftröhre, doch Georges unerbittliche Finger um meine Nase lassen mir keine Chance, zu husten. Wenn ich an die Waffe gelangen könnte. Sie scheint so nah und ist doch unerreichbar. Der Luftmangel lässt Sterne vor meinen Augen tanzen. Ich will schreien. Aber ich habe keine Kraft mehr. Mein Blickfeld verengt sich, und mit letzter Anstrengung trommle ich auf Georges Brust ein, um ihn von mir zu schieben. Doch es ist, als würde ein Kind gegen eine Hauswand klopfen. So muskulös hatte ich George gar nicht in Erinnerung.

„Jessica!"

Wild schlage ich um mich, während die letzte Atemluft aus meiner Lunge weicht. Ich bin doch noch so jung! Wer wird Renée jetzt helfen?

„Jessica! Es ist alles gut. Wach auf!"

Ich schlage die Augen auf und finde mich in Shanes Armen wieder, die meinen sich wehrenden Leib umklammern. Frische Nachtluft strömt in meinen Hals, die ich gierig aufsauge. Endlich kann ich husten, obwohl ich, wie ich feststelle, keine Krümel in der Kehle habe.

Als ich langsam in die Realität zurückfinde, kommt die Erkenntnis wie ein warmer Sonnenstrahl über mich: Es war ein Traum!

Ich bin in Sicherheit. Und Shane ist es auch. Er lockert die Umarmung, doch ich kann ihn nicht loslassen. Ich werfe mich an seine Brust. Der Duft und das schlagende Herz an meinem Ohr geben mir letzte Gewissheit. „Du lebst! O mein Gott! Ich hatte einen fürchterlichen Traum!"

Seine Hände streicheln beruhigend über meinen Rücken, und er gibt mir alle Zeit der Welt, runterzukommen. „Klar, lebe ich. Was sollte ich sonst tun?"

Ein Schnauben entfährt mir. Dieser Typ ist so was von cool. Smith stupst mich mit seiner feuchten Schnauze an. Er möchte mich auch trösten. Ich kraule das lockige Fell hinter den Ohren. Die klugen Hundeaugen, die von einer rautenförmigen schwarzen Blesse auf der Nase getrennt sind, blicken mich wach an. So süß! Die Erheiterung ist von kurzer Dauer. Die unerwartete Zärtlichkeit von Mann und Hund öffnet sämtliche Schleusen. Es beginnt mit einem einzelnen Schluchzer. Dann laufen mir heiße Tränen über die Wangen und benetzten sein Shirt. Anstatt mich von sich zu schieben, verstärkt Shane die Umarmung. In einer einzigen Bewegung lässt er sich in den Schneidersitz sinken und zieht mich auf seinen Schoß. Das Gesicht in seiner Halsbeuge vergraben, lasse ich alles raus, während Shane mir übers Haar streicht, tröstende Worte murmelt und einfach nur da ist. Nach einer gefühlten Ewigkeit beruhige ich mich. Als nur noch vereinzelte Schluchzer aus meiner Kehle kommen, hebt Shane mit zwei Fingern mein Kinn an und mustert mich besorgt.

„Kaffee?“, fragt er, und aus irgendeinem Grund muss ich grinsen, als ich nicke.

Ich an seiner Stelle würde ihm Löcher in den Bauch fragen, aber er erkundigt sich, ob ich etwas trinken möchte. Ein rätselhafter Mann! Shane bläst in die Glut, und mir wird auf einmal bewusst, dass ich halb nackt bin. Als ich die klamme Lederhose überstreife, bedauere ich kurz, dass Shane kein einziges Mal meine nackten Beine berührt hat, als ich auf seinem Schoß saß. *Du spinnst doch, Jessica!*

Shane dabei zu beobachten, wie er schweigsam das Feuer neu entfacht, Wasser aufsetzt und schließlich das starke Getränk in den Becher gießt, den er mir reicht, rührt etwas in meinem Inneren an. Der Schrecken von vorhin ist mit einem Mal einem warmen Gefühl gewichen, das ich nicht richtig greifen kann. Und greifen möchte.

Nach dem ersten Schluck fällt mir auf, dass ich mir seit einem Tag die Zähne nicht geputzt habe. O Gott! Ich hoffe, ich habe ihn bei meiner Heulattacke nicht angehaucht. *Komm runter, Jessica!*

Nach der ersten Tasse bin ich so weit.

„Was möchtest du wissen?“, frage ich ihn, und er hebt überrascht die Brauen. Als müsse er erst sorgfältig abwägen, da er nur eine begrenzte Menge an Fragen hat, runzelt er nachdenklich die Stirn. Ich mustere die hohen Wangenknochen und die feinen

Fältchen um seine Augen. Die Bartstoppel bilden einen ausgeprägten Schatten um seine vollen Lippen. *Wie wohl seine Küsse schmecken?* Rasch senke ich den Blick.

Er reicht hinüber und nimmt mir die Tasse aus der Hand, um selbst einen Schluck zu nehmen, bevor er sie mir zurückgibt. Die Geste hat etwas so Intimes, dass ich den Impuls, mich in seine starken Arme zu werfen, diesmal nicht zum Trost, nur mit Mühe unterdrücke.

„Wer ist George?“

Vor Schreck lasse ich fast die Kaffeetasse fallen. „Was? Woher kennst du den Namen?“

Er neigt den Kopf. „Du hast im Schlaf gesprochen ... oder besser geschrien. Der Name George kam mehrfach vor.“

Ich versuche, mein wild schlagendes Herz zu beruhigen. „George ist der Mann, mit dem ich die vergangenen zwei Jahre zusammen war und vor dem ich mich jetzt verstecke.“

„Ich dachte, es gäbe keinen Stalker?“

„Na ja, er passt nicht recht ins Bild eines *Stalkers*. Ich meine, er lauert mir nicht auf, weil er mich zu sehr liebt oder irre ist. Er ...“ Soll ich es wirklich sagen? „Er will mich umbringen.“ Ich erwarte, dass Shane einen spöttischen Spruch bringt, doch er schaut konzentriert ins Feuer.

„Wie kommst du darauf? Hat er es schon versucht?“

„Nein. Aber es ist so. Ich weiß etwas, das für ihn gefährlich ist." Sein Schweigen animiert mich, weiterzusprechen. Wie gut es tut, endlich über meine Erlebnisse reden zu können. Mit jemandem, der einen Blick von außen auf alles werfen kann. Der vielleicht sogar eine Lösung hat?

Shane reckt die Hand, und in wortloser Verständigung reiche ich ihm den Kaffeebecher.

„Und im Traum hat er dich gefunden und umgebracht", stellt Shane fest.

Ich nicke. „Ja, mit einem Keks."

Nun entfährt Shane ein Glucksen. „Stimmt, von einem Keks hast du im Schlaf auch geredet."

Ich verziehe das Gesicht. Das alles muss furchtbar albern klingen. *Wenn es das doch nur wäre!* Vielleicht war es eine schlechte Idee, Shane etwas zu erzählen.

„Und jetzt bist du bei deiner Tante untergetaucht. Ist sie überhaupt deine Tante?"

„Ja, Emily ist die Schwester meines Dads."

„Und dein Vater lebt in Idaho?"

„Nein. Wir sind aus San Francisco. Dad lebt nicht mehr." *George hat ihn umgebracht,* füge ich in Gedanken zu. Es nur zu denken, bringt wieder das Gemisch an Trauer und Wut in mir hoch, das seit Wochen in mir wütet.

„Und jetzt versteckst du dich bei Emily und hoffst, die Sache würde sich von selbst erledigen?" Shane blickt mich so eindringlich an, dass mir mulmig wird. Ich beantworte die Frage mit einem Achselzucken, und Shane seufzt.

„Und dieser George. Ist er der Einzige, dem du schaden kannst?"

Mit dieser Frage habe ich nicht gerechnet. Sie wirkt fast zielgerichtet. Oder bilde ich mir das nur ein? Es wird Zeit, das Gespräch zu beenden. Ich schütte den Kaffeerest ins Gras und deute auf die aufgehende Sonne. „Zeit, die Rinder einzufangen."

Er holt Luft, als wolle er etwas sagen, besinnt sich dann aber anders und verschraubt die Thermoskanne.

„Wo hast du eigentlich geschlafen?", frage ich ihn, während ich den Schlafsack einrolle. Wenn ich auch im Traum einiges durcheinandergebracht habe, habe ich doch mitbekommen, dass Shane vollständig angezogen und sein Hemd stark verknittert ist. Er reibt sich den Nacken und grinst. „Zwischen den Pferden. War ganz kuschelig dort."

Der Morgen macht mich übermütig, vielleicht ist es das Koffein. Denn ich erwidere keck: „Selbst schuld. Du hättest es noch kuscheliger haben können. Aber: Wer nicht will, der hat schon!"

Sein Blick ist Gold wert.

LASSOKÜNSTE

„Da sind sie!“ Shane stoppt das Pferd und deutet auf eine Gruppe schwarzer Punkte etwa eine halbe Meile entfernt. Ungläubig schaue ich ihn an.

„Wahnsinn! Das hast du auf die Entfernung sehen können?“

Er grinst mich an. „Gelernt ist gelernt.“

Das erste Mal während unseres Ausflugs fällt er in Galopp und jagt davon, bevor ich noch etwas erwidern kann.

„Wer zuerst da ist“, ruft er mir über die Schulter zu.

Ein Adrenalinstoß durchfährt mich, als ich den gut gebauten Cowboy über die Steppe jagen sehe. Ich lache befreit und drücke die Fersen in die Flanken meiner Stute. Natürlich habe ich gegen Shane keine Chance. Was nicht nur am Vorsprung liegt. Der übermütige Ritt, bei dem mir sogar ein paar Jauchzer entfahren, schüttelt endgültig das Grauen des Traums fort.

Seit unserem Gespräch heute Morgen hat sich etwas verändert. Vielleicht liegt es daran, dass ich entspannter bin und nicht mehr misstrauisch jeden Handgriff von Shane beäuge. Selbst mir ist mittlerweile klar, er ist nicht mein Killer. Er ist ein Cowboy auf dem Hof meiner Tante. Ein sehr ansehnlicher Cowboy.

Es kommt mir vor, als halte Shane mich im Blick, um sicherzustellen, dass es mir gut geht. Wann immer ich zu ihm hinsehe – und das kommt oft vor bei diesem *eye candy* – ruht sein Blick auf mir. Er lächelt mich dann an, als wolle er mir versichern, alles sei in Ordnung. Und ich lächle zurück. So ist der Vormittag in dieser herrlichen Landschaft ohne viel Worte vergangen. Wenn es nach mir ginge, könnten sich die Rinder gern noch eine Weile verstecken und ich ließe es auf eine weitere Nacht eng an Shane geschmiegt ankommen. Wer braucht schon Smartphones, heiße Duschen und Hautcreme, wenn Shane einen wärmt? Vielleicht lässt er sich heute Nacht von meinem Hinterteil überzeugen? Ich verliere mich in Tagträumen und spüre der Erinnerung nach, wie sich seine Hand auf meinem Bauch angefühlt hat.

Ein langer Pfiff reißt mich aus den Gedanken. Smith schießt an meiner Stute vorbei und holt Shane ein. Die fünf Rinder lassen sich durch uns nicht beirren. Sie knabbern an den trockenen Grasflecken, als ginge sie die Reiter und der Hund nichts an. Shane gleitet vom Pferd und greift nach dem Lasso am Sattel. Smith nähert sich den Rindern von der anderen Seite. Die Rinder bleiben gleichmütig. Ihnen ist es offenbar egal, dass sie erwischt wurden und eingekesselt sind. Umso übertriebener kommt mir Shanes Cowboygehabe vor. Auch wenn es sehr sexy aussieht.

Shane beginnt, die Lassoschlinge über dem Kopf zu schwingen. Sein gesamter Körper ist in Bewegung. Die Hüfte gleitet in laszivem Rhythmus nach vorn, und das Spiel des Bizeps unter dem Hemd ist zum Niederknien. Ich lecke mir die Lippen und rutsche unruhig im Sattel umher. Wenn ich Akku hätte, würde ich das Schauspiel gern filmen. Wie ein sexy Cowboy Rinder mit dem Lasso einfängt, bringt sicherlich viele Klicks. Vielleicht ließe sich das gleich in einen Pornokanal stellen? Ob ich Shane bitten kann, das Hemd auszuziehen? Ein unkontrolliertes Lachen entfährt mir genau in dem Moment, als Shane das Lasso Richtung Kuh loslässt. Durch meinen Laut zuckt er zusammen, und die Schlinge verfehlt ihr Ziel. Ich kann nichts dafür, dass ich wieder lache, was mir einen strengen Blick von Shane einbringt. Ich hebe entschuldigend die Hände.

„Sorry, ich wollte dich nicht in deiner Konzentration stören."

Er räuspert sich und setzt erneut an. Die Schwingungen, die soeben harmonisch waren, wirken unrund. Ich beobachte, wie er mich aus dem Augenwinkel im Blick behält. Aha, da kann wohl jemand gerade nicht. Ich beiße mir auf die Lippen, um den nächsten Lacher zu unterdrücken. Ich verhalte mich wie ein Teenager. Aber es ist mir egal. Dieser Ausflug hebt meine Stimmung immer mehr. Genervt lässt Shane das Seil sinken.

„Kannst du damit aufhören?"

So gut es geht, setze ich einen unschuldigen Blick auf. „Womit denn?"

„Das weißt du ganz genau", brummt er und hebt das Lasso.

Ich neige den Kopf und werde übermütig. „Du magst es wohl nicht, wenn dir jemand dabei zusieht?" Das Lasso eiert und knallt zu Boden. *So ein Spaß!* Shane dreht sich mit Sturm im Blick zu mir um. Und noch etwas anderes ist in seinen Augen, das mir Hitze in die Wangen und südlichere Regionen meines Körpers treibt. Er sieht gefährlich aus. *Heiß*.

„Komm her!", sagt er, und seine Stimme ist einen Tick tiefer als sonst. Der Befehlston ist so sexy, dass ich zögere. Ich bin mir nicht sicher, ob mich meine Beine tragen werden. Um Zeit zu schinden, schaue ich mich um. Als könnte noch jemand anderes als ich gemeint sein. Er seufzt genervt.

„Komm einfach her, Jessica." Dass er meinen richtigen Namen sagt, macht den Wackelpudding in den Knien nicht besser.

Ich lasse mich vom Pferd gleiten und versuche, seine geschmeidige Bewegung zu imitieren. Was mir nicht gelingt. Wie erwartet knicke ich ein, als ich festen Boden berühre. Der Muskelkater ist höllisch, und mit steifen Beinen stakse ich zu ihm.

Er hält mir das Seil hin. „Hier, versuch du es."

„Ich? Ich weiß überhaupt nicht, wie das geht," versuche ich, mich zu drücken. Jock hat es mir schon als Kind beigebracht, doch ich weiß nicht, ob ich es nach all den Jahren noch kann.

„Ich zeige es dir. Stell dich hier vor mich."

Ich nehme das Lasso entgegen und stelle mich vor ihn. Er tritt dicht an mich heran. Die Körperwärme in meinem Rücken macht mich unruhig. Automatisch atme ich schneller. Zu lebhaft ist mir in Erinnerung, wie sich gestern im Schlafsack seine Erregung in meinem Kreuz angefühlt hat.

Über meine Schulter deutet er auf einen der Rinderköpfe. „Den peilst du an."

Ich räuspere mich. „Aber der grast ja."

Er lacht leise. „Eben, du musst warten, bis er den Kopf hebt und dann loslegen."

Ich hebe das Lasso und versuche, mich zu entsinnen, wie die Armbewegung ging, um die

Schlinge zum Schwingen zu bringen. Shane scheint nicht zufrieden zu sein, denn er umfasst meine Hüfte und fixiert mich. Die warme Hand an meinem Körper lässt mich vor Wonne kurz die Augen schließen.

„Nicht so zappeln, Jessica. Du brauchst einen festen Stand, wenn das Rind losläuft. Und halte das Handgelenk nicht so steif."

Ich blinzle. Durch den Augenschlitz sehe ich mein Ziel. Dieses Rind macht nicht den Eindruck, als wolle es irgendetwas anderes tun, als vor sich hinzugrasen.

„Okay, ich versuch's." Ich beschleunige die Armbewegung und möchte triumphierend aufschreien, als das Lasso in eine gleichmäßige Schwingung verfällt. Ich weiß, jetzt kommt der schwierige Part. Ich versuche, Shanes Hand, die immer noch auf meiner Hüfte liegt, zu ignorieren. Das Rind hebt den Kopf. Mein Signal! Gerade, als ich die Schlinge loslasse, spüre ich einen heißen Lufthauch in meinem Nacken. Was zum ...? Ein lustvoller Schauer zieht wie ein Blitz durch meinen Körper und ich verreiße das Lasso. Es landet ungefähr drei Yards vor dem Rind, das wieder den Kopf gesenkt hat und unbeeindruckt weiterfrisst. Smith bellt auffordernd. Er scheint die Privatvorstellung zu genießen. Meine Hand fährt in den Nacken. Empört drehe ich mich zu Shane um. „Hast du etwa ... gepustet?" Seine Miene ist unbewegt, und die grünen Augen schauen mich fragend an. Habe ich mir das eingebildet und dort war ein Insekt?

„Versuch es noch einmal. Es ist normal, dass es beim ersten Mal nicht klappt."

„Normal", brummle ich und hebe das Lasso. Alles auf Anfang. Shanes Hand an die Hüfte. *Hach*. Arm heben und das Lasso schwingen. Heb endlich den Kopf, du Vieh.

„Ja", rufe ich, als der Moment da ist. Im nächsten Moment falle ich fast in Ohnmacht vor Wonne, als zu der heißen Luft im Nacken etwas Warmes, Feuchtes hinzukommt. Seine Zunge? Ein Kuss? Ich kann ein Stöhnen nicht unterdrücken, selbst wenn ich als Cowgirl kläglich versagt habe. Ich winde mich aus Shanes Griff, stemme die Hände in die Hüften. Ganz so unschuldig kann er nicht mehr schauen. Er beißt sich auf die Lippen, um das Grinsen im Zaum zu halten. „Glaub nicht, ich durchschaue dich nicht, Mister! Du spielst unfair!" Ich fuchtle mit dem Zeigefinger vor seiner Nase herum.

Er hebt gespielt die Augenbrauen. „Ach, und du nicht?" Mit einem Griff hat er meine Hand eingefangen und mich an sich gezogen.

Einen Moment starre ich auf die ineinander verschlungenen Hände, die zwischen unseren Körpern liegen. Meine kleine Hand verschwindet beinahe vollständig in seiner. Sein Brustkorb hebt und senkt sich, als habe er Mühe, zu atmen. Auch mir fällt das Luftholen schwer, obwohl ich seinen nahen Duft gar nicht schnell genug aufnehmen kann. Langsam tastet sich mein Blick nach oben. Das stoppelige Kinn. Dieser wunderbare Mund, der leicht geöffnet ist und förmlich danach schreit, meine Lippen auf ihn zu pressen.

Sein sonst so klarer Blick ist dunkel, und die tiefgrünen Seen seiner Augen drohen, mich zu verschlingen. Wie magnetisch angezogen stelle ich mich auf die Zehenspitzen und neige ihm das Gesicht entgegen. Ich bin ihm so nah, dass ich einen haselnussbraunen Kranz um seine ansonsten grüne Iris bemerke. Wunderschön! Der Druck seiner Hand verstärkt sich, und er beugt sich zu mir herab. Dieser Sog zwischen uns. Das ist etwas aus Kitschromanen. So etwas habe ich noch niemals gefühlt. Ich weiß, wenn ich ihm nachgebe, kann ich für nichts garantieren. Ich will Shane nicht nur küssen, sondern verspüre den Drang, mich ihm hinzugeben. Das könnte peinlich werden, da er doch nicht auf mich steht. Und ich sollte hier und jetzt stoppen. Ich begehre diesen Mann, keine Frage. Aber mein Leben ist kompliziert genug. Und noch schlimmer: Ich darf ihn nicht in Gefahr bringen! Aber ich will nicht an Gefahr denken. Ich will küssen.

Shane scheint die Gedankenflut in meinen Augen zu lesen. Er räuspert sich vernehmlich, tritt einen Schritt zurück und entlässt meine Hand, als sei sie glühend heiß. Sofort vermisse ich seine Nähe.

„Lass uns endlich diese Rinder einfangen und

dann hier abhauen“, murmelt er. Seine trotz des Räusperns belegte Stimme bricht endgültig meinen Bann.

Ich nicke und schüttle das Erlebte ab. So ein Wahnsinn! Was denke ich mir dabei? Ich bin untergetaucht und habe wirklich keine Zeit für einen Flirt. Oder was immer auch zwischen Shane und mir geschieht.

„Aye, aye“, scherze ich. Meine Stimme ist dünn. Ich drehe mich zum Rind und brauche einen Moment, um mich zu sammeln. Jegliches Zeitgefühl ist mir abhandengekommen. Wie lange haben wir beieinandergestanden? Stunden? Minuten? Sekunden? Dem Rind nach, das immer noch am selben Grasflecken mümmelt, wahrscheinlich Letzteres. Mir fällt etwas ein. Ich hebe das Lasso vom Boden auf, marschiere auf das grasende Rind zu und lege die Schlinge um den Kopf des Tieres. Während es grast. Was soll der Affenzirkus mit Lassoschwingen?

Smith bellt, als hätte ich den ersten Preis gewonnen, und Shanes seltenes Lachen überschwemmt mich mit Wärme. Es kommt tief aus seinem Bauch, und das Vibrieren schickt Schwingungen direkt in meinen Schoß. *Gott, dieser Mann ist einfach unwirklich.*

Wir führen die Rinder durch den Canyon zurück und kommen gut voran. Mit keinem Wort erwähnt

Shane den prickelnden Moment zwischen uns, und ich halte es ebenso. Die Stimmung ist ausgelassen. Wir scherzen über die Rinder, die begriffen zu haben scheinen, dass ihr Ausflug vorbei ist und nicht mehr, wie anfangs, bei jedem Grasbüschel stehen bleiben. Smith hat sie mit lautem Gebell vorwärtsgetrieben. Es waren lustige Szenen dabei, und ich habe zum ersten Mal seit Wochen herzhaft gelacht. Zwischendurch reiten wir in einträchtigem Schweigen. Shane deutet auf markante Felsformationen oder Wildtiere, die er in Hängen entdeckt. Er scheint sich in der Natur gut auszukennen. Ich erinnere mich an meine früheren Ausritte mit Jock und nehme mir vor, Emily endlich nach ihm zu fragen. Shane beugt sich zurück und zieht eine Blechbox aus der Satteltasche, die bis zum Rand mit Sandwiches gefüllt ist. Sprachlos blitze ich ihn an. Er wagt es tatsächlich, mich frech anzugrinsen. „Du hattest die ganze Zeit Sandwiches im Angebot und hast mich Trockenfleisch reinwürgen lassen?"

„Ich wollte dir eben das echte Cowboyfeeling bieten. Möchtest du eines? Die sind zwar nicht von Emily, aber der Hunger wird es schon reintreiben."

Ich lache. Um ihn zu ärgern, nehme ich gleich zwei Brote. Er schaut gespielt geschockt, lacht aber, als ich vor Wonne die Augen verdrehe und mit vollem Mund „köstlich" vor mich hin stöhne. „Wieso bist du Cowboy geworden?", frage ich, als ich den ersten Bissen hinuntergeschluckt habe.

Er hält im Kauen inne und runzelt die Stirn. Dann zuckt er mit den Schultern. „Warum nicht? Es ist ein guter Job. Ich liebe die Natur und arbeite gern mit den Tieren. Ich bin auf einer großen Ranch in Texas aufgewachsen. Da blieb nicht viel Auswahl." Er schiebt den Hut in den Nacken und wischt sich über die Stirn. „Mein Vater ist Cowboy. Meine Onkel und meine Brüder ebenfalls." Er grinst mich so offen an, dass mir flau im Magen wird.

Ich versuche, mir vorzustellen, wie er als kleiner Junge auf der Ranch seiner Familie lebt. Er ist so männlich, dass es mir nicht gelingt.

„Was machst du, Jessica?" Er ist unerwartet ernst geworden. „Ich meine, wenn du nicht gerade Aushilfscowboy spielst." Er wartet geduldig, bis ich den Mund leer habe, was mir Zeit zum Überlegen gibt.

Ich befinde, er darf ruhig die echte Version wissen. „Ich bin Anwältin in der Kanzlei meines Vaters." Meine Miene verdüstert sich. „Also, ich *war* Anwältin in der Kanzlei, in der er vor seinem Tod Partner war. Er hat sie vor zwanzig Jahren gegründet."

Shane schenkt mir ein tröstendes Lächeln, das mir tatsächlich etwas den Schmerz nimmt. Wie macht er das? „Und welches Rechtsgebiet hast du bearbeitet?"

„Eigentlich alle. Aber in den letzten zwei Jahren lag der Schwerpunkt in der Strafverteidigung", antworte ich und schiebe den letzten Rest des Sandwiches in meinen Mund.

Er hebt die Brauen. „Wow. Eine Staranwältin wie in einer Krimiserie? Im sexy schwarzen Minirock?“ Sein Grinsen ist wieder da.

Ich verdrehe die Augen, kann aber nicht leugnen, dass mir der flirtende Tonfall gefällt. Wieder drängt meine Hand impulsiv zum nicht mehr vorhandenen Haar. Wie einem manche Gesten ins Blut übergegangen sind! Schnell lasse ich sie auf meine Hose sinken. „Eher nicht. Ich war für die Probono-Fälle in der Kanzlei zuständig. Also für Klienten, die sich keinen teuren Anwalt leisten können und für die sich die meisten meiner Kollegen zu schade waren.“

Er blickt mich interessiert an. „Wow. Dann bist du ein Gutmensch?“

Ich stocke kurz. „Na ja, ganz selbstlos war das nicht. Jede große Kanzlei übernimmt diese Fälle, um ihr Image aufzupolieren.“

Wir kommen an eine schmale Stelle und die Unterhaltung ist unterbrochen, als wir hintereinander reiten.

„Und, bist du eine gute Anwältin?“, nimmt Shane das Gespräch auf der Prärie wieder auf.

Ich sinne über die Gegenwartsform nach. Bin ich überhaupt noch eine Anwältin? Seit ich denken kann, sah ich mich in der Kanzlei meines Vaters arbeiten. Das ist nun nicht mehr möglich.

Niemals mehr.

Die vertraute Mischung aus Trauer und Wut lässt mich tief einatmen. Eine Verlorenheit macht sich breit. Ich habe tatsächlich keine Idee, was ich mit meinem Leben anfangen soll. Außer zu überleben.

„Jessica?" Shane wartet auf eine Antwort.

„Meine Erfolgsquote war nicht so rosig. Die anderen Anwälte, die die bezahlten Verteidigungen übernahmen, hatten eindeutig mehr Erfolg. Jetzt weiß ich ..." Ich verstumme abrupt. Mist! Ich habe mehr erzählt, als für Shane gut ist.

„Was weißt du?", hakt Shane nach. Sein intensiver Blick ruht auf mir. Dieser Mann hört wirklich zu.

„Ach nichts. Ich bin im Vergleich zu den anderen einfach noch eine Anfängerin gewesen."

Shane zieht die Brauen zusammen. Er sieht mir an, dass ich etwas verschweige. Zu meiner Erleichterung sagt er nichts, sondern schnalzt mit der Zunge und reitet ein Stück voran. Als ich auf seinen breiten Rücken schaue, habe ich ein schlechtes Gewissen. So, als hätte ich einen guten Freund belogen. Der Gedanke lässt mein Herz wild in der Brust flattern. Die Anziehung, die von diesem Mann ausgeht und das Vertrauen, das ich in so kurzer Zeit zu ihm gefasst habe, verwirren mich. Ich kenne ihn doch kaum. Und nur, weil wir uns nähergekommen sind, darf ich nicht meine Deckung fallenlassen.

BLONDES GIFT

Von Weitem sehe ich Emily, die zum Schutz vor der Sonne die Hand an die Stirn hält. Ich winke ihr, und sie grüßt zurück. Die Pferde wissen, dass es in den heimischen Stall geht, und legen die letzten hundert Yards an Geschwindigkeit zu. Luke und Craig schwärmen aus und lotsen die Rinder in einen Paddock.

„Da seid ihr ja! Wie ich sehe, hat alles gut geklappt. Und es scheint, ihr habt euch vertragen."

Shane ist wieder in eine verschlossene Stimmung verfallen, was, wie ich jetzt weiß, reine Show ist. Emily weiß es wohl auch. Sie zwinkert mir verschwörerisch zu, während sie den Halfter der Stute greift und ich vom Pferd steige. Der Schmerz in den Beinen hält mich davon ab, die Augen zu offensichtlich zu verdrehen. Gott, wie freue ich mich auf eine Dusche!

„Elende Kupplerin!“, zische ich ihr vergnügt zu, als ich Emily das Pferd abnehme und es hinter Shane und dem Hengst in den Stall führe. Smith hat sich sofort zu seinem angestammten Schattenplatz neben dem Haupthaus begeben, wo er den Trinknapf leer schlabbert, sich nach ein paar Drehungen um sich selbst hinlegt und die Augen schließt. Wie ich ihn beneide! Emily, die mir gefolgt ist, grinst, als sie meinen sehnsuchtsvollen Blick sieht.

„Na, los. Ruh dich bis zum Abendessen aus, Jesse. Das hast du dir nach diesem Trip verdient. Luke kann die Stute übernehmen. Später kannst du mir alles erzählen. Und ich meine *alles*.“

Ich lache und gehe ins Haus. Ich bringe es nicht fertig, besonders männlich zu gehen. Vielleicht ist das bei meinem eierigen Gang nicht nötig. Dusche, ich komme!

Das warme Wasser ist eine Wohltat. Der rote Sand, der für diese Gegend typisch ist und in meinem kurzen Haar gefühlt kiloweise hängt, bildet Rinnsale auf dem Wannenfußboden. Die wechselnden Muster bringen meine Gedanken zum Fliegen. Die Erschöpfung ist wie weggeblasen, und ich fühle mich wach und klar. Augenblicke und Gesprächsfetzen der vergangenen zwei Tage fluten mein Hirn, und ich ertappe mich dabei, wie ich lächle. Einmal sogar laut kichere, als ich daran denke, wie ich das

Lasso um den Hals des Rindviechs gelegt habe. Die Erinnerung an Shanes tiefes Lachen scheucht einen Schwarm Schmetterlinge in meiner Magengrube auf. Hat er mir wirklich den Nacken geküsst? Meine Brüste, die froh über jeden Moment sind, den sie nicht abgebunden werden, prickeln. Ohne es steuern zu können, fahren meine seifigen Hände über die zarte Haut und verweilen an den aufgestellten Brustwarzen. Ich lege den Kopf in den Nacken, und mit einem Mal sind es Shanes kräftige Hände, die meine zur Seite schieben und den Busen verwöhnen. Mein Körper erwacht. Die Dinge, die der sexy Cowboy in meiner Fantasie mit ihm anstellt, lässt meine Finger über die empfindliche Stelle zwischen den Schenkeln flattern. Einige Herzschläge später explodiere ich zuckend und pochend. Ich beiße mir auf die Lippen, um nicht das Haus zusammenzustöhnen. Atemlos stelle ich das Wasser ab. Als ich keuchend nach dem Handtuch greife, überkommt mich Scham. Was ist los mit mir? Ich war nie der körperliche Typ. Ich mag Sex, habe aber nie verstanden, warum ihm ein solcher Stellenwert eingeräumt wird. Nicht jedes Mal bin ich auf meine Kosten gekommen, wenn ich mit einem Mann zusammen war. Das war okay. Die Natur hat es eingerichtet, dass Männer mehr Trieb haben als Frauen, oder? Dafür gibt es gewiss eine darwinistische Erklärung. Es dient der Arterhaltung. Selten zuvor habe ich das Bedürfnis gehabt, mir selbst Lust zu verschaffen.

Und diese unbändige Gier, die mich getrieben hat, mir Shanes grüne Augen vorzustellen, während er meine Scham mit seiner Zunge verwöhnt, ist mir fremd. Ob ich ihn jemals wieder anschauen kann, ohne dass er mir ansieht, was ich mir in Gedanken von ihm wünsche? Mit dem Handtuch wische ich den beschlagenen Spiegel frei und runzle frustriert die Stirn, als mir mein ungewohntes Konterfei entgegenblickt. Unwirsch fahre ich durch die Stoppelhaare und gebe nach fruchtlosen Versuchen, etwas wie eine Frisur daraus zu zaubern, auf. Warum macht mich das wütend? Es verschafft mir doch Sicherheit!

Zurück in meinem Schlafzimmer schaue ich betrübt auf die wenigen Kleidungsstücke im Schrank. Neben der Lederhose von Emily bin ich im Besitz einer Jeans und einer Jogginghose. Zwei weite T-Shirts, zwei Sweater und ein kariertes Hemd runden die Garderobe ab. Da ich unsicher war, wie weiblich meine Beine in kurzen Hosen wirken, habe ich keine gekauft. Wie gern würde ich ein Kleid anziehen. Dann rufe ich mich zur Vernunft. „Schlag ihn dir aus dem Kopf, Jessica," murmele ich vor mich hin und schlüpfe in eines der T-Shirts. Was soll das? Ich war zwei Tage mit Shane in der Prärie. Er hat mich mit vor Heulen verquollenen Augen gesehen. Als würde es etwas ändern, wenn ich mich aufbrezle. Ich klatsche mir einmal mahnend auf den Hintern in der Jeans und beeile mich, Emily bei der Zubereitung des Abendessens zu helfen.

„Du kannst den Speck klein schneiden, meine Liebe."

Ich stöhne. „Ich verhungere und freue mich sehr auf das Abendessen."

„Hast du nicht richtig gegessen in der Wildnis?"

„Shane hat mich kurzgehalten. Gestern Abend gab es nur Trockenfleisch."

Emily muss laut lachen: „Er wollte wohl testen, ob du auch ein richtiger Kerl bist."

„Tja, das mit dem Kerl hat sich schon bei der ersten Rast erledigt ... Mir sind im wahrsten Sinn des Wortes die Felle davongeschwommen." Ich erzähle ihr die Geschichte mit der Socke und die Schlafsackpanne. Nur die jugendfreien Momente natürlich.

„Ich musste mit Jock auch einmal den Schlafsack teilen, als wir nicht rechtzeitig zurückkamen. Das war sehr romantisch."

Ich halte in meiner Schneidebewegung inne. Spricht sie von *Jock*? Die Vokabel *romantisch* ist die letzte, die mir bei der Erinnerung an den väterlichen Freund in den Sinn kommt. Ich beiße mir auf die Zunge, obwohl ich vor Neugier fast platze. Meine Tante ist schließlich erwachsen.

„Aha ... Wie geht es Jock denn? Ist er noch auf der Ranch? Ich habe ihn nicht gesehen bisher."

„Natürlich ist er noch auf der Ranch. Ihm geht

es blendend. Er ist gerade auf einer Versteigerung von vielversprechenden Rindern. Ich erwarte ihn in ein paar Tagen zurück." Emily hat einen leicht verklärten Blick bei ihren Worten.

Das müssen ja tolle Rinder sein!

Als nach und nach die Rancharbeiter auf der Veranda eintreffen und an dem langen Holztisch Platz nehmen, steigt meine Nervosität. Mein Blick huscht zu den Flachbauten neben der Scheune, in dem die Arbeiter untergebracht sind. Mehrmals wische ich mir verstohlen die feuchten Handflächen an der Jeans ab. Ich benehme mich wie ein verknallter Teenager. Als endlich Shanes unverkennbare Gestalt die Stufen der Veranda heraufkommt, nimmt mir Tante Emily kopfschüttelnd die Suppenkelle aus der Hand, weil ich kurz davor bin, den Eintopf neben den Teller zu leeren, den Luke mir hinhält.

Shane ignoriert mich und nimmt mit gesenktem Kopf Platz. Er ist wortkarg und spricht mit den anderen nur das Nötigste. Emily fragt ihn über den Trip aus, und einen kurzen Moment huscht sein Blick zu mir. Mein Herz schlägt einen Salto, aber er berichtet mit gleichmütiger Miene über den Standort, an dem wir die Rinder gefunden haben. Obwohl ich es besser wissen müsste, bin ich enttäuscht. Ich hatte mir eingebildet, zwischen Shane und mir bestehe seit der gemeinsamen Zeit eine besondere Verbindung. Das habe ich mir naive Pute offensichtlich zusammengesponnen. Ich löffle den köstlichen Eintopf und verbiete mir jeden weiteren Gedanken an Shane. Luke verwickelt mich in ein Gespräch. Es fängt harmlos an. Als er die anatomischen Einzelheiten der für die Zucht verwendeten Bullen detailreich schildert, bis meine Ohren glühen, bringt ihn Emily mit einem lautstarken Räuspern zur Raison. Ich schiele zu Shane, der Mühe hat, sein Grinsen zu verbergen. Na, wenigstens eine Gefühlsregung! Ich entspanne mich und greife nach dem Brotkorb.

Ein Motorengeräusch lässt uns die Köpfe drehen. In der Allee kommt ein rotes Sportcabrio angefahren, eine Staubwolke hinter sich herziehend. So fehl am Platz auf einer Ranch in Wyoming wie glitzernde Jimmy Choo-Schuhe es hier wären.

„Heute gibt es nur einen Zuchtbullen", bemerkt der hünenhafte Oliver und schlägt Shane auf die Schulter.

Die anderen Arbeiter lachen und lassen ebenfalls zotige Bemerkungen vom Stapel. Shane schnaubt, und sein Stuhl scharrt über den Holzboden, als er sich erhebt. Mit einem Nicken bedankt er sich bei Emily. Er greift seinen Hut, und unter dem Gejohle der anderen hebt er zur Verabschiedung die Hand, ohne sich noch einmal umzudrehen. Mich hat er nicht angesehen. Emily legt in einer tröstenden

Geste die Hand auf meinen Oberschenkel. Ich wappne mich innerlich, obwohl ich zu leugnen versuche, was der Verstand bereits zusammengesetzt hat.

Der rote Sportwagen hält vor der Baracke der Arbeiter. Die folgende Szene läuft wie in Zeitlupe ab. Die Autotür öffnet sich und ein strassbesetzter Cowboystiefel wird auf den Kies gesetzt. Endlos lange Beine folgen. Oliver links von mir seufzt verträumt, als die Blondine aussteigt. Was mir neben unnatürlich großen Brüsten als Erstes ins Auge fällt, ist das ausladende Hinterteil, das der Jeansrock dürftig verdeckt. Vor allem, weil Shane seine Hand darin vergräbt, als er das blonde Gift an sich reißt und ihr die Zunge zwischen die Mandeln rammt. Ein kollektives Keuchen geht durch meine Tischnachbarn. Für sie ist es wie ein Liveporno. Für mich wie bei einem Autounfall. Obwohl sich beides im Moment ähnelt. Ich kann den Blick nicht von der Szene abwenden, auch wenn es unpassend ist. Der Impuls, aufzuspringen und die Frau an ihren blonden Locken aus Shanes Armen zu zerren, wird unerträglich. Beinahe real spüre ich die Haarbüschel, die ich ihr ausgerupft habe. Meine Finger verkrampfen sich auf der Stuhllehne, bis die Knöchel weiß hervortreten. Als Shane von ihr ablässt, sehe ich, wie die Beine der Frau wie weich gekochte Nudeln einknicken. Ich kann ihr nachfühlen. Mit einem aufreizenden Kichern streicht sie sich das lange Haar über die

Schultern und ist sichtlich atemlos. Ein Stich Neid durchfährt mich, als sich die Abendsonne in der goldenen Lockenflut bricht. Wo er sie aufgegabelt hat? Sie ist sexy. Keine Frage. Ein wenig zu sexy. Mein arrogantes Juristenhirn kramt fieberhaft nach einer Schublade, in die das blonde Gift verschwinden kann: reiche Rancher-Tochter? Bardame? Nutte?

Seit wann bin ich so missgünstig? Vor allem, wenn es mich überhaupt nichts angeht.

Oliver zischt, als müsse er Druck ablassen. Seine Finger trommeln gespannt auf die Tischplatte. Ich versuche, die Frau mit seinen Augen zu sehen und bin sofort von ihren Brüsten gebannt, die sich unter dem schweren Atmen heben und senken. Shane ergreift ungeduldig ihren Arm und zerrt sie auf die Schlafunterkünfte zu. Als die beiden außer Sichtweite sind, erwache ich aus meiner Trance. Eine spöttische Bemerkung, die das verlorene Gefühl kaschieren soll, formt sich in mir, als mir auffällt, es ist mucksmäuschenstill.

„Ich sage zwanzig“, murmelt Luke.

Oliver schüttelt schnaubend den Kopf und sagt: „Im Leben nicht. Zehn.“

Craig, der kleinste der Männer reibt sich die Hände. „So, wie er sie gezerrt hat, tipp ich auf sieben.“

Oliver kneift die Augen zusammen und scheint seinen Tipp zu überdenken. Alle beugen sich über eine Uhr, die Oliver während des Kusses in die Mitte des Tisches gelegt hat. Bevor ich Emily fragen kann, ob wir nicht abräumen sollen, weiß ich, was dieses affige Zahlenraten bedeutet. Der Wind weht das rhythmische Knarzen eines Bettgestells über den Hof. Jeder Laut stellt die Haare in meinem Nacken auf, und ich schlucke trocken.

„Der hatte es heute eilig", bemerkt Oliver und spricht damit meine eigenen, bitteren Gedanken aus. Die anderen nicken beifällig. Craig reckt die Fäuste in die Luft wie ein Sieger. Die Männer am Tisch klopfen ihm auf die Schulter, als hätte er etwas Bedeutsames erreicht.

Mir wird schlecht. Mit schier übermenschlicher Beherrschung schaffe ich es, nicht ins Haus zu stürzen. Ich nehme den Brotkorb und erhebe mich. Kaum im Inneren, fliege ich auf mein Zimmer, zwei Stufen auf einmal nehmend. Oben angekommen, lehne ich mich erschöpft von innen gegen die Zimmertür. Mit aller Kraft versuche ich, keine Erinnerung an die unerfreuliche Szene aufkommen zu lassen und flüstere wie ein Mantra vor mich hin: „Es geht mich nichts an, was Shane mit diesem blonden Gift treibt. Es geht mich überhaupt nichts an, was er mit der Schlampe macht. Es ist mir so was von egal, was dieser Arsch mit dem Arsch macht ..." Ich wringe die Hände im Takt meiner Gedanken. Mir war klar, dass er kein Mönch ist. Bei dem Aussehen.

Und bei dem Arsch kann ich wahrlich nicht mithalten.

Die Weidenstäbe des Brotkorbs in der Hand zerbrechen mit einem berstenden Geräusch, das auch von meinem Herzen stammen könnte.

RANCH-LEBEN

Emily hebt den Blick vom Suppentopf, den sie schrubbt. Sie nickt Richtung Mülleimer, als sie die Überreste des Brotkorbs in meiner Hand bemerkt.

„Tut mir leid“, murmle ich, als ich den Korb im Müll versenke und den Deckel absichtlich laut zuknallen lasse. Ein Abschluss. Ich reibe mir die Hände und greife nach einem Geschirrtuch. Vielleicht nimmt Emily mir ja ab, dass alles in bester Ordnung ist.

„Na, hast du es verarbeitet?“

War ja klar! Ich zucke mit den Achseln. Leugnen wäre zwecklos.

„Das mit der blonden Frau ist nichts Ernstes, Jesse.“

„Das interessiert mich nicht, Emily. Lass es gut sein. Es ist nichts passiert auf dem Trip. Vergessen?“

Sie mustert mich forschend. „Bist du dir sicher?"

Ich beiße mir auf die Lippen. „Natürlich." Wir arbeiten schweigend weiter, und ich beginne, das abgetrocknete Geschirr in die Schränke zu stellen.

„Erzähl mir mehr von dem Ausritt. Ich hatte den Eindruck, etwas sei zwischen euch geschehen. Er hat dich so angesehen."

Mein Herz stolpert. „Wie meinst du das?"

Emily sucht im Strudel des ablaufenden Spülwassers nach Worten. „Er hatte einen Blick ... als halte er dich genau im Auge. Als wolle er dich beschützen. Vor allem, wenn Luke in deine Nähe kam."

Ich grinse schief, kann aber nicht leugnen, dass mich Emilys Worte aufwühlen. Schaut mich Shane wirklich anders an als andere? Egal. Ich sollte aufhören, mir darüber Gedanken zu machen. „Luke, der ist doch harmlos." Ich winke ab und hänge das Geschirrtuch zum Trocknen auf.

Emily lächelt. „Limonade?" Sie hält fragend eine Karaffe hoch.

„Da fragst du? Seit Jahren träume ich davon."

Wir machen es uns mit Gläsern auf der Veranda gemütlich. Ich ignoriere das Cabrio, das immer noch auf dem Vorplatz der Unterkünfte wartet. Smith, der an einem Knochen nagt, bemerkt uns und hebt interessiert den Kopf. Als ich ihm zuwinke, wedelt er mit dem Schwanz. *Wie schnell ich ihn lieb gewonnen habe*, denke ich, als ich den ersten Schluck aus dem eisgekühlten Glas nehme. Mhmmm! Emilys selbst gemachte Zitronenlimonade ist die beste. Ich lehne mich zufrieden zurück. Ich spüre zwar meine Beine von der ungewohnten Anstrengung der vergangenen Tage, aber ich komme jeden Tag ein Stückchen runter. Der zitronige Geschmack auf der Zunge, die Laute der Tiere und die vertraute Linie der Ausläufer der Bighorn Mountains runden die friedliche Stimmung ab. Ich erinnere mich daran, wie dies in meiner Kindheit ein Ritual war: Nach dem Abendessen Zitronenlimonade auf der Veranda zu trinken und dem gemächlichen Treiben der Jungs zuzuschauen, die die Ranch auf die Nacht vorbereiten. Damals wie heute nicken die Arbeiter Emily zu und verabschieden sich, indem sie zwei Finger an den Hut legen. Sie nickt huldvoll zurück. Früher dachte ich immer, meine Tante sei die Königin von Wyoming. Heute, als Erwachsene, beeindruckt mich der respektvolle gegenseitige Umgang. Viele Arbeiter sind seit Jahren auf der Ranch und freuen sich über das sichere Einkommen und die Bleibe, die sie bei Emily finden. Sie ist wie eine Glucke, die für jeden ein offenes Ohr hat, aber streng richtet, sollte sich jemand nicht an die Regeln halten. Gleichzeitig ist Emily auf die Arbeiter angewiesen und genießt, dass ihr Leben einen Sinn hat. Es hält sie jung. Und neben ihr kann ich die Energie dieses Organismus, den die Ranch darstellt, fühlen. Ich halte das kühle Glas gegen meine Wange und schließe die Augen, als ich mich an die aufreibenden Arbeitstage in der Kanzlei erinnere, die im Kontrast zum Leben hier stehen.

Als hätte Emily meine Gedanken erraten, legt sie mir die Hand aufs Bein. „Erzähl mir von deinem Leben in San Francisco. Erzähl mir von Walter." Die Stimme bricht, als sie ihren Bruder erwähnt.

Ich lege meine Hand auf ihre und drücke sie kurz. Dann sprudelt es aus mir heraus: „Es war alles anders als hier. Alles. Die Kanzlei belegt drei Etagen in einem Wolkenkratzer im Financial District. Glas und Stahl. Es geht um Geld und Karriere und noch mehr Geld. Darum, so viele abrechenbare Stunden wie möglich zu generieren. George war besonders gut darin. Er ist innerhalb kürzester Zeit in der Hierarchie der Kanzlei aufgestiegen."

„Ich vermute, ein großer Teil hat dazu beigetragen, dass er mit der Tochter einer der Partner das Bett geteilt hat", sagt Emily trocken. Sie erwartet keine Antwort, und ich spüle meine Reue mit einem Schluck Limonade hinunter. „Wie hast du ihn kennengelernt?"

„Wir haben beide Fuller – du weißt, der Mann, der mich hier gesucht hat – zugearbeitet. Da kam es zu mehr als einer Nachtschicht über Aktenbergen im Besprechungsraum. Er war charmant und aufmerksam. Und ich war einsam. Dann kam eins zum anderen und wir gingen miteinander aus." Ich seufze.

„Klingt wie ein Mann nach Walters Geschmack“, bemerkt Emily, und ich seufze noch mehr.

„Ja, Dad hat ihn ziemlich gefördert, als ich ihn ihm vorgestellt habe. Die beiden sind sogar zusammen mit Fuller auf den Golfplatz gegangen.“

Emily schüttelt den Kopf, und ich kann ihr nachfühlen. Sich einen Golfrasen vorzustellen, während man auf den trockenen Sandboden der Ranch schaut, fällt schwer.

„Und weiter?“, fragt sie.

„Es war eine toughe Firma. Nur die Besten überlebten. Der Verschleiß an jungen Anwälten, die hofften, aufsteigen zu können, war groß. Und die Methoden, mit denen neue Mandanten akquiriert wurden, waren abenteuerlich und grenzten an Geschmacklosigkeit. Als ich in der Kanzlei anfing, wurde ich zum Beispiel ins Krankenhaus geschickt.“

„Ins Krankenhaus? Was solltest du denn da?“

„Nicht irgendein Krankenhaus, sondern eine teure Privatklinik. Dort habe ich den Familien von frisch Verstorbenen die Visitenkarten der Kanzlei in die Hand gedrückt. ‚*Sollten sie Rechtsbeistand benötigen, wenn sie den operierenden Arzt verklagen, rufen Sie uns an*‘.“

Sie schüttelt ungläubig den Kopf. Ich vergrabe das Gesicht in den Händen, als ich mich an die rot geweinten Augen der überrumpelten Trauernden erinnere.

„Das Schlimmste, Emily, ist, dass ich als brave Tochter des Gründers die Anweisung meiner Vorgesetzten befolgen wollte. Obwohl ich wusste, es ist falsch und unerträglich. Ich habe es dennoch getan. Damit Dad stolz auf mich ist. Und nicht nur einmal.“ Die Scham bei der Erinnerung lässt mich flüstern. „Ich denke, deswegen habe ich sofort zugegriffen, als der Posten für die Pro-bono-Fälle zu vergeben war.“

Emily neigt nur den Kopf. Ich bin ihr dankbar, dass sie mich nicht verurteilt.

„War Walter auch so?“, fragt sie.

Ich überlege kurz, dann zucke ich mit den Achseln. „Er war eher für Gesellschaftsrecht zuständig. Verschmelzungen großer Konzerne und so etwas. Ich habe in der Kanzlei nicht viel mit Dad zu tun gehabt. Das wurde strikt getrennt, damit ich mehr leiste. Ich denke, das war allgemeine Firmenpolitik. Aber Geld zu verdienen war das angestrebte Ziel. Ich wünschte, ich könnte dir etwas anderes sagen.“

„Walter war Geld schon immer wichtig. Das Farmleben hat ihm nie gereicht“, flüstert Emily.

Ich möchte ihr widersprechen, aber ich weiß, dass sie recht hat.

Wir schweigen und schauen auf die Sonne, die hinter den Bergen untergeht. Wie schön es hier ist. Besänftigend. San Francisco ist fern. Und die Erinnerung an mein Leben dort wirkt mit einem Mal blass. Alles, was mir jahrelang wichtig war, ist plötzlich hohler Schein. Hatte nichts mit dem wahren Leben zu tun. Ich drehe das leere Glas in den Händen. „Im Grunde bin ich erleichtert, dass es vorbei ist. Ich war nicht glücklich. Ich wünschte, ich hätte das zu Dads Lebzeiten erkannt. Dann wäre vielleicht alles anders gekommen."

Ich schenke uns beiden Limonade nach. Emily zündet eine Laterne an. Ein Vogel singt in der Nähe sein Abendlied. Smith ist während unseres Gesprächs auf die Veranda gekommen und liegt hechelnd zu meinen Füßen. Es ist immer noch warm, und ich denke daran, wie ich gestern um die gleiche Zeit mit Shane am Lagerfeuer saß.

Heute war ein wunderschöner Tag. Der kleinen Schwärmerei für Shane sollte ich nicht allzu viel Bedeutung beimessen. Er befriedigt seine männlichen Triebe offensichtlich woanders und hat daraus keinen Hehl gemacht. Im Grunde hat er sich korrekt verhalten. Mir nichts vorgegaukelt. Während des Trips hatte ich für einen Moment vergessen, dass ich untergetaucht bin. Ich habe gelebt und gelacht. Ein winziger Hoffnungsschimmer, dass ich wieder Frieden finden kann, keimt in mir auf.

In diesem Augenblick kommt das blonde Gift um die Ecke des Flachbaus. Sie sieht ramponiert aus. Ihr Haar gleicht einem Vogelnest, und sie läuft, als habe sie den Tag auf einem Pferd verbracht. So muss ich nach unserer Rückkehr gelaufen sein. Wenn auch aus anderen Gründen. Wenn es nicht so bitter wäre, würde ich lachen. Emily hält sich nicht zurück.

„Bye!“, ruft sie.

Blondie hebt den Kopf und schiebt trotzig ihr Kinn vor, während sie unter unserem Blick einsteigt und davondüst.

„Na, neidisch?“ Emily blinzelt mir neckisch zu.

Ich seufze. „Emily, du machst mich wahnsinnig. Vergiss bitte nicht, dass du meine Tante bist.“

Sie runzelt fragend die Stirn. „Was hat das denn damit zu tun?“

Ich gebe auf und hebe ergeben die Hände. „Ja, ich gestehe, ich bin neidisch. Er hat so eine Art. Shane ist ein Kerl, der mich auf andere Gedanken bringt.“

Sie gluckst. „Ja, dieser Körper ist einfach göttlich. Warum schnappst du ihn dir nicht einfach?“

„Ich denke, er ist nicht der Typ für mich.“

Emily kichert. „Wenn dieser Sexgott unterm Cowboyhut nicht dein Typ ist, bist du schon mehr Mann, als ich dachte.“ Ich versuche, ihr spielerisch in den Arm zu boxen und schütte mir dabei Limonade auf die Jeans.

„Ich meine es ernst, Jesse. Du hast eine schlechte Erfahrung gemacht in deiner letzten Beziehung. Aber warum solltest du leben wie eine Nonne? Ein bisschen Sex hat noch keinem geschadet. Vor allem, weil ich vermute, dass George in dieser Hinsicht eine Null war. Liege ich richtig?"

Ich schnaube. „Was habe ich nur in diesem Typen gesehen? Zwei Jahre lang habe ich seine schlechte Laune ertragen, wenn ein Deal nicht so gelaufen ist, wie er es sich vorgestellt hat. Als er das *Bar Exam*, die Zulassungsprüfung zur Anwaltschaft, gemacht hat, habe ich wie ein braves Hausweibchen mein eigenes Leben hintangestellt, um ihn zu unterstützen. Ich bin vor den Prüfungen tatsächlich wochenlang früher aus dem Büro heimgefahren, um ihm ein hausgemachtes Dinner zu kochen. Damit er fit für den Test ist. Meine Karriere konnte ich in der Zeit vergessen. Warum habe ich das nur gemacht, Emily?"

„Weil du ein gutes Herz hast, Jesse. Das ist nichts, wofür du dich schämen müsstest. Nun ist es an der Zeit, auch an dich und deine eigenen Bedürfnisse zu denken."

Ich reibe den feuchten Fleck auf der Jeans und denke über ihre Worte nach. Bislang war ich immer vorsichtig mit Männern. Und was hat es mir gebracht? Ich sollte ausnahmsweise einmal an mich denken.

Also, an meinen Körper.

ANNIE'S SALOON

„Auf unser Greenhorn, und auf dass er sich heute die Hörner abstößt. Cheers!“ Oliver stößt die Flasche *Twobyfour*, ein preisgekröntes Bier aus Wyoming, gegen meine. Die anderen Rancharbeiter, bis auf Luke, nehmen den Spruch auf und knallen ihre Getränke gegen mein Bier, dass ich Mühe habe, die feuchte Flasche festzuhalten.

Hörner abstoßen? Wie meint er das? Ich wusste, es war eine blöde Idee, mit in diese Bar, die den Namen *„Annie's Saloon“* trägt, zu kommen. Emily hat mir erklärt, die Jungs gingen jeden Freitagabend in den *Saloon*. Sie gab zu bedenken, es wäre arrogant und auffällig, wenn ich mich drücken würde. Wenigstens hatte ich nicht das Problem, was ich anziehen soll. Außer sicherzustellen, dass der abgebundene Busen unter dem Hemd kein Misstrauen erregt, gab es nicht viel an Styling. Umso erstaunter war ich, dass die Jungs sich alle in Schale geworfen haben. Craig hat sogar das Haar mit Pomade gebändigt. Auf dem Weg hierher bin ich fast erstickt an der intensiven Mischung verschiedener Deos und Aftershaves. Innerlich machte ich mir eine Gedankennotiz, einen penetranten Duft als Requisite zu der Scharade als Mann hinzuzufügen.

Ich erwidere Olivers amüsierten Blick mit einem Grinsen und tue so, als sei ich seiner Meinung. Womit auch immer. Das kühle Bier in der Kehle ist wohltuend. In der Bar ist die Raumtemperatur kurz vor dem Siedepunkt. Nach zwei weiteren Schlucken genieße ich das angenehme Prickeln des Alkohols in meinen Venen und sehe mich um. Annie, sofern es sich bei der korpulenten Rothaarigen hinter der Bar um die Namensgeberin handelt, hat hier anscheinend eine Goldgrube geschaffen. Sie hat ein Händchen für Gemütlichkeit und in der Pampa einen waschechten Saloon aufgezogen, der geradewegs aus dem Wilden Westen hierhin gebeamt wurde. Der Raum ist strikt in Holz gehalten. Hinter der langen Bar finden sich vor Spiegeln deckenhohe Regale mit über fünfzig Whiskeysorten, wie mir Craig sofort zu berichten wusste. Vor den Wänden, die mit unzähligen Fotos von Cowboys, Pferden, Farmhäusern und mit antiken Gewehren behangen sind, stehen runde Tische. An einem wird tatsächlich gepokert, und ich frage mich, ob Annie die Pokerspieler dafür bezahlt, um das stilechte Saloonfeeling zu verstärken. *Fehlt nur noch die Schlägerei*, denke ich. Die Ranchjungs und ich sitzen an einem Tisch in der hinteren Ecke, der für uns reserviert war. Am anderen Ende des Raumes gibt auf einem Podest eine Liveband mit einem Sänger, dessen Ähnlichkeit zu Keith Urban sicherlich nicht rein zufällig ist, ihr Country-Repertoire zum Besten. Zu der Musik haben sich drei Paare auf dem freien Fleck eingefunden, der die Tanzfläche darstellt. Die Männer im Raum tragen alle Cowboyhüte, so auch ich. Wie ich auf den ersten Blick erfasse, gibt es keine einzige weibliche Person in Hosen. Rüschenrock und strassbesetzte Cowboystiefel wie die von Blondie scheinen *in* zu sein. Nicht, dass das mein Stil ist, aber ich hätte dieses Outfit der schlichten Jeans und dem Hemd vorgezogen. Es war seltsam, auszugehen und sich nicht stylen zu dürfen. Erleichtert entdecke ich neben dem Podest eine Musikbox. Nur Livemusik wäre zu viel an Authentizität gewesen.

„Wo ist Shane?“, frage ich in die Runde und versuche dabei, möglichst unbeteiligt zu wirken. Bloß nicht zugeben, dass ich enttäuscht bin, dass er nicht an den Freitagabenden dabei zu sein scheint.

Craig kratzt sich den Nacken. „Beschäftigt“, antwortet er mit vielsagendem Grinsen.

Die anderen heben die Flaschen. „Auf Shane, den Glückspilz!“, grölen sie.

Ich hatte schon bei Craigs Nackenkratzen begriffen, was Sache ist. Es fällt mir schwerer als gedacht, meine Enttäuschung im Zaum zu halten. Auch wenn ich vorgeben muss, ein Kerl zu sein, haben mich die vergangenen zwei Tage auf der Ranch zum Teeniegirl mutieren lassen. Als ich Shane gestern auf dem Hof begegnet bin, hat er mir zugezwinkert. Was auf meine Libido wirkte, als halte man ein Streichholz an einen Benzinkanister. Er hat es gemerkt und rollte genervt mit den Augen, was einem Eimer Eiswasser gleichkam. Das fast unmerkliche Nicken mit dem Kinn in Richtung Oliver, der zehn Meter entfernt ein Pferd aus dem Stall führte, hat mich auf den Boden der Tatsachen zurückgeholt. Shane will vermutlich verhindern, dass ich meine Tarnung seinetwegen vernachlässige. Dann soll er aufhören, mich so anzuschauen. Mein Herz pocht bis zum Hals, wann immer ich seinen aufmerksamen Blick auf mir spüre. Ich bin mir meiner Weiblichkeit selten so bewusst gewesen wie in diesem Männeroutfit, wenn Shane in meiner Nähe ist.

Ich sehe mich um und entdecke am Nachbartisch einen schwarz gekleideten Mann um die fünfzig, der mich unter seinem ebenfalls schwarzen Hut mit durchdringendem Blick fixiert. Neben ihm sitzt eine blond gelockte Frau, die gelangweilt in ihr Glas schaut. Ich schaue rasch weg und beantworte eine Frage von Peter. Als ich das nächste Mal zu dem Mann schaue, ertappe ich ihn wieder dabei, wie er mich mustert. Schon will ich mit den Augen rollen.

Auf eine Anmachnummer eines gelangweilten Ehemanns habe ich wirklich keine Lust. Ich suche bereits nach einem passenden Spruch, sollte er noch mal glotzen, als es mir eiskalt den Rücken hinunterläuft. Moment mal: Ich bin für ihn keine Frau! Was, wenn das keine Anmache ist? Was, wenn Fuller oder George diesen Typen auf mich angesetzt haben? *Ich bin entdeckt!* Trotz der Hitze im Raum bildet sich eine Gänsehaut auf meinem ganzen Körper. Ich umkrampfe die Bierflasche. Instinktiv suche ich das Notausgangsschild.

„Hey, was ist los?" Luke legt stirnrunzelnd die Hand auf meine Schulter.

„Ich …" Der Mann und die Frau erheben sich. Er legt ihr die Hand aufs Kreuz und schiebt sie durch den Saloon, ohne mich weiter zu beachten. Erleichtert stoße ich die Luft aus, als sie nach draußen verschwinden. *Falscher Alarm!*

„Mir ist warm", wende ich mich an Luke, dem ich eine Antwort schulde.

„Dann zieh dein Hemd aus. Hier gibt es keinen Dresscode. Du kannst ruhig im T-Shirt hier sitzen. Oder oben ohne. Er grinst mich an.

Ich schüttle den Kopf. „Lass mal. Geht schon wieder."

Frustriert nuckelt Luke an seinem Bier.

„Da ist er", sagt Peter, der sich im Gegensatz zu den anderen gern reden hört, und zeigt zur Tür.

Alle Köpfe drehen sich in die gezeigte Richtung,

auch meiner. Wie immer, wenn ich Shane sehe, bleibt mir die Luft weg. Der Typ ist so verflucht sexy. Als einziges Accessoire für den Abend fällt mir die große silberne Schnalle an seinem Ledergürtel auf. Wie immer kann ich den Blick kaum von den Muskeln lösen, die sich deutlich unter seiner Jeans und dem eng anliegenden Hemd abzeichnen, das einige Knöpfe offen steht. In den Armen hält er, wie erwartet ... Moment mal: Das ist nicht Blondie! Eine kurvige Brünette klebt an seiner Seite und hat einen seligen Gesichtsausdruck. Unbewusst beiße ich auf die Unterlippe, als ich mir eingestehe, neidisch auf sie zu sein. Vor allem darauf, dass sie perfekt gestylt ist. Ich kann den Blick kaum von ihrer süßen kleinen Handtasche wenden und seufze innerlich. Bevor wir heute losgezogen sind, habe ich automatisch nach meiner eigenen Handtasche greifen wollen. Bis mir auffiel, dass ich keine habe. Die kurze Panik, worin ich die absolut notwendigen Utensilien für den Abend transportieren soll, flaute rasch ab. Außer ein paar Dollars brauche ich nichts. Keinen Lippenstift, keinen Puder, keinen Kamm. Kein gar nichts. Der Handyempfang bei Annie's soll schlecht sein, sodass ich es gleich auf der Ranch gelassen habe.

Shane schaut in unsere Richtung und tippt kurz an den Hut. Mit selbstbewussten Schritten geht er zur Bar. Seine Präsenz ist raumfüllend. Als beherrsche er die Moleküle, die sich alle zu ihm ausrichten. Annie hebt den Kopf, bevor er sie ansprechen kann, und ein Strahlen überzieht ihr Gesicht. Ich bin definitiv nicht die Einzige, die Shane verfallen ist.

„Was für eine Kiste“, flüstert Oliver mir ins Ohr und reißt mich aus dem persönlichen Shane-Film. Zum Glück hat er mein Geglotze auf die Brünette an Shanes Seite bezogen.

„Ja, ein phänomenaler Arsch!“, bestätige ich, und Oliver, Peter und Craig nicken zufrieden.

Zum Glück kommt die Bedienung mit einer weiteren Runde Bier, und ich kann mich die nächsten Minuten damit ablenken, das Kleingedruckte auf dem Etikett zu entziffern. Sehr, sehr interessant, wie viele Kohlenhydrate in einer Flasche Bier stecken. Wow, das Bier hat knapp 10 Prozent Alkohol.

„Ich geh mal für Cowboys“, sage ich betont cool. Den irritierten Blicken der Jungs nach war das wohl nicht die richtige Wortwahl. Was soll's?

Der schmale Gang zur Toilette ist angenehm ruhig. Der Schreck über den schwarzen Cowboy sitzt mir noch in den Gliedern, und der Anblick von Shane mit seiner neuesten Eroberung lässt mich nicht so kalt, wie ich es gern hätte. Seufzend öffne ich die Tür. Ein empörtes Kreischen lässt mich aufblicken. Ungefähr sieben Frauen drängen sich vor dem Spiegel über dem Waschbecken, Schminkutensilien in der Hand, und funkeln mich wütend an. *Shit!* Ich habe nicht darauf geachtet, welches Klo ich nehme. Nicht, dass ich von einem Mascarapinsel erstochen werde. Instinktiv hebe ich beide Hände.

„Sorry, Ladys", murmle ich und flüchte. Einen Moment starre ich unschlüssig auf das Schild zum Männerklo. Was mich wohl auf der anderen Seite erwartet? *Da muss ich durch!* Die Tür einen Spalt öffnend, spähe ich hinein. Ein Mann steht an einem der Urinale und beachtet mich nicht. Als ich eine Tür im hinteren Teil sehe, fasse ich Mut. Stoisch geradeaus blickend peile ich die Kabine an. War gar nicht schwer. Es ist erstaunlich sauber, und ich sende Annie innerlich einen Dank. Als ich fertig bin, grinse ich. *Die* Gelegenheit, Gespräche auf dem Männerklo zu belauschen. Ich spitze die Ohren. Doch zu meiner Enttäuschung ist es mucksmäuschenstill. Bis auf die unvermeidlichen Geräusche. Kein Vergleich zum Geplapper der Frauen. Männer scheinen Toiletten nicht als sozialen Treffpunkt zu nutzen. Als ich die Kabine verlasse, stehen drei Männer an den Urinalen. Ich stöhne leise, als ich in einem von ihnen Shane entdecke. *War ja klar*. Mein Plan, sich an ihm vorbeizuschleichen, misslingt. Er hat mich längst entdeckt und grüßt mich mit einem amüsierten Funkeln in den Augen. Ohne den Blick von mir zu wenden, verstaut er die Kronjuwelen. Mein Gott, er sollte lieber aufpassen, sich nichts einzuklemmen, statt mich so anzustarren.

„Na, genießt du die Aussicht?" Sein Mund zeigt dieses sexy Grinsen.

Bloß raus hier!

Ich muss einen erschöpften Eindruck machen, als ich zum Tisch zurückkehre.

„Alles okay mit dir?", fragt Luke in seiner stets besorgten Art.

Ich nicke und nehme einen großen Schluck Bier. *Alles superokay!*

„Die da drüben an der Bar würde ich auch nicht von der Bettkante stoßen!" Oliver boxt mir in die Seite und Peter pfeift lasziv vor sich hin. „Der Vorbau ist nicht von schlechten Eltern."

„Und diese Lippen erst", fügt Craig grinsend hinzu und macht eine obszöne Geste.

Das ist ja nicht auszuhalten! Anstatt in Richtung des „Geschosses" zu schauen, wie meine Ranchkollegen die Frau an der Bar wahrscheinlich nennen würden, kneife ich wütend die Augen zusammen und knalle die Flasche auf den Tisch. „Fällt euch nicht auf, wie frauenverachtend eure Sprüche sind? Stellt euch vor, das wäre eure Schwester oder Mutter!"

Drei Augenpaare glotzen mich erstaunt an. Ich kann sehen, wie sie ins Grübeln kommen. Kurz verspüre ich Triumph. Meine Standpauke hat ihnen wohl vor Augen geführt, dass seit der Steinzeit ein paar Jährchen vergangen sind. Craig bricht als Erster in wieherndes Lachen aus, und binnen Sekunden fallen die anderen beiden ein. Oliver kracht mir seine Hand auf die Schulter. Wie gut, dass die Flasche schon abgestellt war.

„Nichts für ungut, Jesse! Ich weiß ja nicht, wie es bei euch in Idaho läuft. Aber die Frauen in Wyoming stehen nicht auf Romantik. Die wollen es derb und direkt." Er sucht nach Bestätigung bei Craig und Peter.

„Genau. Hier sind Männer noch Männer und Frauen noch Frauen", sagt Craig.

Und auch Peter kann sich einen Spruch nicht verkneifen: „Wenn du zum Schuss kommen willst, Jesse, darfst du nicht zimperlich sein. Sonst wissen die Weiber ja nicht, woran sie sind."

So viel Bullshit lässt sich kaum ertragen. Ich neige den Kopf. „Und ihr kommt regelmäßig *zum Schuss?*", frage ich.

Die drei Männer tauschen einen flüchtigen Blick und nicken. „Klar, läuft super."

Die Frauen im Saloon haben unseren Tisch den ganzen Abend beäugt, sie sind alle gut gebaute Cowboys. Aber „meine Jungs" lassen zwar die harten Männer raushängen, scheinen aber schüchtern zu sein.

„Also ich glaube, bei Frauen zieht die Romantiknummer besser", sage ich und nehme einen Schluck Bier. „Charme und so. Ihr wisst schon."

Craigs ungläubiges Gesicht ist zum Totlachen.

„Beweise es. Ich wette zwanzig Dollar, dass du abblitzt." Olivers Augen haben wieder diesen aufgeregten Schimmer angenommen, den er bei der Blondie-Wette hatte.

„Ja! Gute Idee, Oliver. Immer ran an die Frau, Jesse! Ich hab' doch gesagt, du sollst dir die Hörner abstoßen."

„Was soll ich tun? Ihr verlangt doch wohl nicht, dass ich … dass ich es mit ihr treibe? Ich bin nicht der Typ für schnelle Nummern."

Craig schlägt sich amüsiert auf die Schenkel. Mein Blick huscht zur Bar, und meine Augen treffen prompt auf Shane, der mich fragend ansieht.

Mir ist klar, dass die zwanzig Dollar futsch sind, wenn sie mich dazu verdonnern, mehr zu versuchen. Niemals wird diese Frau sich mit meiner Socke zufriedengeben. Ich schiele zur Bar und betrachte mein Zielobjekt. Sie sieht toll aus. Dunkle Locken ergießen sich bis zur Mitte ihres Rückens, und anstatt im Country-Outfit steckt sie in einem schwarzen Schlauchkleid, das hervorragend mit den Strasssteinen auf den Stiefeln kontrastiert. Der Rock ist durch ihren Sitz auf dem Barhocker bis zur Mitte der Oberschenkel hochgerutscht und lässt endlose gebräunte Beine frei. Mir wird warm. Seltsamerweise sitzt die Schönheit allein an der Bar. Es scheint, als würden die Männer Abstand halten. Neben ihr ist ein Stuhl frei. Ich räuspere mich und straffe die Schultern. Ich bin noch nie vor einer Herausforderung weggelaufen. Gegen die Geschehnisse, die mich vor drei

Monaten zur Flucht getrieben haben, ist das hier ein Klacks.

„Reicht es, dass sie etwa fünf Minuten lang mit mir spricht?", frage ich Oliver. Er überlegt kurz. Die drei beraten sich flüsternd.

„Aber nur, weil du neu und ein Greenhorn bist", teilt mir Craig gnädig das Ergebnis mit.

Ich nehme noch einen Schluck Bier. Dann stehe ich auf und steuere die Bar an.

„Das schafft der nie", höre ich in meinem Rücken.

Shane, dem die Brünette etwas ins Ohr säuselt, verfolgt jeden meiner Schritte. Als ich den freien Barhocker neben der Schönheit anpeile, hebt er fragend die Augenbrauen. Ich drehe ihm die Schulter zu und trete in Aktion.

Die Dunkelhaarige blickt mich verwirrt an, als ich mich neben ihr niederlasse.

„Ist hier noch frei?", frage ich.

Sie kneift die Augen zusammen, und ihr Blick huscht suchend durch den Raum.

„Kann ich dir einen Drink spendieren?", bleibe ich dran und deute auf das leere Glas vor ihr.

Sie zögert kurz, zuckt dann mit den Achseln und nickt. *Das ging ja leichter als gedacht.*

„Ein *Twobyfour* und einen *Jäger Energy*, bitte!", rufe ich Annie zu, die mir zunickt.

Meine Barnachbarin lächelt das erste Mal. „Du weißt, was ich trinke?"

Ich nicke. „Ich habe dich schon eine Weile beobachtet. Du bist nicht zu übersehen … tut mir leid, ich habe deinen Namen nicht verstanden?“ Ich neige mich zu ihr.

Sie kichert leise. „Den habe ich nicht gesagt.“ Sie wirft ihre Locken über die Schultern und haucht mir zu: „Nataly.“

Aus dem Augenwinkel sehe ich die Ranchjungs, die wild miteinander tuscheln. Ich halte Nataly meine Hand hin.

„Ein schöner Name. Ich bin Jesse aus Idaho. Nett, dich kennenzulernen, Nataly.“

„Jesse! Wie der Bandit Jesse James? Cool. Du bist neu hier, oder?“ Wieder huscht ihr Blick durch den Saal, bevor sie rasch meine Hand drückt. Die Ranchjungs sind nicht die Einzigen, die uns interessiert beobachten.

„Genau! Wie Jesse James. Hör zu, Nataly. Siehst du die Jungs am Tisch an der Ecke?“ Nataly nickt. „Ich bin neu auf der Ranch und sie nennen mich *Greenhorn*.“

Natalys Mundwinkel zucken leicht. Sie hat einen sehr schönen Mund. Ihr Gesicht wirkt kindlich, obwohl sie mit Schminke versucht hat, sich älter zu trimmen. Sie kann nicht älter als zwanzig sein. Das schwarze Kleid ist tief ausgeschnitten, und zum ersten Mal im Leben fällt es mir schwer, einer Frau nicht in den Ausschnitt zu glotzen.

„Also, du bist eine sehr schöne Frau, Nataly. Das

hat die Jungs auf die Idee gebracht, eine Wette abzuschließen. So eine Art Initiationsritual für mich."

Nataly nimmt einen Schluck vom Drink, den Annie vor sie gestellt hat. Sollte ich nicht so viele Fremdwörter verwenden? Ich nehme einen tiefen Zug aus der Bierflasche. Nach dem vielen Bier hätte ich Lust auf etwas „Richtiges". Aber ich kann schlecht einen Mädchendrink bestellen. Und Whiskey hasse ich.

„Auf jeden Fall wäre es sehr ... entgegenkommend von dir, wenn du so tust, als hätte ich dich angemacht und mindestens fünf Minuten mit mir redest. Mehr will ich nicht von dir."

Nataly kichert wieder und dreht das Glas in ihrer Hand. „Geht klar, Jesse."

Über Natalys Schulter sehe ich Shane, dessen trommelnder Daumen verrät, dass er nicht so gleichgültig ist, wie er vorgibt. Er schüttelt leicht mit dem Kopf. Was soll das? Er darf mit Blondie und wie sie alle heißen, Spaß haben, und ich muss brav bei den Jungs hocken? Nicht mit mir! Ich konzentriere mich wieder auf die Frau vor mir. „Möchtest du tanzen?"

KUSS

Ich deute mit der Flasche auf die Tanzfläche. Nataly blickt sich kurz in der Bar um und rutscht ohne ein weiteres Wort vom Barhocker. Sie ist auf halbem Weg, als ich endlich aufwache. *Was tue ich?*, denke ich. Auf der Tanzfläche dreht sie sich erwartungsvoll zu mir um. Automatisch lege ich ihr die linke Hand auf die Schulter und hebe die rechte Hand. Nataly kräuselt die Nase.

„Ich weiß nicht, wie in Idaho getanzt wird, aber in Wyoming ist es andersherum." Sie greift meine rechte Hand und legt sie auf ihre Taille.

„Sorry!" Durch den dünnen Stoff spüre ich ihre weibliche Kurve an dieser Stelle, nicht zu dünn, nicht zu weich. *Holy Shit! Sie ist sexy!* Mein Daumen reißt aus und streicht einmal vor und zurück, bevor mir bewusst wird, was ich tue. „Sorry!", murmle ich wieder. Sie zwinkert mir zu. Zum Glück beginnt ein langsamer Song.

Obwohl es seitenverkehrt ungewohnt ist, klappt es ganz ordentlich. Der Keith Urban-Verschnitt macht es nicht schlecht, als er die Ballade *„Parallel Line"* seines Vorbilds singt. Läge ich in Shanes Armen, würde ich sagen: Perfekter kann ein Tanz nicht sein!

Nataly schmiegt sich, wie dafür gemacht, mit ihren Kurven gegen mich. Ihr Dekolleté presst sich gegen meins. *Uff!* Wenn ich ein Mann wäre, steckte ich jetzt in echten Schwierigkeiten. Aber meine Socke rührt sich nicht.

Legt sie es darauf an und ist gleich enttäuscht? Sind die Frauen in Wyoming leicht zu haben? Vermutlich haben die Ranchjungs recht und sie kommen gleich zur Sache. Bei Natalys ungewohntem Tempo wird mir schwindelig. Kein Wunder, dass Shane bei den Frauen hier leichtes Spiel hat, wenn es sogar mir Hänfling gelingt, so eine Sexbombe aufzureißen. Meine Laune hebt sich, und ich mache eine übermütige Drehung, die Nataly ein leises Quieken entlockt.

„Und, mehr willst du nicht von mir?", fragt Nataly mit einem koketten Augenaufschlag. Ihre Wimpern sind sehr dicht. Ob sie echt sind? Oder nimmt sie eines dieser teuren Gels, die angeblich Wunder wirken? Ihr Lidstrich ist perfekt gelungen. Gott, diese braunen Rehaugen. Und die Lippen erst!

Ich kann nicht verhindern, an Craigs obszöne Andeutung zu denken und schlucke trocken.

„Die Lippenstiftfarbe steht dir gut“, brabble ich das Erste, das mir in den Sinn kommt. *Was fasle ich denn da?*

Nataly grinst. „Du stehst gar nicht auf Mädchen, oder?“

Überrumpelt zucke ich mit den Schultern.

„Oh, du bist dir noch nicht sicher? So süß! Ganz anders als die anderen Kerle hier.“ Sie entwindet mir ihre Hand und streicht über meine Wange. Es ist angenehm. Nun beide Hände an ihrer Hüfte ziehe ich sie ein Stück näher an mich.

„So weich. Wie alt bist du?“ Ich brauche eine Sekunde, um zu begreifen, dass sie meine Wangen meint und nicht die Socke.

Ihr fruchtiges Parfüm steigt mir in die Nase, und meine Antwort kommt eher krächzend heraus. „Zweiundzwanzig. Wir haben nicht viel Bartwuchs in der Familie“, flüstere ich die Standardantwort der vergangenen Woche. Ich hoffe, durch mein jünger angegebenes Alter nimmt sie mir den Kerl trotz des weiblichen Gesichts ab. Sie legt den Kopf schief und lächelt. Die kleine Lücke zwischen ihren beiden Schneidezähnen ist sehr apart.

„Wäre es für deine Wette nicht besser, wenn wir uns küssen?“, haucht sie, ohne die Finger von meinem Kinn zu lassen.

Wie hypnotisiert starre ich auf ihren Mund.

Meine Aufregung steigt. Obwohl ich unzählige Male im Leben geküsst habe, war nie eine Frau darunter. Nicht einmal zu Collegezeiten. Aber da habe ich Streberin mich aus dem wilden Leben ausgeklinkt, um meine Karriere nicht zu gefährden. Und jetzt das! Als ich mich als Mann verkleidet habe, gehörte das sicherlich nicht zum Plan. Ich bin überrumpelt, wie engagiert Nataly bei der Sache ist.

Ich möchte sie küssen. Nicht nur wegen der Wette, ich bin auch neugierig. Aber vor allen Leuten in der Bar? Mein erstes lesbisches Erlebnis soll nicht mitten auf einer Tanzfläche stattfinden. Bevor mein Verstand protestieren kann, liegen ihre weichen Lippen auf meinen. Es fühlt sich an wie ... ein ganz normaler Kuss. Zumindest im ersten Moment. Wie von selbst öffnet sich mein Mund, und ihre Zunge streicht frech über meine untere Lippe. Als unsere Zungen sich treffen, wird mir bewusst, dass dies kein normaler Kuss ist. Ich küsse eine Frau. Und diese Vorstellung turnt mich unsagbar an. Ich verstärke meinen Griff und registriere nur am Rande, dass meine Hände sich in ihren Hintern bohren. Wäre *ich* die Frau, würde ich jetzt abrücken. Aber Nataly seufzt zufrieden, und die Zungenschläge, die soeben noch tastend waren, werden drängend. Ein heiseres Stöhnen entringt sich mir. In meinem Hinterkopf mahnt eine Stimme, sofort aufzuhören. Ich weiß, ich sollte auf sie achten. Aber ich ignoriere sie. Das hier fühlt sich zu gut an. Ich verschmelze mit Natalys Mund und löse mich unter ihrer Zunge auf.

„Natty!“, brüllt ein lästiger Mensch.

Nataly versteift sich in meinen Armen und schiebt mich von sich. Benommen blinzle ich nach rechts und sehe einen bulligen Mann mit Cowboyhut, dessen wutverzerrtes Gesicht alles sagt. *Ups*!

„Was soll der Scheiß?“, schreit er Nataly an, und instinktiv möchte ich mich schützend vor sie stellen. Der Bulle lässt mir dazu keine Gelegenheit und reißt sie von mir fort.

Jetzt tritt Natalys Temperament hervor. „Du hast mich hier den ganzen Abend sitzen lassen, Carlo. Wir waren vor einer Stunde verabredet.“ Die Arme in die Taille gestützt, blitzt sie ihn an.

„Ach, und da vögelst du mit dem Erstbesten rum.“

Vögeln? Moment mal! Irgendwie weckt dieser Satz ein Gentleman-Gen in mir. Echtes Method-Acting!

„Wir haben uns nur geküsst. Lass ihren Arm los! Du tust ihr weh!“

Natalys Augen weiten sich, und sie schüttelt den Kopf. Falls sie mich damit warnen wollte, ist es zu spät. Der Bulle nimmt mich ins Visier. Wenn das hier ein Comic wäre, würde Rauch aus seinen Nasenlöchern treten. Ich hebe beschwichtigend die Hände. Nicht umsonst habe ich eine Fortbildung in Konfliktmanagement und weiß, wie wichtig Körpersprache ist. Allerdings war diese Fortbildung für Schlichtungsgespräche bei juristischen Problemen gedacht und nicht für Situationen mit wildgewordenen Cowboys in einer Bar.

„Ich denke, wir sollten vor die Tür gehen und die Sache dort ausdiskutieren", sage ich und zeige Richtung Tür.

Um uns herum hat sich ein Ring aus Menschen gebildet, die sich wahrscheinlich freuen, dass endlich etwas los ist. Der Sänger und seine Band haben ihre Performance unterbrochen und machen die Stimmung damit noch spannungsgeladener. Hatte ich vorher nicht gedacht, dass nur eine Schlägerei für das perfekte Saloon-Feeling fehle? Selbsterfüllende Prophezeiung. Hinter den Ranchjungs entdecke ich Shane. Apropos Körpersprache: Der zusammengepresste Kiefer und die hochgezogenen Schultern haben die Nackenmuskulatur aufgespannt wie bei einer Dinosaurierart. Die Arme sind vor der Brust verschränkt, und sein Bizeps kam mir nie so groß vor. Er steht dort wie ein Bodyguard. Tröstlich. Auch wenn ich diese Sache hier im Griff habe.

„Diskutieren?" Carlo scheint Probleme mit dem Wort zu haben. Vielleicht sollte ich es auf sein Niveau runterbrechen.

„Ja, *reden*. Ich kann alles erklären. Es handelte sich um eine Wette. Nataly wollte nur helfen."

Kaum habe ich ausgeredet, schnellt Carlos Hand hervor. Im letzten Moment schützen mich meine guten Reflexe und ich ducke mich zur Seite. Carlo, der damit nicht gerechnet hat, wird von seinem eigenen Schwung mitgerissen und macht zwei Schritte, um sich wieder zu fangen. Ich rede weiter, als sei nichts geschehen. *Angst ist nur ein Gemütszustand, den ich kontrollieren kann.*

„Ich verstehe vollkommen, dass du wütend bist, Carlo. Das wäre ich an deiner Stelle auch", versuche ich es weiter. Ein Hoch auf Ich-Botschaften! „Gewalt ist nie eine Lösung. Außerdem gehören immer zwei dazu. Natty war wütend auf dich, weil du zu spät warst. Vielleicht solltet ihr beide ein paar Dinge klären."

Carlo stößt einen Laut aus, der meinem ersten Eindruck von ihm alle Ehre macht. Wie in Zeitlupe sehe ich, dass er den Kopf senkt und tatsächlich vorhat, mich zu rammen. Shane hat die Arme gehoben und stürzt nach vorn. Im hintersten Winkel meines Hirns begreife ich, dass er mich im Ernstfall beschützen wird. Er ist zu weit weg und schafft es gerade, Peter zur Seite zu schubsen, als Carlos Kopf mich erreicht. Wie ich es seit Jahren trainiert habe, verlagere ich das Gewicht auf meine linke Seite, ziehe meine rechte Schulter zurück und biege mich geschmeidig wie ein Schilfrohr, sodass Carlos Attacke meinen Körper knapp verfehlt. Gleichzeitig schwinge ich das rechte Bein in einer Drehbewegung nach oben und kicke Carlo die Fußspitze mit voller Wucht vor das Kinn. Mein koreanischer

Martial-Arts-Trainer hätte die Armhaltung bemängelt, aber der Zweck ist erfüllt. Carlos Kopf fliegt nach hinten. Der unerwartete Widerstand lässt seinen Unterkörper noch einige Zentimeter in die angepeilte Richtung schlittern, bis er sich horizontal zum Fußboden befindet. Dann knallt seine Masse mit einem dumpfen Laut auf den Boden. Benommen blinzelt Carlo zur Decke und versucht zu begreifen, wie er in diese liegende Position gekommen ist. Einen Moment lang ist es totenstill im Lokal. Einzig meine Atmung ist zu hören, während ich, immer noch kampfbereit, den Gegner im Auge behalte.

Nataly eilt zu Carlo. Zeitgleich mit ihrem Schrei und dem Jubel der Ranchjungs reißt mich Shane in seine Arme.

ADRENALIN

„Lass mich sofort los“, zische ich, während ich versuche, mich aus seinem Griff zu lösen. Unbeirrt zerrt Shane mich in den dunklen Gang zu den Toiletten. Dort öffnet er eine Tür, die nach draußen führt. *Der Typ kennt sich hier aus,* denke ich frustriert. Wer weiß, wie viele Frauen er hierhin abgeschleppt hat, wenn der Druck zu groß war, um auf ein Bett zu warten. Draußen taucht eine funzelige Laterne eine Reihe von Mülltonnen in einen Lichtkreis. Shane zerrt mich weiter und drückt mich gegen die dunkle Hauswand. Als er sicher ist, dass ich nicht fliehe, lässt er mich los. Anstatt zurückzutreten, bleibt er in meiner Komfortzone.

„Frau, du machst mir meinen Job echt schwer“, bricht es aus ihm heraus.

Ich verstehe nichts mehr.

„Weißt du, mit wem du dich da soeben angelegt

hast? Dieser Carlo ist der verfluchte Pate von Shell. Ausgerechnet seine Verlobte musst du abschlecken."

Ein Kichern entfährt mir. „Als ob es in diesem Kaff so etwas wie organisiertes Verbrechen gibt. Das ist zu viel Ehre für ein wenig Klüngel unter Bauern. Ich dachte, *ich* leide unter Verfolgungswahn. Mit dem Unterschied, dass meiner *echt* ist." Ich verschränke die Arme vor der Brust, um mich vor seiner Nähe abzuschirmen. Einen Moment lang ist nur unser schweres Atmen zu hören. Das Adrenalin pumpt nach Carlos Attacke durch meine Venen. Mein Verstand hat noch nicht begriffen, dass ich die erste „Real-life-Verteidigung" meines Lebens mit Bravour gemeistert habe. Jahrelang hat mich mein Vater im Kampfsport ausbilden lassen. Damit seine einzige Tochter, sein Augapfel, sich schützen kann. Ich durfte erst allein ausgehen, als mein Trainer ihm bestätigt hat, ich sei definitiv in der Lage, übergriffige Männer abzuwehren. Das war mit siebzehn, als ich in der Schule bereits als Oberstreberin galt und mich sowieso keiner auf Partys eingeladen hat. Wie habe ich sie beide deswegen gehasst. Aber heute habe ich erstmals erfahren, wie gut es ist, wenn man einen Bullen in Rage mit einem einzigen Fußkick in die Schranken verweisen kann. Ich fühle mich stark und zornig. Und ich hätte nicht übel Lust, die überschüssige Energie an Shane auszulassen. Ich bräuchte nur das Knie zu heben ...

Als könnte Shane meine Gedanken lesen, legt er

beide Hände links und rechts von mir an die Hauswand. Er neigt sich vor.

„Denk nicht einmal daran." Die tiefe Stimme an meinem Ohr sendet flirrende Impulse bis in die Kniekehlen.

Ich lasse die Arme sinken.

Die Attacke auf meine Sinne geht weiter, als er flüstert: „Das war das Schärfste, was ich je gesehen habe."

Er ist zu nah! Obwohl ich den Impuls habe, die Wange an sein Kinn zu schmiegen, drücke ich ihn fort. Trotz der Dunkelheit kann ich den Glanz in seinen Augen sehen, die mich, wie seit Tagen, in dieser intensiven Art mustern. Wenn es heller wäre, würde ich auf dunkelgrüne Seen tippen. Konnte ich jemals zuvor bei einem Mann sagen, welche Farbnuance seine Iris bei welcher Stimmung hat?

Völlig unpassend sehe ich mich vor meinem inneren Auge als Kandidatin einer Quiz-Show, in der ich zu Shanes Eigenheiten befragt werde und volle Punktzahl erlange. Obwohl ich ihn erst eine gute Woche kenne und wir, bis auf unseren Trip, nicht viel miteinander zu tun hatten, weiß ich viel von ihm. Ich weiß, dass seine Augen hellgrün sind, wenn er lacht oder wenn er mit Smith spielt. Ich weiß, dass er bedächtig isst und jeden Bissen genüsslich kaut, was im Kontrast zu den anderen Jungs, die ihr Essen hinunterschlingen, besonders auffällt. Er mag keine frische Paprika, und von Pizza lässt er den

Rand liegen. Ich weiß, dass er den Cowboyhut mit zwei Fingern an der Krempe in den Nacken schiebt, wenn er nachdenkt, oder konzentriert an etwas arbeitet. Er gibt dann leise Ächzlaute von sich und murmelt Selbstgespräche. Es ist mir erstmals aufgefallen, als er das Gatter am Paddock neben dem Haupthaus ausgebessert hat. Wenn er zornig ist und es nicht zeigen will, dreht er am geflochtenen Lederarmband an seinem linken Handgelenk. Ich weiß, er verfügt über eine gute Allgemeinbildung, was er nicht offen zur Schau trägt. Aber bei Diskussionen während des Abendessens hat er beiläufig qualifizierte Bemerkungen einfließen lassen, die sehr ungewöhnlich für einen Cowboy sind. Er ist ein spannender Typ. Zu gern würde ich mehr von ihm kennenlernen.

Ich weiß, dass er mich vor Carlo verteidigen wollte.

Ich weiß, dass er auf ausladende Hinterteile steht.

„Scharf, ja?", keuche ich und gebe mir Mühe, das Zittern in meiner Stimme zu unterdrücken. „Du hast wohl noch nie eine Frau kämpfen sehen. Auf so etwas stehst du?"

Er lacht leise und schüttelt den Kopf. „Du ahnst nicht, wie viele Frauen ich schon habe kämpfen sehen."

Ich runzle verwirrt die Stirn. Geht er auf Frauenboxkämpfe? *Schräges Hobby.*

„Du wirst schon darauf kommen, was genau ich scharf fand, Socke.“ Er tippt mir mit dem Zeigefinger auf die Nasenspitze. Dieser dumme Spitzname! Warum wird mir jedes Mal warm ums Herz, wenn er ihn sagt?

Mit einem Mal weiß ich genau, was er scharf fand.

Die Erinnerung an Natalys fordernde Zunge und ihr weiches Fleisch unter meinem festen Griff ist frisch. Ich habe mich wie ein Mann gefühlt. Oder doch nicht? Ich räuspere mich.

Trotz der Hitze, die von ihm ausgeht, beginne ich zu zittern. Der Adrenalinpegel senkt sich. Er bemerkt es, tritt einen Schritt zurück und beginnt, sein Hemd aufzuknöpfen. Durch die Hauswand tönen gedämpft die Klänge der Band, die ihr Spiel wiederaufgenommen hat. Passende Musik zum Striptease, denke ich. Der heiße Anblick von Shane, der seinen nackten Oberkörper entblößt, lässt mein Denken völlig erlahmen. Wie eine Puppe lasse ich mir das Hemd um die Schultern legen. Als meine Wange dabei die Haut an seiner Brust streift und mich sein männlicher Duft von allen Seiten umhüllt, entfährt mir ein Wimmern. *Shit.* Ich sollte cool blei ben. Shane beginnt, von unten die Knöpfe des Hemdes zuzuknöpfen. Mit jedem Knopfloch wird meine Atmung flacher. Seine Fürsorge rührt mich an, und diese starken rauen Hände, die sich langsam in Richtung Busen vorarbeiten, lassen mein Herz in der Brust trommeln. Trotz der Bandage kann ich die Knöchel seiner Hand auf der zarten Haut dort spüren. Streift er die Nippel unabsichtlich? Den Verrätern scheint es zu gefallen, denn sie richten sich grüßend auf und buhlen um weitere Zuwendung. An seinem kurzen Innehalten merke ich, dass auch ihm das aufgefallen ist. *Verdammt!* Dieser Moment, dieses Gefühl, ist das Erotischste, das ich je erlebt habe. Er seufzt und lässt die Hände sinken. Der Laut geht mir durch und durch, und am liebsten würde ich protestieren, seine Handkuppen über meinen Busen legen und ihn anflehen, nicht aufzuhören. *Reiß dich zusammen, Jessica! Er zieht ein Hemd an, nicht aus.* Es ist doch geklärt, dass er nicht auf mich steht. Er steht auf Jennifer Lopez-Ärsche. Die Brünette, mit der er die Bar betreten hat, kommt mir in den Sinn.

„Vermisst dein Date dich nicht?“ Ich vermeide den Blick auf die nackte Haut vor mir. Das, was ich aus dem Augenwinkel mitbekomme, reicht, um meinen Mund wässrig zu machen. Trotz des Dämmerlichts, oder gerade deswegen, sehe ich eine scharfe Linie, die sich von der Brust zum Bauchnabel zieht. Links und rechts davon werfen insgesamt acht Muskelpäckchen ihre Schatten. Ich beginne, mit den Fingerspitzen gegen die Hauswand hinter mir zu trommeln. Sein Grinsen wird breiter. Er weiß genau, wie es um mich steht. Auf meine Frage hin zuckt er mit den massigen Schultern.

„Date? Ich date nicht. Niemals. Daten ist was für Romantiker." Ha, dieser Spruch kommt mir bekannt vor.

„Oh, da macht wohl einer auf Christian Grey. Lass mich raten. Als Nächstes sagst du: ‚Ich mache keine Liebe, ich *ficke.*'" Ich gebe mein Bestes, die Stimme männlich-sinnlich klingen zu lassen.

Shanes Kopf ruckt nach hinten. Er hat nicht mit einem solch derben Wort von mir gerechnet.

„Wer ist Christian Grey? Noch ein Ex von dir?"

Ich lache auf. Wer ist dieser Mann? Sollte ich das mit der Allgemeinbildung wieder zurücknehmen?

Seine Mundwinkel zucken. Aha, er zieht mich auf. Er legt den Kopf schief, und seine Stimme hat ein noch tieferes Timbre angenommen. „Wenn du es allerdings *ficken* nennen möchtest, Socke. Ein hässliches Wort für eine so schöne Sache." Er neigt sich wieder vor, und sein Atem liebkost mein Ohrläppchen.

Die vulgäre Vokabel klingt heiß, wenn Shane sie sagt, und mir wird wärmer.

„Eine Sache, die ich sehr gut beherrsche, Jessica. Ich könnte mich hier und jetzt in dir versenken und dich dazu bringen, meinen Namen im Takt deines Herzschlags zu stöhnen."

Hitze schießt in meinen Unterleib. O. Mein. Gott! Jeden anderen hätte ich wegen Selbstüberschätzung aufgezogen, oder wegen Belästigung von mir gestoßen. Aber wie er meinen richtigen Namen ausspricht, verschlägt mir die Sprache. Er stößt sich wieder ab, und ich atme auf. Ich hatte nicht bemerkt, dass ich die Luft angehalten habe. Schrilles Gelächter dringt durch die Wand und rüttelt mich wach. Was soll dieses Katz-und-Maus-Spiel? Er hatte doch im Schlafsack Gelegenheit, sein goldenes Ticket einzulösen. Ich sollte wieder zu meinen Jungs gehen und zur Ranch zurückfahren.

„Ist ja interessant. Und das interessiert mich, weil...?“

Er legt den Kopf in den Nacken und lacht. Wie er nach meinem Lassotrick gelacht hat. Mein Herz flattert bei dem Gedanken, wie hellgrün seine Augen gerade sein müssen. Ich gehe einen Schritt zur Seite, um mich von seiner Nähe zu befreien. Sein Arm schießt vor, und mit einem Ruck zieht er mich an sich. Mein Herz schlägt gegen seine nackte Brust. Unser beider Atem geht schwer. Er löst seine Hände und legt sie mir ums Gesicht. Am Hinterkopf fühle ich die raue Holzwand. Vor mir ist eine Wand aus Mann. Automatisch schließe ich die Augen. Dieser Abend war einfach zu viel. Ich war enttäuscht, dass Shane mit der Brünetten aufgetaucht ist, ich habe eine Frau geküsst und mit einem Koloss von Mann gekämpft. Jegliche Kraft verlässt meinen Körper. Ich bin zu schwach. Ich kann nicht widerstehen. Ich will nur noch eins: Shane.

„Das sollten wir nicht tun“, sind die letzten

Worte, die er murmelt, bevor unsere Münder sich hungrig aufeinanderpressen.

Seine Lippen sind weicher als erwartet. Im Gegensatz zu seinen Worten saugt er meine Unterlippe fast schmerzhaft in seinen Mund. Das kurze Brennen facht die Leidenschaft weiter an. Mit einem leisen Keuchen tasten meine Fingerkuppen begierig die Berge und Täler seines Bauchs ab, bevor Shane mit einem Knurren meine Arme einfängt und sie mit einer Hand über meinem Kopf an der Wand zusammenhält. Seine Zunge stößt fordernd in meinen Mund, während die freie Hand gierig meine linke Flanke entlangfährt. Er schmeckt nach Abenteuer. Bartstoppel schaben über mein Kinn, während wir uns ineinander verlieren. Unweigerlich vergleiche ich den Kuss mit dem von Nataly. Dort war ich der männliche Part und habe erleben dürfen, wie leicht die Leidenschaft eine Grenze überschreitet. Die Männer in meinem Leben haben diese Grenze bisher immer respektiert. Die Spielregeln des Balzrituals, vom ersten Date über den ersten Kuss bis zu mehr, waren fest abgesteckt. Nie hätte ich gedacht, es zu genießen, von einem Mann so grob begehrt zu werden. Mein Körper hat längst für mich entschieden, dass ich dem Cowboy die Macht überlasse. Und es wahnsinnig heiß finde. Ich werfe den Kopf in den Nacken, und seine Küsse wandern meinen Hals hinab. Als kleine Bisse mein Schlüsselbein entlangfahren, schraubt er seinen Unterleib gegen meinen. Er ist steinhart, und die Genugtuung, dass ich es bin, die ihn erregt, lässt mich aufkeuchen. „Shane!“, flüstere ich.

Er schiebt die Hemden nach oben und zerrt die Bandage hinunter. Die entblößten Brustwarzen werden unter seinem verlangenden Mund hart. Mein Rücken biegt sich ihm entgegen. Ich will mehr von diesem elektrisierenden Gefühl, das seine Lippen mit mir anstellen. Seine Leidenschaft entringt mir ein atemloses Stöhnen. Mein Körper ist gierig, möchte von diesem Mann gezähmt werden. Shane flüstert gegen meine feuchte Haut. Zusammenhanglose Wortfetzen, die mein Verstand als Flüche zusammensetzt. Warum sträubt er sich gegen mich? Jedes seiner verzweifelten Worte rührt mich. Jeder seiner Küsse erhitzt mein Blut und entzündet ein Feuer in meiner Seele. Ich vergesse alles um mich herum. Den Saloon, meine Flucht, meine Tarnung. O Gott. Ich bin noch niemals so geküsst worden. Wenn schon das so wahnsinnig gut ist, wie ist dann erst der Rest mit ihm? Er greift unter meinen Hintern und hebt mich auf seine Hüften. Mir ist egal, ob er schon bessere in der Hand hatte. Automatisch schlinge ich die Beine um seinen Leib. *Reibung, ich brauche mehr Reibung,* denke ich. Shane stöhnt, als ich dem Verlangen nachkomme. Nur vier dünne Membranen halten uns davon ab, uns an Ort und Stelle zu vereinen.

„Shane? Jesse? Wo seid ihr?“ Wie von weiter

Ferne dringt eine Stimme durch die Lust, die wie Melasse um meinen Verstand wabert. Shane flucht. Diesmal laut und vernehmlich. Im selben Moment, in dem sich die Hintertür öffnet, setzt er mich ab, zieht mein Hemd mit einem Ruck hinunter und tritt einen halben Meter zurück. Zum Glück lehne ich gegen die Wand. Ansonsten hätten mich die Beine nicht tragen können. Luke erscheint im Türrahmen und blinzelt gegen die Laterne. Kurz bin ich erleichtert, dass die Dunkelheit das meiste von uns verbirgt. Es fällt mir schwer, die Atmung auf die Schnelle zu regulieren. Ich schnappe nach Luft, als hätte ich einen Marathon absolviert. Im Übrigen bin ich mir sicher, dass meine geschwollenen Lippen, roten Wangen und glänzenden Augen ihre eigene Sprache sprechen.

„Wir sind hier, Luke. Jesse brauchte ein wenig Ruhe." So sehr Shane versucht, Ruhe zu bewahren, höre ich ihm an, dass er ebenfalls an seiner Atmung arbeitet. Luke kommt auf uns zu. Er lacht begeistert vor sich hin. „Jesse, dem Kerl hast du es aber gegeben! Hast du sein Gesicht gesehen? Wo hast du das gelernt?" Er bleibt abrupt stehen, als er Shanes nackten Oberkörper bemerkt. Fragend runzelt er die Stirn.

Shane kommt ihm zuvor. „Jesse war kalt. Das Adrenalin ist abgesackt."

Luke nickt, aber an der Art, wie sein Blick zwischen Shane und mir hin und her huscht, sehe ich ihm an, dass er eins und eins zusammenzählt. Einen Moment ist es still.

Luke räuspert sich. „Okay. Wie auch immer. Die Jungs wollen heimfahren. Ich wollte nur sichergehen, dass Jesse weiß, wie er zur Ranch zurückkommt.“ Er hebt zum Abschied die Hand.

Als die Tür hinter ihm ins Schloss fällt, fasst Shane meine Gedanken, wenn auch aus anderen Gründen, treffend zusammen. „Fuck!“

DATE

„Bist du schon einmal Schaltwagen gefahren?“ Emily mustert mich fragend und öffnet die Fahrertür des Dodge.

„Schalten ist nicht das Problem. Das wollte ich schon immer ausprobieren. Einparken ist eher eine Schwäche von mir. Und die Jungs setzen sich schon in die erste Reihe.“ Ich deute mit dem Kinn auf die Gruppe der Männer vor der Scheune und mache es mir hinter dem Lenkrad bequem.

Emily grinst. „Einparken kann ich auch nicht.“

Ich neige mich zu ihr und flüstere: „Nur musst du nicht so tun, als wärst du ein Mann.“

Sie lacht lauthals und tippt dann auf mein linkes Bein. „Hiermit bedienst du die Kupplung. Das ist die Pedale ganz links.“ Ich teste die Pedale und nach einigen Erklärungen darf ich eine Runde auf dem Hof fahren. Der Dodge ruckelt und säuft mehrfach ab. Luke und Oliver haben sich auf das Gatter des Paddocks gesetzt und finden das wohl besser als das Fernsehprogramm. Sie johlen jedes Mal, wenn ich den Motor abwürge. Ich kann es nicht lassen, den Hof nach Shane abzusuchen. Doch er hat sich den ganzen Tag nicht blicken lassen. Seufzend bringe ich den Dodge zum Stehen. Nicht, ohne dass er einen Satz nach vorn macht. In dem Moment geht das Scheunentor auf. Nur Craig. Mein Blick spricht wohl Bände.

„Er ist Rinder einfangen und wird vermutlich nicht vor morgen Abend zurück sein", sagt Emily.

Ich kneife frustriert die Brauen zusammen.

„Ich hatte ihm vorgeschlagen, dass du ihn begleitest. Er hat ein Gesicht gemacht, als hätte ich ihm den Teufel persönlich auf den Leib binden wollen." Emily kichert.

Ich verziehe den Mund. Ein Lächeln will mir nicht recht gelingen. „Ist wahrscheinlich besser so", murmle ich vor mich hin und springe vom Fahrersitz des Pick-ups auf den Staubboden.

„Habt ihr euch gestritten?"

„So etwas Ähnliches." Ich sehe Emily an, dass ihr tausend Fragen auf der Zunge brennen, doch sie zeigt auf den Wagen.

„Dann traust du dir die Tour morgen früh zu?"

Ich nicke. Alle drei Tage fährt Emily in den frühen Morgenstunden auf den Großmarkt nach Greybull und kauft Lebensmittel für die hungrige

Meute. Ich bin froh, dass ich mich nützlich machen kann, und habe angeboten, die Touren zu übernehmen. „Der Dodge und ich werden schon klarkommen."

Luke springt vom Holzzaun und kommt grinsend auf mich zu. „Hat doch gut geklappt. Soll ich dich morgen auf der ersten Tour begleiten?" Oliver lacht leise, und Luke wirft ihm über die Schulter einen grimmigen Blick zu.

„Nein, nicht nötig. Ich bin gern für mich."

Luke zieht seine Unterlippe zwischen die Zähne. Die Daumen in den Laschen seiner Hose verhakt, folgt er mir in den Stall. Ich liebe es, vor dem Abendessen bei den Pferden zu sein. Schon als Kind hat mich der Duft nach Heu, Leder und Tier fasziniert. Luke weicht nicht von meiner Seite. Er hat den deutlichen Hinweis nicht verstanden. Während ich Zaumzeug und Sattel richte und einen Besen von links nach rechts stelle, plappert er in einem fort. Er fragt mich begeistert nach ein paar Martial-Arts-Techniken. Ich bringe es nicht übers Herz, ihn abzuweisen, als er mich bittet, ihm ein paar Griffe der *‚coolen Thai-Moves'* beizubringen.

„Wir können ja nächsten Freitag zusammen nach Greybull gehen. Dort gibt es eine *richtige* Bar. Nicht so einen altmodischen Saloon wie gestern."

Ich zucke mit den Schultern. „Mir hat Annies Saloon gefallen." Vor allem die beiden heißen Küsse, die ich dort bekommen habe. Ein warmes Prickeln meldet sich, als ich mich daran erinnere, wie gut sich Shanes nackte Haut unter meinen Fingerspitzen angefühlt hat. Was er wohl gerade macht? Vielleicht sammelt er Brennholz für ein Lagerfeuer. In Gedanken sehe ich ihn den Schlafsack ausrollen. Ob er an mich denkt? Vermutlich nicht so viel wie ich an ihn. Denn ich habe gefühlt jede Minute des heutigen Tages dieses Sehnen in der Brust gehabt. *Mist. Es hat mich voll erwischt.* Ich seufze und versuche, mich wieder auf Lukes Redeschwall zu konzentrieren.

Luke lässt sich nicht abschütteln, und ich beschließe, die Stallrunde abzukürzen. Als ich das Scheunentor schließe, zeigt er zur Kette der Big Horn Mountains, die im Abendlicht majestätisch daliegen.

„Kennst du den Film *Brokeback Mountain*?“, fragt er. „Der spielt dort in den Bergen.“

Ich kenne den Film. Ich meine, wer lässt sich schon diese Sahneschnitten an Hauptdarstellern entgehen? Auch wenn sich die beiden Cowboys bei der Story miteinander im Stroh wälzen. So langsam dämmert mir, was Luke andeuten möchte. Ich stelle mich dumm.

„Nie gehört“, murmle ich und beschleunige die Schritte Richtung Haus.

„Oh. Nicht?“ Lukes Schultern sacken hinab.

Ich bleibe stehen. Ich weiß, wie man sich fühlt, wenn man einsam ist. In Italien habe ich in einem kleinen Dorf eine Amerikanerin getroffen. Ihr Ohr hat wahrscheinlich geglüht, so sehr habe ich auf sie eingeredet, froh, einen Menschen anzutreffen, der meine Sprache spricht. Wie sehr ich sie genervt habe, ist mir erst aufgefallen, als sie mit einer fadenscheinigen Ausrede recht überstürzt aufgebrochen ist.

Es wird doch einen Weg geben, mit Luke befreundet zu sein, ohne dass er mich, also mein männliches Alter Ego, angräbt.

„Ach, *der* Film! Jetzt, wo du es sagst. Mit Michelle Williams. Heiße Braut. Wahnsinnsbrüste. Soweit ich weiß, wurde der aber in Kanada gedreht. Nicht hier“, sage ich und winke Luke zu, als ich im Haus verschwinde.

Beim Essen herrscht eine ausgelassene Stimmung. Da Emily beim Frühstück nicht dabei war, berichten die Jungs ihr haarklein von meinem gestrigen Kampf mit Carlo. Das geht natürlich nicht, ohne den Kuss mit Nataly zu erwähnen, was mir eine hochgezogene Augenbraue und ein Zwinkern von Emily einbringt. Luke erzählt eine witzige Anekdote, wie er sich mal aus Versehen im Hühnerstall eingesperrt hat. Seitdem hat er einen Heidenrespekt vor dem Hahn. Peter musste ihn befreien, und er breitet genüsslich aus, wie blass Luke war, als man ihn nach etwa einer Stunde endlich vermisst und geortet hatte. Danach kann jeder der Jungs von einem Missgeschick auf der Ranch berichten, während wir uns gegenseitig Schüsseln reichen und Emilys erfrischende Zitronenlimonade genießen. Ich habe selten so viel gelacht.

Shane fehlt. Ich habe mich zu sehr daran gewöhnt, bei Tisch zu ihm hinzuschielen. Vielleicht ist es nicht schlecht, Abstand zu bekommen.

„Lass nur, Emily, ich mache den Abwasch", sage ich später. Die routinierten Handgriffe tun mir gut. Als ich danach auf die Terrasse komme, traue ich meinen Augen kaum: Emily lackiert sich die Fingernägel. Dunkelrot. Genauso gut hätte sie eine silberne *Gucci-Clutch* in der Hand halten oder *Louboutins* statt der Cowboystiefel tragen können.

„Was wird das denn?", frage ich perplex. Sie hat nicht gemerkt, dass ich nach draußen gekommen bin und zuckt zusammen.

„Jessica, warum schleichst du dich an?" Stirnrunzelnd untersucht sie ihren Daumennagel nach einer Macke.

Ich setze mich neben sie und grinse. „Für die Jungs?"

Sie lacht laut auf. „Nein, ich habe ein Date."

„Ein Date? Heute Abend noch?" Erst jetzt fällt mir auf, dass Emily statt der üblichen Blue Jeans ein geblümtes Kleid trägt. Sie nickt, was mich als Antwort nicht zufriedenstellt.

„Darf ich erfahren, wer der Glückliche ist?"

„Du darfst. Es ist Jock. Man kann auch in einer langen Beziehung noch Dates haben."

Jock? „Aber der muss doch mindestens hundert Jahre alt sein!“

Emily schaut mich einen Moment merkwürdig an, legt dann den Kopf in den Nacken und lacht lauthals.

„Was gibt es da zu lachen?“, frage ich, „Er war damals schon uralt.“

Emily pustet auf die lackierten Nägel und betrachtet ihre gespreizten Finger. „Du hast recht. Er ist uralt. Mindestens drei Jahre älter als ich.“ Ein Motorengeräusch ist zu hören, und Emilys Gesicht hellt sich auf. „Das ist er“, flüstert sie, und die Freude ist ihr anzusehen. „Wir sind hinten“, ruft sie, und eine Minute später biegt Jock um die Ecke.

Ich hätte ihn überall sofort erkannt. Er sieht exakt so aus wie damals. Braun gebrannt, weißes Haar und einen aufmerksamen Blick. Nur, dass er mir damals eben uralt vorkam.

Jock hebt grüßend zwei Finger an den Hut. Als sein Blick auf Emily fällt, werden seine Gesichtszüge weich. Das Herzklopfen der beiden ist fast zu hören.

„Hi, ich bin Jesse.“

Jock grinst mich an. „Hallo Jessica, schön, dich endlich wiederzusehen. Es war seit Jahren Emilys größter Wunsch, dass du uns hier besuchen kommst.“

Einen Moment verschlägt es mir die Sprache. Nicht nur, dass er sofort meine Tarnung als Mann durchschaut hat. Ich wusste auch nicht, dass mich Emily so sehr vermisst hat.

Ich werfe Emily einen Blick zu.

„Jock hat damals viel Zeit mit dir verbracht, Jessica. Ihm kannst du nichts vormachen. Und davon abgesehen habe ich ihm am Telefon erzählt, dass du hier bist."

Ich entspanne mich. „Stimmt. Du hast mir das Lassowerfen beigebracht und das Schwimmen ebenfalls, soweit ich mich erinnere." Jock freut sich, dass ich das noch weiß. „Wie geht es dir, Jock? Ich dachte schon, du lebst nicht mehr."

„Mir geht es großartig. Ich war auf der State Fair unten in *Douglas* und habe für die Ranch ein paar preisgekrönte Zuchtbullen erstanden. Außerdem sind wir dabei, die Gästezimmer zu renovieren, und ich bin mit einem befreundeten Schreiner die Pläne durchgegangen." Er zwinkert Emily zu, die errötet wie ein junges Mädchen.

„Ach, du baust auch die Gästezimmer um? Emily ebenfalls", sage ich.

Jock kneift die Augen zusammen und wirft Emily einen verwirrten Blick zu.

Emily tätschelt meinen Arm. „Jock spricht von meinen Gästezimmern. Also unseren. Er wohnt hier mit mir. Es ist auch seine Ranch."

Ich runzle die Stirn. „Okaaay. Warum hast du mir das verheimlicht?"

Emily zuckt mit den Schultern. „Ich habe nichts

verheimlicht. Jock und ich sind seit Jahren ein Paar. Ich dachte, das wüsstest du."

In meinem Hirn rattert es, und ich lasse mich auf einen der Stühle fallen. Mir sind nie Zärtlichkeiten zwischen den beiden aufgefallen. „Nein, das wusste ich tatsächlich nicht."

Emily tauscht mit Jock einen Blick.

„Ich habe deine Tante schon immer geliebt" sagt Jock.

„Na ja, bei mir hat es ein bisschen länger gedauert." Sie seufzt. „Inzwischen kann ich mir ein Leben ohne ihn nicht mehr vorstellen. Auch er ist zu meiner Familie geworden. Trotzdem hoffe ich, du trägst es mir nicht nach, dass ich damals einige Gründe hatte, die Ranch nicht aufzugeben." Sie springt auf. „O Gott, was hat dir Walter erzählt? Du denkst sicherlich, ich habe dich aus einer Laune heraus im Stich gelassen." Emilys Dekolleté ist mit roten Flecken übersät und sie läuft unruhig auf und ab.

Nach dem Tod meiner Mutter hat mein Dad Emily gebeten, zu uns nach Frisco zu ziehen. Für ihn wäre es ideal gewesen, jemanden zu haben, der auf mich aufpasst. Er schlug sich mehr schlecht als recht als alleinerziehender Vater, dessen Karriere an Fahrt aufnahm. Eine florierende Kanzlei, die die dicksten Fische in der Wirtschaft berät, und ein Kind sind schwer unter einen Hut zu bekommen. Aber für Emily wäre es eine schwerwiegende Entscheidung gewesen, die Morgan-Ranch aufzugeben. Der Betrieb hatte nach einer wirtschaftlichen Flaute endlich wieder schwarze Zahlen geschrieben. Die Alternative, dass ich allein nach Wyoming ziehe, hat mein Vater abgelehnt. Jock hat er nie erwähnt. Dann kam es zum Bruch.

Ich springe auf und stelle mich ihr in den Weg. „Er hat nichts über deine Gründe erzählt. Alles okay, für mich warst du immer meine tolle Tante Emily. Ich habe dich wahnsinnig vermisst. Und ich liebe die Ranch auch." Emilys Unterlippe bebt und sie zieht mich in ihre Arme.

„Pass auf deine Nägel auf", sage ich, um die Stimmung nicht zu verderben. Sie lacht und drückt mich an sich.

„Pfeif auf die Nägel. Ich wünschte, Walter wäre hier. Nicht nur, um ihm die Ohren lang zu ziehen. Auch er ist ... war Familie", flüstert sie. Wir halten uns eine Weile.

Jock wirft einen Blick auf seine Armbanduhr. „Es tut mir leid, unterbrechen zu müssen. Ich weiß, ich war spät dran. Ich ziehe mir noch schnell ein frisches Hemd an, dann müssen wir los. Ich habe uns einen Ecktisch im Saloon reserviert, den ich ungern aufgeben möchte." Jock läuft erstaunlich behände die Treppe hoch und ist Minuten später wieder unten. Er ist erfrischend dynamisch, keine Spur von *„uralt"*. Emily lächelt mich an und reicht Jock die Hand.

„Ihr beide werdet noch genug Gelegenheit zum Plaudern haben.“ Ich winke Jock und Emily hinterher. Als sie schon fast um die Hausecke sind, bleibt Emily stehen.

„Danke, dass du die Tour morgen übernimmst. Ich weiß nicht, wie viel Schlaf ich heute bekomme.“ Sie schlägt Jock spielerisch auf den Hintern und ich sehe ihr kopfschüttelnd hinterher. *Meine Emily!*

Unschlüssig, was ich mit dem freien Abend anfangen soll, schnappe ich mir ein Glas Limonade. Mit einem Buch installiere ich mich auf der Terrasse. Das Buch ist nur Requisite. Anstatt zu lesen, genieße ich die Geräusche der Ranch, den Blick auf die Berge, das abendliche Grüßen der Rancharbeiter und das süße Kribbeln, das sich seit gestern in meinem Bauch eingenistet hat. Ich seufze zufrieden und sinniere über die Liebe von Jock und Emily. Sie sah glücklich aus. Jock hat sie erstrahlen lassen. Nach dieser langen Zeit! Ist es zu viel verlangt, für mich dasselbe zu wünschen? Einen Mann, der mich nicht bevormundet, als Accessoire oder Karrierechance sieht oder mich umbringen möchte?

Mit einem Mal verändert sich die Luft. Alles erscheint dichter, vibrierender. Ich brauche den Kopf nicht zu wenden, um zu wissen, dass Shane an der Verandaecke steht. Automatisch lächle ich, als ich denke: *genau aufs Stichwort.* Ich gebe vor, ihn nicht bemerkt zu haben. Nach zwei Minuten werde ich unruhig.

„Wenn du aufgehört hast, mich zu beäugen, kannst du gern ein Glas Limonade haben.“ Ohne den Blick von den Buchseiten zu heben, täusche ich Coolness vor. Er lacht leise und endlich wende ich den Kopf und nehme seine Erscheinung in mir auf. Er muss direkt aus dem Stall zu mir gekommen sein. Die Jeans sind staubbedeckt und unter der Krempe des Cowboyhuts kräuseln sich einzelne verschwitzte Strähnen in die Stirn. Mein Herz hüpft, als er sich neben mich auf den freien Stuhl fallen lässt, den Hut abnimmt und sich erleichtert seufzend durchs Haar fährt. Ich schiele auf die muskulösen Unterarme, die von einem goldenen Flaum bedeckt sind und Fantasien, wie diese starken Arme mich an seine Brust ziehen, lassen mich flacher atmen. Ob sich Emily so fühlt, wenn sie Jock sieht?

„Ich dachte, du müsstest eine Nacht draußen bleiben?“ Er dreht den Hut in den Händen und schaut auf die Berge.

„Diesmal hat mich kein *Greenhorn* gebremst.“ Ich rolle mit den Augen und nutze die Gelegenheit, sein Profil zu studieren. Ob er mich vermisst hat? Er wendet den Kopf, und das dunkle Grün seiner Augen lässt einen Moment meine Welt stillstehen.

„Bekomme ich nun ein Glas?“, fragt er. Seine Lippen sind zu einem frechen Grinsen verzogen. Mit zittrigen Fingern gieße ich ihm Limonade ein. Als er das Glas in einem Zug leer trinkt, den Kopf leicht in den Nacken gelegt, begaffe ich seinen Adamsapfel, als sei es ein exotisches Tier. *Krieg dich wieder ein, Jessica!*, ermahne ich mich und zwinge mich dazu, den Blick wieder auf die Bergkette vor uns zu richten. Shane stellt das Glas mit einem zufriedenen Laut auf den Tisch.

„Hast du Hunger? Es ist noch Auflauf vom Abendessen übrig." Seine Augen leuchten so begehrlich auf, dass ich grinsen muss. Er schiebt den Stuhl nach hinten. „Bleib sitzen, ich geh schon." Fast bin ich enttäuscht, ihn nicht verwöhnen zu können. Dann schüttle ich über mich selbst den Kopf.

Die genießerischen Laute, als er den Auflauf in sich hineinschaufelt, bringen mich an den Rand der Beherrschung. Hat er nicht gestern Nacht dieselben Laute von sich gegeben, als seine Zunge meinen Mund gekostet hat?

Mit einem Stück Brot nimmt er die letzten Reste der Soße auf.

„So lässt es sich leben", sagt er und lehnt sich im Stuhl zurück. Eine Weile schweigen wir und sehen Smith zu, der an einem seiner Lieblingsflecken gemütlich an einem Knochen nagt. Das Ganze hat etwas so Häusliches, dass ich den Moment festhalten möchte.

„Wie lange hast du Smith schon?", frage ich.

„Seit drei Jahren. Er ist aus einem Wurf auf der Ranch meiner Eltern." Die Stimmung entspannt sich merklich und bald sind wir in eine angeregte Unterhaltung versunken. Er erzählt von Streichen, die er mit seinen Brüdern ausgeheckt hat. Von seinem ersten Pferd, das er einschläfern lassen musste, als er fünfzehn war. Ich erfahre, dass seine Eltern geschieden sind und die neue Frau seines Vaters ein wahres *Schwiegermonster* ist.

Ich selbst erzähle von den Reisen, die ich mit meinem Vater unternommen habe. Von den Stränden Koh Samuis, dem Verkehr in Sao Paulo und den Wolkenkratzern Singapurs. In der bodenständigen Landschaft Wyomings kommen mir diese Stätten absurd vor. Wie von einem anderen Planeten.

Shane entdeckt das Buch auf dem Tisch. Grinsend studiert er das Cover, auf dem ein heißer Typ im Smoking abgebildet ist, an dessen Seite sich eine halb nackte Schönheit schmiegt. Ich will ihm das Buch entreißen. Doch er hält es hoch und liest genüsslich die Stelle vor, in der das Lesezeichen steckt. Ich kann mich vage daran erinnern, dass es in der Geschichte gerade zur Sache ging und möchte am liebsten im Boden versinken. Halbherzig hebe ich die Hand, um ihn abzuhalten. Aber das wäre zu unreif.

„Er zog sie in die Arme und ließ sie die Kraft seiner heißen Lenden spüren", liest er mit übertrieben heißer Stimme. Meine Wangen brennen.

„Sehr interessant!" Er studiert noch einmal das Cover und pfeift durch die Zähne.

„Das ist gar nicht schlecht. Lass dich nicht vom Cover täuschen." Ich reiße ihm das Buch aus der Hand.

„Lass mich raten: Der Womanizer, zufälligerweise traumatisierter Milliardär, wird von seiner jungfräulichen Assistentin zur Liebe bekehrt." Ich kaue ertappt an meiner Unterlippe. „Es geht um die Nuancen. Um die Darstellung der Charaktere und Konflikte. Was liest du denn?"

„Außer den wöchentlichen Anzeigen für Zuchtbullen, die ich zum Einschlafen übrigens sehr empfehlen kann, Thriller."

„Lass mich raten: Traumatisierter Kommissar mit leichtem Hang zum Alkoholismus klärt die blutigen Geschehnisse in einem verschlafenen Kaff auf. Am Ende ist ein hoher Politiker der Schuldige", äffe ich ihn nach.

Er lächelt mich breit an und nickt.

„Thriller und Romance. Wir passen nicht zusammen, so viel ist klar", sage ich.

„Es geht um Nuancen und die Darstellung der Charaktere." Sein Satz ist geflüstert und stellt doch merkwürdige Dinge in meiner Brust an.

BRANDING

Den letzten Song aus dem Radio pfeifend, betrete ich nach meiner morgendlichen Tour die Küche, um die Einkäufe zu verstauen. Jock hebt seinen Kaffeebecher zum Gruß. Emily und er sind dabei, einen Berg Sandwiches für den Lunch zu schmieren.

„Du kannst das Fleisch für das Barbecue gleich in den Kühlschrank legen. Das brauchen wir erst am Abend." Emily lächelt mich kurz an und konzentriert sich wieder auf die Brote.

Heute findet das *Branding* statt. Die Kälber werden separiert, damit sie das Siegel der Ranch eingebrannt bekommen. Bei der Gelegenheit werden sie gleich geimpft und die männlichen Kälber kastriert. Von den umliegenden Höfen sind Hilfsarbeiter eingesetzt, und eine Menge zusätzlicher hungriger Mäuler sind zu füttern. Durchs Fenster sehe ich, wie Shane und Oliver die Aushilfen einweisen.

„Bist du mit der Schaltung zurechtgekommen?", fragt Emily über ihre Schulter und reicht mir eine Tasse.

Ich nicke. „Mhm, genau das, was ich brauchte. Danke. Ja, der Trip hat gutgetan. Die Weite der Landschaft ist atemberaubend. Vor allem, weil ich wusste, dass die Ruhe bald vorbei sein wird." Ich deute durchs Fenster auf das Gewusel draußen. Ein Pick-up mit dem Logo des Veterinärs fährt auf den Hof.

Emily legt die Hand auf meinen Arm und sieht mich ernst an. „Sind dir das zu viele Fremde? Vielleicht möchtest du lieber im Haus bleiben?"

Ihre Sorge rührt mich. „Nein, es ist okay. Ich freue mich. Ich bin doch ein toller Typ, oder?" Ich zeige auf mein männliches Outfit und spreche extra tief.

Jock lacht. „Stimmt, heute bist du der Superbandit Jesse James." Er gibt Emily einen Kuss auf die Wange. „Dann werde ich mal. Ich sag den Jungs, sie sollen gleich die restlichen Einkäufe abladen."

Mein Blick fällt auf einen großen Umschlag auf der Anrichte.

Emily bemerkt es. Sie wischt sich die Hände an der Schürze ab und reicht mir das Schreiben. „Er ist zwar an mich adressiert, aber der Inhalt ist eher für dich."

Der Umschlag in meinen Fingern scheint mir plötzlich gewichtiger. Mit gerunzelter Stirn wende ich ihn. Als ich den aufgedruckten Absender lese, werde ich aufgeregt.

„Das ist unser Familienanwalt“, murmle ich. Obwohl zwei Juristen in der Familie und eine große Kanzlei mit Anwälten unterschiedlichster Fachrichtung zur Hand waren, bevorzugte mein Vater es, private Dinge von einem externen Juristen regeln zu lassen. „Es ist wie bei den Ärzten, pflegte er zu sagen, du willst ja auch nicht von deinem Bruder operiert werden.“

Emily nickt. „Da ich die einzig greifbare Erbin bin, hat er mich nach drei Monaten kontaktiert. Er möchte die Nachlassverwaltung abschließen.“

Ich überfliege das Anschreiben und finde ihre Erklärung bestätigt. Neben dem Blatt Papier findet sich ein verschlossener Briefumschlag. Meine Finger werden feucht, als ich die Handschrift meines Vaters erkenne. Zu viele Emotionen stürmen auf mich ein, und ich lasse den Brief auf den Tisch fallen, als sei er glühend heiß. Was wird mich erwarten? Ob ich endlich Erklärungen finde, was bei Morgan, Fuller & Partner los war? Warum Dad sterben musste?

„O bitte, Jessica. Ich kann verstehen, dass dich das mitnimmt. Aber ich sterbe den ganzen Morgen vor Neugier und muss raus zum *Branding*. Mach es nicht zu spannend. Oder möchtest du lieber allein sein?“

Ich schüttle den Kopf. „Nein, bitte bleib bei mir.“

Emily reicht mir ein Messer. Ich schlitze den Brief an der Oberkante auf und überfliege die wenigen Zeilen. Seine Worte sind nüchtern gehalten.

Liebes Lämmchen,

sollte mir etwas geschehen, findest du im Schließfach einen USB-Stick. Du wirst hoffentlich dafür sorgen, dass die Daten darauf in die richtigen Hände gelangen. Für das Passwort rufe ich dich an ... Versprich, dass du an Mamas Todestag an sie denkst.
Ich liebe dich und bin stolz auf dich. Sag Emily, es tut mir leid.

Dein Vater Walter

Tief einatmend überreiche ich Emily den Brief. Ihre Augen glänzen verräterisch, als sie den Part liest, der an sie gerichtet ist.

Mit einem Räuspern legt sie das Schreiben auf den Tisch. „Mist. Ohne diesen Stick kommst du wohl nicht weiter, Jesse. Ich denke nicht, dass es sicher für dich ist, ins Strandhaus deines Vaters nach Half Moon Bay zurückzukehren.“

„Das Schließfach habe ich ausgeräumt, als ich Dad tot aufgefunden habe.“ Aufgeregt lasse ich

Emily in der Küche stehen und haste in mein Zimmer. Auf dem Schrankboden finde ich, wonach ich suche. In einer Socke bewahre ich den Schmuck meiner Mutter auf, bei dem ich es nicht übers Herz gebracht habe, ihn in Italien zu versetzen. Ich leere den Inhalt der Socke auf meine Handfläche. Mit einem triumphierenden Schrei nehme ich den schwarzen USB-Stick an mich und halte ihn meiner Tante nach einer weiteren Minute unter die Nase.

„Du hast ihn die ganze Zeit gehabt?"

„Ja, aber ich konnte ihn nicht öffnen, weil er verschlüsselt ist."

„Dann hat dich Walter also nicht wegen des Passwortes angerufen?"

Ich lasse die Schultern sinken und schüttle frustriert den Kopf. War ein verpasster Anruf meines Vaters auf meinem Telefon, bevor ich es entsorgt habe? Das wäre mir doch aufgefallen, oder nicht? Ich kann mich nicht entsinnen. Gerade hilft mir das auch nicht weiter. Dann fällt mir etwas ein. „Vielleicht ist der Todestag meiner Mutter das Passwort. Warum sonst sollte Dad mich in dem Brief ausdrücklich daran erinnern?"

Emily wird aufgeregt. „Das könnte es sein. Du bist genial!" Sie eilt ins Arbeitszimmer und holt ihren Laptop. Nachdem er hochgefahren ist, deutet sie mit dem Kinn auf den Rechner. „Versuch es!"

Ich stecke den Stick in den USB-Schlitz, und

nach ein paar Herzschlägen öffnet sich die bereits vertraute Eingabemaske.

Ich gebe den vierundzwanzigsten März ein und drücke auf Enter. Doch das Passwort ist falsch.

Emily stößt einen frustrierten Seufzer aus. „So kommst du nicht weiter. Kennst du jemanden, der sich mit so etwas auskennt?"

„Leider sind alle meine Kontakte mit meinem Handy im Meer versunken."

„Wie wäre es mit der Polizei?"

Ich reibe mir übers Gesicht. Wieso habe ich das Gefühl, statt einen Schritt voran immer zwei Schritte zurückzugehen? „Daran hatte ich auch gedacht. Aber wie kann ich wissen, wem ich trauen kann?"

Emily dreht ihr Kinn in Richtung Küchentür. „Shane? Kann ich dir helfen?", fragt sie.

Ich schaue auf, aber Shane wendet sich schon ab. Ich habe keine Ahnung, wie lange er schon dastand.

„Alles ist startklar. Das *Branding* beginnt", sagt er, als er nach draußen geht. Seine Stimme klingt seltsam schroff.

Emily zuckt mit den Schultern, wirft die Schürze über die Stuhllehne und folgt ihm. „Okay. Ich muss los. Kann ich dich allein lassen? Wir können es später weiter versuchen."

Abwesend an meiner Unterlippe nagend, nicke ich ihr zu. „Ich komme gleich nach!" Ich probiere es mit Varianten des Datums. Als Wörter ausgeschrieben. Dann mit Kombinationen. Selbst die europäische Schreibweise, bei der zuerst der Tag und dann der Monat genannt wird, bleibt ohne Erfolg. Es ist zum Verrücktwerden. Nach zwanzig Minuten entnehme ich frustriert den Stick und schließe den Rechner.

Der Hof vor dem Fenster ist leer, und ich weiß, dass das *Branding* begonnen hat. Zuerst müssen die Rinder zusammengetrieben werden. Dann beginnt der Part für die echten Cowboys: Die Einjährigen müssen von ihren Müttern getrennt werden. Als Jugendliche durfte ich nur zuschauen. Die Aufregung, die in der Luft lag, gepaart mit dem aufgeregten Blöken der Kühe, die ihre Jungen suchen, dem Schnauben der Pferde und dem Bellen der Hütehunde, hatte einen eigenen Reiz. Ein Pfeifen ertönt von Ferne, und das Blöken und Brüllen der zusammengetriebenen Rinder nimmt zu. Ich will keinen Moment verpassen. Vielleicht bin ich heute Abend erfolgreicher. Ich stopfe das Schreiben zurück in den Briefumschlag und lege den Stick dazu. Schon auf halbem Weg nach draußen besinne ich mich. Ich kehre zurück, nehme den Umschlag von der Anrichte, laufe auf mein Zimmer und verstaue den Briefumschlag in dem Buch, das ich gerade lese.

In Erinnerung an gestern Abend zwinkere ich dem auf dem Cover abgebildeten Millionär zu und nehme meinen Cowboyhut vom Haken an der Tür.

„Zeit fürs heiße *Branding*, Baby!“

Mein Herz jauchzt, als ich zu den Umzäunungen hinter der Scheune komme. Es ist alles genau so, wie ich es in Erinnerung habe. Instinktiv ziehe ich den Hut tiefer in die Stirn und lasse meinen Gang schwerer werden. Ob mir diese fremden Menschen abnehmen, ein Mann zu sein? Doch niemand beachtet mich. Die Gesichter sind gespannt in Richtung der Hügelkuppe gewendet, von der das Blöken der Rinder herüberweht.

„Sie sind da!“, ruft Emily, als die ersten Tiere zu sehen sind.

Sofort schwärmen ein paar der Aushilfen aus, um die zusätzlich aufgebauten Stahlgitter, die die großen Weiden nahe des Wohnhauses umfassen, ein letztes Mal zu kontrollieren. Der Tierarzt bindet sich eine Schürze um und richtet zwei vor ihm auf einem Klapptisch liegende Pistolen gerade, in denen klare Flüssigkeit schwimmt. Emily wendet die Eisenstangen, die aus einem zylinderförmigen Gasofen ragen. Jetzt erscheinen die Cowboys auf der Kuppe. Mein Herz klopft, als ich die Silhouette von Shane ausmache. Smith ist in seinem Element und flitzt von einer Ecke der Herde zur nächsten.

Innerhalb kurzer Zeit sind die Tiere in der umzäunten Weide zusammengetrieben. Nun beginnt die wahre Arbeit. Die Cowboys reiten durch die Rinder und trennen die Kälber von den Müttern. Die hervorragend ausgebildeten Pferde wissen genau, was zu tun ist. Trotz der aufgebracht blökenden und teilweise panischen Herde bleiben die Pferde und ihre Reiter erstaunlich ruhig.

Das Treiben der Cowboys wird von den Zuschauern angefeuert. Ein paar Meter weiter pfeift eine blonde Schönheit durch die Zähne und winkt mit einem roten Halstuch. *Blondie*! Ihre Augen kleben förmlich auf *meinem* Cowboy, der zu beschäftigt mit einem bockenden Kalb ist, um ihren Gruß mitzubekommen. Sie bemerkt, dass ich sie anstarre, und wendet den Kopf. Ich schaue zu spät weg, und als ich das nächste Mal zu ihr hinschiele, ich kann nicht anders, zwinkert sie mir zu. *Ups. Da läuft etwas gründlich schief*! Mein Gesicht glüht, und ich flüchte zu Emily.

Das erste Kalb ist isoliert, und es kann losgehen. Shane schwingt das Lasso und wirft es über den Kopf des irritierten Tiers. Er zieht das Kalb Richtung Emily und den Brandeisen. Auf halbem Wege lässt Craig es mit dem Hinterbein in eine Schlinge laufen, die er in Höhe der *Branding*-Station zusammenzieht. Das Tier geht zu Boden, und sofort eilen zwei Männer herbei, um es zu fixieren. Was jetzt geschieht, ist nichts für schwache Großstadtnerven. Jock knipst ein Erkennungszeichen ins Ohr. Der Veterinär impft und kastriert. Im selben Moment versenkt Emily das

Eisen in etwas martialischer Art auf der Hinterbacke. Echte Teamarbeit. Das Ganze dauert keine Minute. Das Kalb trottet benommen zu seiner Mutter. Der Geruch nach verbranntem Fell liegt in der Luft, als bereits das nächste Tier eingefangen ist. Der Vorgang wiederholt sich bis in den späten Nachmittag. Mein Job besteht darin, Emily die Eisen zu reichen. Einmal mehr verfluche ich die Bandage um meine Brüste, unter der sich die Hitze doppelt staut.

Als der lange Tag sich dem Ende zuneigt, applaudieren die Zuschauer. Unter ihnen Städter. Gäste der umliegenden Ranches, die das Flair des Wilden Westens heute hautnah erleben durften. Diesen Sommer, wenn die Renovierung der Gästezimmer abgeschlossen ist, wird Emily diese zusätzliche Einnahmequelle ebenfalls wieder haben. Ob ich dann noch hier sein werde? Ich wünsche es mir sehr. Manchmal vergesse ich, auf der Flucht zu sein, so wohl fühle ich mich hier. Allein dieser Tag, so anstrengend er auch war, hat mir gezeigt, wie sehr ich mich bereits als Team dieser Ranch sehe. Hier habe ich Herzlichkeit gefunden. Ich beobachte, wie sich Oliver, Craig und Luke gegenseitig auf die Schulter klopfen. Jock und Emily gönnen sich keine Pause, sondern bereiten das Barbecue vor. Dennoch bleibt Zeit, sich mit kurzen Blicken oder Berührungen die gegenseitige Zuneigung zu zeigen. Mein Herz ist voll. Ich freue mich für Emily. Instinktiv halte ich Ausschau nach meinem Cowboy. Doch ich kann ihn nirgendwo entdecken.

Ich werde abgelenkt durch zwei dumpfe Schläge. Jock sticht ein Fass Bier an. Für die Rancharbeiter und die Aushilfen wird die erste Runde gezapft. Er dankt mit erhobenem Krug den Jungs. Als ich an der Reihe bin, genieße ich die kühle, herbe Flüssigkeit in meiner Kehle. Ich blicke mich nach Emily um, ob sie versorgt ist. Ihr eigenes Wohl vergessend wirft sie große Fleischstücke auf den Grill. Es duftet bereits herrlich, und erst jetzt bemerke ich, wie sehr mein Magen knurrt.

„Was kann ich tun?", frage ich sie und stibitze ein Stück Brot.

„Du kannst den Ketchup aus der Speisekammer holen. Den habe ich stehen lassen. Der große Eimer neben den Bohnen." Ich wische mir den Schweiß aus dem Nacken und gehe Richtung Haus. Im Schatten des Hauses atme ich auf. Dieser Frühling ist wirklich ungewöhnlich heiß. Die Stille im Haus nach dem Trubel genießend, streife ich meine staubigen Stiefel ab und steuere die Speisekammer an. Die Tür knarzt und das Geräusch hallt durch die Diele. Wie Emily es beschrieben hat, entdecke ich den Henkeleimer mit dem Ketchup neben einer riesigen Konservendose mit gebackenen Bohnen. Gerade als ich mich danach bücken will, umfassen starke Händen von hinten meine Hüften und drängen mich unerbittlich in die enge Speisekammer. Ich keuche auf. Mein Gehirn erkennt in Sekundenschnelle, dass mich niemand hören wird. Schreien ist zwecklos. Für einen Thai-Move ist es zu eng. Das Geräusch der zufallenden Speisekammertür besiegelt mein Schicksal. O mein Gott! Sie haben mich aufgespürt! Ich hätte nicht so unbedarft sein und meine Deckung schleifen lassen dürfen. Das ist also der Moment der Wahrheit. Der unbarmherzige Griff um meinen Körper verstärkt sich. Die Stimme an meinem Ohr stellt jedes einzelne Haar meines Körpers auf.

„Ich habe auf dich gewartet, Jessica."

KETCHUP

Warme Lippen schmiegen sich an meinen Hals und knabbern eine Spur zu der empfindlichen Stelle hinter meinem Ohr. Dort saugen sie einen Moment und finden dann den Weg zurück zu meinem wild pochenden Puls. Jede Faser meines Körpers angespannt, erlaube ich mir, den Kopf zurückzulegen und mich gegen die harten Muskeln in meinem Rücken zu lehnen. Ohne Zeit zu verlieren, haben Shanes Hände den Weg unter mein Hemd gefunden, von wo aus sie die gierige Erkundung meiner nackten Haut beginnen.

„Du hast mich zu Tode erschreckt", flüstere ich. Ich versuche zwischen wohligen Seufzern, die Angst wegzuatmen.

Shane wirbelt mich herum und presst mich mit seinem Körper an die einzig freie Wand in der Kammer. Seine dunkelgrünen Augen sind dicht vor meinen. Das Herz springt mir fast aus der Brust. Jetzt weiß ich, was ich den ganzen Tag vermisst habe. *Meinen Cowboy. Ganz nah.* Von der höflichen Zurückhaltung bei unserem Gespräch auf der Terrasse ist nichts geblieben. Und, obwohl ich unsere neckende Unterhaltung genossen habe, ist mir dieser wilde Cowboy tausendmal lieber. Ich brauche das. Mein Körper möchte als Frau wahrgenommen werden.

„Das wollte ich nicht, Socke." Er küsst meinen Mundwinkel.

War ich soeben noch hungrig, so löst diese zarte Berührung einen ganz anderen Hunger in mir aus. Ich verschränke meine Hände in seinem Nacken und blicke ihn aus halb geschlossenen Augen an. „Wolltest du *doch*."

Er lacht leise. „Erwischt. Aber ich mache es wieder gut."

Seine weichen Lippen streifen über meine. Ungeduldig umfasse ich seinen Kopf und ziehe ihn zu mir heran. Meine Zunge teilt seinen Mund, und ein paar heftige Herzschläge lang fühle ich nur dieses köstliche Prickeln, das unser Kuss in mir auslöst. Unsere Körper reiben sich aneinander. Ich vergesse die stickige Luft der Kammer und möchte nur noch dieser Lebendigkeit nachspüren, die Shane in mir auslöst. Dieser Kuss ist anders als das adrenalingeladene Fummeln im Hinterhof des Saloons. Intimer. Bewusster. Vertrauter. Zärtlicher.

Wir schnappen nach Luft. Er legt seine Stirn an meine. „Wir sollten zurückgehen. Das hier ist keine gute Idee."

Ich nicke. *Warum eigentlich? Ich halte es für eine sehr gute Idee!* Meine Fingerspitzen fahren über seine Brust. Möchten das Empfinden tief in die Erinnerung aufnehmen. Wie unbeabsichtigt streife ich über die nicht zu übersehende Ausbuchtung in seiner Hose. Zumindest ein Körperteil von ihm scheint das hier für keine schlechte Idee zu halten. Shane stößt zischend die Luft aus. „Jessica, bitte nicht."

„Warum nicht?" Knabbernd arbeite ich mich seinen Hals hinab und verstärke die Bewegungen meiner Hand.

„Du bist hier für alle ein Mann. Und du möchtest doch nicht auffliegen. Und ..." Shane senkt den Kopf und gibt ein Grollen von sich, das mich innerlich triumphieren lässt. Es geht doch nichts über die Waffen einer Frau!

„Verflucht, Jessica, ich kann dir nicht widerstehen." Der nächste Kuss verschlingt mich und ist fast schmerzhaft. Als wir uns atemlos voneinander lösen, flüstert er gegen meine Lippen: „Ich prüfe nur kurz, ob die Socke richtig sitzt."

Ich kichere, doch sein intensiver Blick lässt mich innehalten. Seine Fingerspitzen streifen über den Hosenbund meiner Jeans. Unsere Atmung beschleunigt sich. Als er einen Weg zwischen Bund und

Haut findet, kann ich den Blick nicht von ihm wenden. Ein Keuchen entfährt mir, als seine fordernde Hand in die Hitze in meinem Schoß fährt und Shane genüsslich brummt.

„Mhm. So bereit für mich."

Und wie bereit! Zu allem. Ich öffne meine Schenkel und schiebe ihm schamlos das Becken entgegen. Dabei öffne ich die obersten Knöpfe meiner Hose, damit er den Winkel der Hand ändern kann. Er unterbricht unseren Blickkontakt und küsst mich. Der Kuss wird heißer. Sein Stöhnen kehliger. Die köstliche Reibung, als er erst einen, dann zwei Finger in mich schiebt, bringt mich um den Verstand. Seine gekrümmten Finger reizen den süßen Punkt in meinem Inneren, in dem die Nervenbahnen sich bündeln. Er weiß genau, dass der gleichzeitige sanfte Druck seines Daumens an meiner empfindlichsten Stelle mich rasch dahin bringt, wo er mich haben will. *Zu schnell! Ich möchte ewig so weitermachen.* Ich suche Halt an seinen Schultern, als die ersten Ausläufer der gigantischen Welle mich erreichen. Mein Stöhnen in der Beuge seines Halses vergrabend, zucke ich um seine Finger. Pure Glückseligkeit durchströmt mich und mündet in Lichtblitze hinter meinen Augenlidern. Er verstärkt den Griff um meine Hüfte, als meine Knie zitternd wegzusacken drohen. Nur am Rande bekomme ich mit, wie er die Hand zurücknimmt, den nun freien Arm um mich legt und mich dicht an sich zieht. Er hebt mit zwei Fingern mein Kinn an und betrachtet mich. Ich blinzle ihn an.

„Du bist so verdammt schön, wenn du loslässt." Seine Worte stehlen sich durch einen Spalt in meinem Herzen. Ich schließe die Augen, überwältigt von der plötzlichen Wärme in meiner Brust.

An meinem Bauch spüre ich, neben seinem Herzschlag, seine Erregung, und ich wünsche mir in diesem Moment nichts mehr, als mich mit meinem Cowboy zu vereinen. Meine Hände fahren um seine Hüfte und beginnen, die Gürtelschnalle zu lösen. Er rückt von mir ab.

„Nein, Jessica, dazu ist keine Zeit." Er rückt noch ein Stück von mir ab und deutet mit dem Kinn in die Richtung, in der vermutlich das Barbecue schon in vollem Gange ist. Langsam begreife ich, dass es ihm ernst ist.

Die Enttäuschung trifft mich unerwartet. „Du willst mich nicht?"

Er schnaubt und nimmt mein Gesicht in beide Hände. „Du hast ja keine Ahnung, wie sehr. Aber wir müssen vorsichtig sein."

Realität schwappt wie ein Kübel Eiswasser über mich. Ich muss glaubhaft als Mann gelten. Die mädchenhafte Vorstellung, jemals mit Shane lautstark das Bett zu teilen oder auch nur händchenhaltend über den Hof zu spazieren, ist lächerlich. *Oder nicht?* Herausfordernd hebe ich mein Gesicht. „Hast du Angst davor, als schwul zu gelten?"

Er sieht mich verblüfft an. Dann lacht er. „Socke, glaub mir. Wenn ich dich in der Öffentlichkeit anfasse, wird dir keiner mehr abnehmen, ein Mann zu sein."

Ich verdrehe die Augen und bin ihm dankbar, dass er meinen Anflug von Unsicherheit im Keim erstickt hat. Ich schließe meine Jeans. „Okay. Dann … danke? Schätze ich."

Er grinst und tippt zwei Finger an die Krempe seines Cowboyhuts, den er während der ganzen Zeit nicht abgenommen hat.

„Stets zu Diensten, Mam", sagt er im breitesten texanischen Akzent, der mich wieder ganz prickelig macht.

Ich boxe ihm gegen die Schulter. „Hör auf damit, wenn du hier heute noch rauskommen möchtest." Er fängt, mal wieder, meine Hand ein und küsst meine Knöchel. Diese Geste macht mich ganz schwach. „Danke dir für dieses Speisekammer-Date" sagt er.

Ich grinse. „Date? Ich dachte, du datest nicht." Das kurze Aufflackern von Erschrecken in seinem Gesicht ist zu köstlich.

„Schon wieder erwischt", flüstert er und wischt mir mit einem saftigen Kuss den Triumph von den Lippen. Es ist amtlich, ich bin süchtig nach ihm, denn als er den Kuss lösen möchte, lasse ich ihn nicht gehen. Er klaubt meine Finger aus seinem Nacken. „Schluss!" Er tritt einen großen Schritt zurück und richtet mit gequältem Ausdruck seine

Jeans. „Du gehst vor. Ich brauche noch einen Moment."

Ich füge mich und öffne die Tür. Die Luft ist rein, und ich husche nach draußen. Als ich gerade dabei bin, meine Stiefel wieder überzustreifen, öffnet er die Tür einen Spalt.

„Warte! Was wolltest du eigentlich in der Speisekammer?", ruft er leise.

Mist! Der Ketchup!

„Alles gut?" Shanes grüne Augen kommen in mein Blickfeld. Seine offensichtliche Sorge um mich vertreibt die Sterne, die der Sturz verursacht hat, und ich nicke. Obwohl ich mir nicht sicher bin. Es ist gar nicht schlecht, hier zu liegen und Shanes Zeigefinger, vor den anderen verdeckt, behutsam meinen Arm hinaufstreichen zu fühlen. Am liebsten würde ich ihn am Nacken zu mir herunterziehen. Ich vermisse ihn. Seit unserem Intermezzo in der Speisekammer sind drei Tage vergangen, und es gab keine weitere Gelegenheit, allein zu sein. Shanes Lippen kräuseln sich amüsiert, und er schüttelt fast unmerklich den Kopf. Als Luke und Oliver angeritten kommen, verändert sich sein Verhalten. Der arrogante Cowboy ist wieder da. „Los, aufstehen, Jesse. So ein kleiner Sturz hat noch keinen echten Cowboy umgebracht."

Die anderen grinsen, und am liebsten würde ich

mädchenhaft rummaulen: *Umgebracht nicht, aber könntest du bitte pusten! Aua!*

Um meine Tarnung zu wahren, spiele ich harter Mann. Ächzend begebe ich mich in eine sitzende Position. Der Weg in die Senkrechte bekommt Abzüge in der B-Note. Meinen schmerzenden Hintern reibend ergibt ein Schnellcheck, dass wohl nichts gebrochen ist. Seufzend greife ich nach den Zügeln der Stute, die seelenruhig an einem Grasbüschel nuckelt.

„Wie ist das passiert?", fragt Luke, als ich wieder im Sattel sitze. „Soeben sind wir noch geritten und Zack! Lagst du unten."

Ich verziehe den Mund und denke: *Das kommt davon, wenn man sich in erotischen Fantasien über den knackigen Hintern des Reiters vor einem verliert, anstatt sich aufs Pferd zu konzentrieren.*

„Ich glaub, da war eine Schlange. Rotbauch. Das Pferd hat sich erschreckt. Und ich war in Gedanken wohl schon beim Abendessen."

Shane zwinkert mir zu. Dem Funkeln in seinen Augen nach erinnert auch er sich an unseren Ausritt und die Schlange, die ich für tot hielt.

„Kann ich verstehen. Ich sterbe vor Hunger!" Oliver bringt sein Pferd neben meines.

„Dann trödelt nicht, sondern kommt." Shane fällt in Galopp, und die anderen folgen ihm.

Mir ist so gar nicht danach. Ich fühle mich unsicher, und das Pferd kommt mir höher vor als zuvor.

Aber wie heißt es so schön: nach dem Sturz gleich wieder in den Sattel.

Wenig später sitzen wir auf der Veranda. Nicht nur die Jungs versenken die Zähne gierig in Emilys köstliche Burger mit der Spezialsoße. Heute war wieder ein arbeitsreicher Tag. Die Aufräumarbeiten fürs Branding dauern an. Zuerst haben wir die Umzäunung abgebaut, die für das Branding aufgestellt wurden. Dann mussten die Holzzäune auf dem Hof repariert werden, die beim Branding Schäden erlitten haben. So eine Herde aufgebrachter Kühe auf der Suche nach ihren Jungen ist schon eine Urgewalt. Gegen Nachmittag, viel später als geplant, sind wir die Weiden abgeritten. Der Auftrag war, zu checken, ob die Kälber das Branding – und vor allem die Kastration und Impfung – gut überstanden haben. Ein Kalb mussten wir aus einem Stacheldraht befreien, der aus unerfindlichem Grund mitten in der Prärie lag. Ein anderes Kalb machte einen kranken Eindruck und wir haben es dem Veterinär übergeben. Aber es ist wohl nichts, was ein Schuss Penicillin nicht wieder hinbekommt.

Mein Hintern schmerzt, und ich rutsche auf dem Holzstuhl umher, um eine bequeme Sitzposition zu finden. Luke bemerkt es und erzählt Emily grinsend von dem Sturz. Ein Schatten von Besorgnis huscht über ihr Gesicht. Mit einem kurzen Blick beruhige ich sie, als ich ihr den Teller für einen Nachschlag hinhalte.

„Das war nicht das erste und nicht das letzte Mal, dass du vom Pferd gefallen bist“, sagt Jock. „Ich kann mich noch erinnern. Du warst nicht älter als fünf und wolltest unbedingt auf Johnny reiten. Wir haben dir alle gesagt, du seist noch zu klein. Johnny war ein riesiger Hengst. Aber du warst damals sehr dickköpfig. Während der Mittagspause, als alle davon ausgingen, du hältst ein Nickerchen, hast du dich in den Stall geschlichen und dich auf Johnny gesetzt. Ohne Sattel und Zaumzeug. Dein Gebrüll, als er dich abgeworfen hat, ließ uns das Blut in den Adern gefrieren.“

Emily nickt bestätigend. Ihre Augen leuchten bei der Erinnerung an die Zeit damals. Erleichtert registriere ich, dass Jock nicht verraten hat, ob es sich bei dem starrsinnigen Kind von damals um einen Jungen oder ein Mädchen gehandelt hat. Ich kneife die Brauen zusammen, als sich nach und nach verschwommene Erinnerungen an diesen Tag einstellen.

„Damals?“, murmelt Shane vor sich hin und reißt mich damit aus den Gedanken. Seine Mundwinkel zucken, als ich begreife, dass er mich auch heute noch für dickköpfig hält. Ich blitze ihn herausfordernd an, bis mir bewusst wird, dass mein Verhalten für einen Mann zu flirtend ist. Ein Blick zu Luke zeigt mir, dass ihm unser Blickwechsel nicht verborgen geblieben ist.

„Du warst sicher ein wilder kleiner Kerl", sagt Luke und zwinkert mir zu.

„Möchte noch jemand Salat?", frage ich und halte Jock die Schüssel hin.

Die Stimmung ist entspannt. Ich werde erneut zum Zentrum der Aufmerksamkeit, als Shane genüsslich die Geschichte erzählt, wie ich der Kuh das Lasso um den Hals gelegt habe. Die Jungs finden es zum Brüllen.

Emily schnalzt mit der Zunge. „Dabei warst du mit vierzehn mit dem Lasso ein Ass. Ich wette, du hättest es auch ohne Schummeln geschafft."

Shane zieht die Brauen hoch und ich lächle ihn an. So süß, wie es mir das Mannsein erlaubt.

Als ich später im Bett liege, bin ich erschöpft. Mein Körper summt vor positiver Energie, obwohl ich das Rätsel um die Entschlüsselung des Sticks noch nicht gelöst habe. Auch wenn ich fast täglich versucht habe, das Passwort zu entschlüsseln, bin ich nicht weitergekommen. Ich muss mich ablenken. Ich denke an Shane und seinen grünen, aufmerksamen Blick, der mich tagsüber kaum aus den Augen lässt. Ich habe mich so daran gewöhnt. An die Geborgenheit, die er mir damit vermittelt. Und an das Verlangen, das mir ein süßes Kribbeln im Unterleib beschert, jedes Mal, wenn ich dieses Hellgrün auf mir spüre. Im Dunkeln lächle ich und taste fast ehrfürchtig meine hochgezogenen Mundwinkel ab. Kann es sein, dass ich glücklich bin? Ich meine, richtig glücklich. Verliebt? Mein Herz steht mehr als nur einen Spalt offen, und der raue Cowboy hat sich einen Platz darin erobert. So habe ich bei George nie gefühlt. Wieso gerade jetzt? Ich verliere mich in Träumen, in denen ich den Rest meines Lebens auf der Ranch verbringe. Mit Shane, der eine verirrte Strähne blonder Locken hinter mein Ohr streift und mir das Gefühl von Zugehörigkeit gibt. Von Sicherheit.

Die Waffe unter der Matratze, die sich bei der nächsten Umdrehung trotz der dicken Polsterung in mein rechtes Schulterblatt bohrt, holt mich unbarmherzig in die Realität zurück.

DOC HENLEY

„Halt an, Emily!“ Ich verdrehe den Hals, als Emily den Dodge zum Stehen bringt. Der kleine Laden, den wir soeben passiert haben, ist mir zum ersten Mal aufgefallen. Dabei gibt es wirklich nicht viele Geschäfte in Shell. Wahrscheinlich habe ich den Gedanken zuvor nicht zugelassen.

„Ah, du hast Doc Henley entdeckt“, sagt Emily, die meinem Blick folgt.

„Doc? Ein Arzt?“ Habe ich mich etwa verlesen?

„Ja, Richard Henley hat einen Doktortitel im Recht.“ Emily grinst und hat den kleinen Scherz sichtlich genossen.

Ich stoße die Luft aus und rolle mit den Augen. Die Neugier treibt mich aus dem Wagen. Mein Herz klopft wild, als ich mich dem Schaufenster nähere, auf dem in goldenen Lettern geschrieben steht: *„Richard Henley, JD. Hilfe in allen Rechtsfragen“*

Ich trete näher heran und studiere das Schild, das eigentlich im Vorbeifahren meine Aufmerksamkeit geweckt hat: *„Help wanted“*

Emily tritt neben mich. „Dieses Schild, dass er eine Aushilfe sucht, steht bereits die letzten fünf Jahre im Schaufenster. Oder waren es sieben?“ Emily kneift nachdenklich ihre Augen zusammen.

Sofort fällt meine freudige Aufregung in sich zusammen wie ein Kartenhaus. Seit fünf Jahren? Ich spähe durch das Schaufenster, kann jedoch in dem dunklen Innenraum nur einen großen Schreibtisch und das übliche Regal mit juristischen Nachschlagewerken entdecken. Das sieht vollkommen anders aus als die Großkanzlei, in der ich die vergangenen Jahre meines Lebens verbracht habe. Gerade deswegen gefällt es mir. „So lange? Ist er so ein Unsympath, dass keiner mit ihm zusammenarbeiten möchte?“

Tiefes Lachen in unserem Rücken lässt mich zusammenfahren. „Das will ich doch nicht hoffen.“ Ein Mann mit schlohweißem Haar steht hinter uns und hält einen Schlüssel in der Hand.

„Richard, du hast mich erschreckt. Schleich dich doch nicht so an.“ Emily hält die Hand vor ihr Herz.

Richard hebt einen Stock, auf den er sich stützt. „Als ob ich mich mit dem Ding noch anschleichen könnte. Wie geht es dir, Emily? Bist du in rechtlichen Schwierigkeiten?“

Emily schüttelt lachend den Kopf.

Das ist also der Anwalt von Shell, denke ich. Er wirkt alles andere als unsympathisch. Ich schätze ihn auf über siebzig. Vielleicht älter. Die wachen Augen und der nicht zu verleugnende Charme lassen ihn jünger erscheinen.

„Darf ich dir ...“, Emily zögert einen Augenblick, „...meinen Neffen vorstellen. Er ist nach langer Zeit zu Besuch.“

Der Anwalt kneift nachdenklich die Augen zusammen und hält mir die Hand hin. „Ich wusste gar nicht, dass du einen Neffen hast, Emily. Vielleicht sollten wir dein Testament anpassen, damit es keine Missverständnisse gibt?“

Mist! Ich bin entdeckt! Warum habe ich nur aussteigen wollen?

Emily legt Richard die Hand auf den Unterarm. „Nein, das kann so bleiben, wie es ist. Mein *Neffe* ist übrigens ausgebildeter Anwalt. Suchst du immer noch eine Aushilfe?“

Richard ist sichtlich erfreut über Emilys körperliche Zuwendung. Sein Blick wird mild, und er zwinkert mir zu. Erleichtert stoße ich die Luft aus. Ich bin nicht in Schwierigkeiten. Es geht doch nichts über das Anwaltsgeheimnis.

„Ich suche nicht nur eine Aushilfe, sondern einen Nachfolger. Meine alten Knochen wollen nicht mehr, und seit Jahren träume ich davon, meine Schwester in Florida zu besuchen. Wer weiß, wie lange dazu noch Gelegenheit sein wird."

„Ach Richard. Du wirst uns noch alle überleben."

„Ja, Unkraut vergeht nicht, wie man so schön sagt." Er wendet sich mir zu. „Also, junger *Mann*. Sollten Sie Interesse haben, freue ich mich über einen Besuch." Er wechselt den Stock in die andere Hand und kramt in seiner Jacketttasche, aus der er ein silbernes Etui zieht. „Hier ist meine Karte. Ein Mobiltelefon habe ich allerdings nicht."

Als er mir das kleine Papprechteck, auf dem in altmodischer Typografie Richard Henleys Kontaktdaten stehen, in die Hand drückt, möchte ich ihn am liebsten umarmen. Er sucht tatsächlich einen Nachfolger. Könnte das ein Wink des Schicksals sein, in Shell zu bleiben? Im Geiste sehe ich mich die Fälle der Dorfbewohner bearbeiten, die nicht allzu kompliziert sein dürften. Es könnte genug Zeit bleiben, auf Emilys Ranch zu arbeiten. Wahrscheinlich geht es um Streit bei Saatgutkäufen, Strafzettel oder Körperverletzung bei einer Saloonschlägerei. Bei der Erinnerung an meinen Abend im Saloon stecke ich die Visitenkarte erheitert ein.

Bis mir mit einem Schlag bewusst wird, dass meine Tarnung es nicht zulassen würde, als Anwalt zu arbeiten. Auch nicht als Mann verkleidet. Es wäre zu auffällig, sollte George noch einmal auf die Idee kommen, mich in Shell zu suchen. Ich schlucke den dicken Kloß hinunter, der sich vor Enttäuschung in meiner Kehle gebildet hat. Verflucht, warum haben wir angehalten?

Die Traurigkeit hält den Nachmittag über an, nachdem Emily und ich unsere Besorgungen längst erledigt haben und auf die Ranch zurückgekehrt sind.

Shane wirft mir während des gemeinsamen Abendessens fragende Blicke zu. Nicht einmal seine grünen Augen können mich heute aufmuntern. Zum ersten Mal im Leben vermisse ich meinen Beruf. Die Arbeit auf Emilys Ranch ist sinnvoll, und es gibt immer viel zu tun. Aber es ist nicht alles, wofür mein Herz schlägt. Seit ich die Pro-bono-Fälle in unserer Kanzlei übernommen habe, hat mich meine Arbeit als Anwältin mit einer Befriedigung erfüllt, die zuvor nicht vorhanden war. Das Arbeiten mit den Gesetzen und das Studium fielen mir leicht. Aber Menschen in wirklicher Not zu helfen, hat mir erst gezeigt, dass ich meine Berufung gefunden habe. Diese Tätigkeit war tausendmal sinnhafter, als Verträge für große Unternehmen zu erstellen oder reichen Frauen hohe Abfindungen nach der fünften Scheidung zu sichern. Aber gerade vermisse ich es, knifflige Fälle zu lösen und mir Strategien zu überlegen, die meinen Mandanten helfen könnten.

Ich esse mit wenig Appetit und verabschiede mich früh, um mich auf das Mansardenzimmer zurückzuziehen und meine Wunden zu lecken. Morgen wird es mir sicher besser gehen.

Stunden später liege ich immer noch wach und starre an die Dachschräge über dem Bett. Die Geräusche der Ranch sind verebbt. Ich denke immer wieder an Richard Henleys Angebot, und die Aussichtslosigkeit macht mich rasend. Emilys Frage am ersten Tag kreist in meinem Kopf: Will ich mich wirklich mein Leben lang verstecken? Es sind erst gut vier Monate, seit ich untergetaucht bin. Und schon jetzt belastet mich der Gedanke, vielleicht niemals dauerhaft Freundschaften schließen zu können, von Liebesbeziehungen ganz zu schweigen. Nirgendwo Wurzeln schlagen zu können. Im schlimmsten Fall: Emilys Ranch verlassen zu müssen und sie vielleicht nie wiederzusehen. Das Brennen hinter meinen Augen wird heißer, und einzelne Tränen laufen mir über die Wangen. Dann werde ich über meine Schwäche wütend. Ich boxe ins Kopfkissen. „Diese Ohnmacht bringt mich um. Es muss doch etwas geben, was ich tun kann! Irgendetwas, außer warten", zische ich verzweifelt in die Dunkelheit.

Nicht, dass ich mit einer Antwort gerechnet hätte. Schon gar nicht vom Kissen. Doch ein Klackern an meinem Fenster genau in diesem Moment lässt mich vor Schreck zusammenfahren.

Vorsichtig spähe ich durch die Scheiben, in denen sich mein blasses Gesicht spiegelt. Ein weiterer Kieselstein gegen das Glas erschreckt mich zu Tode. Whoa! Ich reiße die beiden Fensterflügel auf. „Was soll das, Shane?“, flüstere ich in die Nacht. Der Mann, der neben dem schwanzwedelnden Smith steht und seiner Armhaltung nach gerade einen weiteren Stein werfen wollte, lässt mein Herz einen Salto schlagen.

„Komm runter!“, flüstert er und hält die Unterkünfte der Rancharbeiter im Auge.

Ich atme ein. Ob das eine gute Idee ist, Shane in der Nacht zu treffen? Gestern Abend wäre ich ihm vor Freude über das Stelldichein um den Hals gefallen. Doch in der tristen Stimmung, in der ich mich befinde, warnt mich meine Vernunft, dass ich mich auf keinen Fall in Shane verlieben sollte.

Als ob du das nicht schon Hals über Kopf bist!

Ich darf keine festen Bindungen eingehen.

Will Shane das überhaupt?

Halt dein Herz da raus!

Das ist doch schon längst in seiner Hand!

„Ich habe schon geschlafen“, flüstere ich halbherzig und schüttle den Kopf.

Er legt den Kopf schief und grinst mich frech an, dass meine Mundwinkel zucken. „Komm schon! Nur eine Minute.“

Seufzend schließe ich das Fenster. Es hat mich voll erwischt. Ich kann zu diesem Mann nicht *Nein* sagen. Ich greife nach Sweater und Jeans und schleiche die Treppen hinunter. Obwohl ich bezweifle, Emily hätte etwas dagegen, wenn ich mich nachts mit Shane treffen würde.

Smith wedelt mit dem Schwanz und holt sich eine kurze Streicheleinheit ab, als er mir entgegenläuft. Mit klopfendem Herzen wende ich mich dem Mann zu, dessen bloße Anwesenheit meine Sinne wirbeln lässt.

„Komm, lass uns einen Spaziergang machen." Shane ergreift meine Hand und zieht mich die Mauer der Unterkünfte entlang. Trotz der Uhrzeit kann ich im Licht des Vollmonds den schmalen Pfad zwischen den Weiden ausmachen. Das trockene Präriegras knistert unter unseren Schritten, und über uns spannt sich die Milchstraße. Es tut gut, das Gedankenkarussell anzuhalten. Shane lässt meine Hand nicht los. Als Zeichen der Dankbarkeit drücke ich sie. Im Vergleich zu den gestohlenen Berührungen der letzten Tage hat unser Treffen nichts Erotisches. Ich wüsste auch nicht, ob ich das gerade verkraften könnte.

„Du bist traurig?", durchbricht er unser gemeinsames Schweigen.

Zittrig ziehe ich die Luft ein.

„Es ist mir beim Abendessen aufgefallen. Ist etwas passiert?"

„Ich habe heute eine Möglichkeit gesehen, länger hierzubleiben. Vielleicht sogar eine Arbeit zu finden. Der Anwalt in Shell sucht einen Nachfolger." Er hört mir zu. Lässt mir Zeit. Sein Daumen zieht Kreise auf meinem Handrücken. Smith huscht wie ein kleiner Geist im Mondlicht umher und schnuppert an Kuhfladen.

„Es war so, als wedle jemand mit einer Wasserflasche vor mir herum, während ich im Wüstensand verdurste. Ich kann diesen Job nicht annehmen. Es ist zu gefährlich." Ich kicke nach einem Stein auf unserem Weg. „Ich bin es leid, zu fliehen, Shane. Diese Ungewissheit macht mich wahnsinnig."

Shane umfasst meine Schultern und zieht mich an seine Brust. Mein Ohr liegt auf seinem beruhigenden Herzschlag.

„Ich würde gern etwas tun. Vielleicht hilft es, wenn du dir die ganze Geschichte von der Seele redest. Ich kann gut zuhören."

Einen winzigen Moment lang ist die Versuchung groß, sein Angebot anzunehmen. Aber, was soll das bringen? Nein, ich muss da allein durch. Wenn ich Shane in Gefahr bringe, weil er etwas weiß, könnte ich mir das nie verzeihen.

„Du kannst mir helfen", flüstere ich und hebe ihm das Gesicht entgegen. „Küss mich, Cowboy!"

FOTO

„Ich reibe mir Pfefferminzöl ein und lege mich einen Moment hin. Dieser Wetterumschwung macht mich fertig.“ Emily massiert sich die Schläfen.

Ich sehe automatisch zu den Fenstern, an die dicke Regentropfen klatschen. Erst am Nachmittag haben sich dunkle Wolkenmassen gebildet. Die heiße Luft war elektrisch aufgeladen, und als die ersten kühlen Winde kamen, die das Gewitter ankündigten, war es eine Wohltat. Bis zum letzten Augenblick haben wir draußen verbracht. Dann hat sich der Regen wie ein bleierner Schleier über die Ranch gelegt. „Geh nur. Ich kann die Küche allein fertigmachen.“

Es tut gut, ein wenig für mich zu sein. Der Abwasch geht mir leicht von der Hand. Trotz der Anstrengung der letzten Wochen bin ich zu energiegeladen, um früh schlafen zu gehen. Ich schnappe mir eines der Bücher, die am Fuß der Treppe in die obere Etage auf einem Holzboard stehen. Auf meinem Bett lesend, schweifen meine Gedanken immer wieder ab. Nicht nur zu Shane. Ich denke an Renée und möchte die Hoffnung nicht aufgeben, dass sie, wie ich, nur untergetaucht ist. Und an meinen Vater. Das letzte Mal, als ich ihn lebend gesprochen habe, war er wie meistens in Eile. Wir standen in seinem Büro, und er hatte kaum einen Blick für mich übrig, sondern bereitete seine Akte vor. Ich habe mich deswegen bei ihm beschwert, schließlich lag mir Renées Verschwinden auf dem Herzen. Er hat mich auf das Wochenende vertröstet. „Bei mir zu Hause, Jessica. Gerade habe ich keine Zeit. Johnson, der CEO der Johnson-Holding wartet im Besprechungszimmer. Du verstehst!" Es war keine Frage, sondern eine Tatsache. Und ich habe verstanden. Obwohl mich in diesem Moment tausend Fragen umtrieben. Hätte ich gewusst, dass ich meinen Vater nie wieder sprechen kann, wäre ich ihm um den Hals gefallen und hätte mich von ihm verabschiedet. So aber trat ich zur Seite, und sein dankbarer, leicht gehetzter Blick im Vorübergehen ist mein letztes Bild von ihm, als er lebte. „Wir sehen uns am Samstag im Strandhaus." Das tatsächlich letzte Bild von ihm, das sich mir am darauffolgenden Wochenende im Strandhaus bot, wische ich rasch fort, so sehr schmerzt der Gedanke daran.

Grimmige Entschlossenheit lässt mich das Buch weglegen. Ich starre einen Moment auf den Umschlag mit dem USB-Stick, den ich mit einem Seufzen weglege. Ich kann mich immer noch nicht dazu durchringen, die Behörden einzuschalten. Dann greife ich zu den Fotos, die ich bei der Beerdigung aus meinem Versteck heraus gemacht habe. Aus der Enge meines Zimmers fliehend, setze ich mich mit einem Tee an den Küchentisch. Doch so sehr ich die körnigen Bilder auch betrachte, ich komme keinen Schritt voran. Die ernsten Gesichter der dunkel gekleideten Trauergäste sind mir alle bekannt. Fuller, George, andere Kollegen der Kanzlei, einige Mandanten und meine Tante. Was habe ich mir nur davon versprochen, diese Aufnahmen zu machen? Können sie mir eine Erklärung geben, wer für den Tod meines Vaters und das Verschwinden von Renée verantwortlich ist?

Meine Gedanken driften ab, und ich denke an die vergangenen Wochen auf der Ranch. Bei dem inneren Bild von Shanes grünen Augen entfährt mir ein verträumter Seufzer. Fast spüre ich den Druck seiner Lippen auf meinen.

„Na, träumst du was Schönes?“

Ich war so versunken, dass Emily bereits neben mir steht.

Da ich die vergangenen Monate ständig auf der Hut war, fahre ich umso mehr zusammen. Ertappt schiebe ich die Fotos auf dem Küchentisch zusammen. „Hey, dir scheint es besser zu gehen?"

Emily nickt und deutet mit dem Kinn auf die großformatigen Papiere. „Das sind die Aufnahmen von der Beerdigung?"

Ich nicke seufzend, und Emily betrachtet das obenauf liegende Blatt. Hatte ich ursprünglich vor, Emily vor der Erinnerung an diesen traurigen Tag zu verschonen, fächere ich nun die Bilder vor uns auf. Einige Gesichter habe ich als Close-up vergrößert. Andere Motive zeigen die Gruppe der Trauergäste. Ich erwarte nicht, meine Tante würde etwas darauf entdecken. Emily gießt sich einen Becher Tee ein, zieht einen Stuhl nach hinten und setzt sich neben mich.

„Da bin ich." Sie deutet auf ihre kleine Gestalt, die neben den hochgewachsenen Managern und Anwälten die einzige ist, der man echte Trauer ansieht.

„Ich wäre so gern bei dir gewesen", flüstere ich.

„Das wirkt so nah. Wo zum Teufel hast *du* gesteckt?", fragt sie und legt tröstend ihre Hand auf meine.

„Ich habe von einem Auto in der Nähe aus fotografiert. Den Aufwand hätte ich mir sparen können. Auf den Bildern ist nichts Auffälliges zu sehen. Ich komme keinen Schritt weiter."

Emily verzieht ihr Gesicht. „Dieser Friedhof war schrecklich. Allein, dass man mit dem Auto bis zum

Grab vorfahren kann. Unfassbar!“ Sie schnalzt missbilligend mit der Zunge.

„Du hast recht. Keine besonders friedliche Ruhestätte.“ Bereits vor langer Zeit hat die Stadt San Francisco ihre Friedhöfe nach Colma ausgelagert, um wertvolles Bauland in der Stadt zu schonen. Auf den Zufahrtsstraßen haben sich große Einkaufszentren angesiedelt. Zu den im Rasen eingelassenen Grabstätten kann man direkt mit dem Auto vorfahren. Quasi direkt nach dem Besuch von Toys'R'Us einen kurzen Schlenker am Grab der ruhenden Lieben vorbei machen, ohne aussteigen zu müssen. Von Pietät bleibt da nicht viel übrig. Ich kann Emily verstehen.

„Wenn ich mal nicht mehr bin, möchte ich dort begraben sein.“ Sie zeigt aus dem seitlichen Küchenfenster. Es ist bereits zu dunkel, um zu erkennen, worauf sie deutet. Aber ich weiß es auch so. Die alte Eiche hinter dem Haupthaus der Ranch wartet seit jeher auf die Angehörigen der Familie Morgan. Die verwitterten Grabsteine reichen zurück bis zu den ersten Siedlern.

Ich lege die Hand auf ihren Arm. „Ich weiß, Emily. Aber das liegt noch in weiter Ferne.“

Sie zwinkert mir zu. „Genau, denn ich habe noch einiges vor in diesem Leben.“

Fragend runzle ich die Stirn.

„Ich möchte reisen, Jessica. Europa sehen. Mit der Gondel durch Venedig gleiten. Vom Eiffelturm aus auf die Stadt der Liebe schauen und das Glockenspiel von Big Ben live erleben."

Ich grinse sie an. Ihre Augen leuchten, und sie wirkt zehn Jahre jünger, als sie ist. Sie ist in ihrer Lebenslust einfach einmalig. „Und ich nehme an, Jock soll dich begleiten?", kann ich mir nicht verkneifen, sie zu necken.

Sie lächelt breit. Keine Spur von Verlegenheit. „Wer denn sonst? Das wird herrlich. Du kannst in der Zeit die Ranch hüten." Sie neigt sich zwinkernd vor: „Shane hilft dir sicherlich gern dabei."

Ein warmes Flattern regt sich in meinem Bauch. Wenn ich doch ebenso zuversichtlich an die Zukunft glauben könnte wie meine Tante. Das Bild, das sie davon zeichnet, kommt mir so leicht vor. Tief einatmend versuche ich, das Herzklopfen in den Griff zu bekommen, das die Vorstellung von Shane und mir als Paar auslöst. Sogar Smith kommt in meiner kurzen Vision vor. Wie eine kleine Familie, denke ich. Und wer weiß? Obwohl ich noch nie über Kinder nachgedacht habe, kommt mir die Vorstellung von einer Familie mit einem Mal nicht mehr so fremd vor. Fast sehe ich die strahlenden grünen Augen von knubbeligen Kleinkindern vor mir, die in die Küche getappt kommen. *O Gott, was ist nur los mit mir? Ich habe noch nicht einmal mit Shane geschlafen. Wenn er wüsste, was ich mir gerade erträume, würde er sicherlich schreiend davonlaufen.* Emily streichelt sanft über meinen Rücken. Sie hat einen siebten Sinn für meine Stimmungen. Sie beugt sich vor und nimmt eines der Fotos hoch. Mit zusammengekniffenen Augen starrt sie auf das Bild. Eine Aufnahme der Trauernden, die den Worten des Pfarrers lauschen, während der Sarg meines Vaters in die Erde abgesenkt wird. Ich kann mich genau an den Moment erinnern, als ich die Aufnahme machte. Es fiel mir schwer, die Tränen im Zaum zu halten, sodass ich kaum den Auslöser betätigen konnte. Am liebsten wäre ich aus dem Auto gesprungen und hätte mich in die tröstenden Arme meiner Tante geworfen. Kein Wunder, dass Tante Emily bei dem Motiv emotional wird.

Ohne ein Wort zu sagen, erhebt sie sich und geht zum großen Küchenschrank neben der Tür. Sie kramt in der Schublade, in der sie seit jeher alles sammelt. Als Kind habe ich diese Schublade geliebt und wahre Schätze darin gefunden. Duftende gehäkelte Handschuhe, kleine Taschenspiegel und Lederreste, die für das Spiel mit den Puppen meine Fantasie beflügelten. Einmal habe ich aus uralten Rabattmarken, die ich in einem Heftchen gefunden habe, ein Bild von einem Rind unter einem Baum geklebt und es Emily geschenkt. Es hängt heute noch gerahmt neben der Anrichte. Gerührt habe ich bei meiner Ankunft auf die in kindlicher Handschrift verfasste Widmung gestarrt und konnte kaum fassen, dass Emily es trotz der langen Zeit nicht abgenommen hatte.

„Ha!“ Triumphierend hält Emily eine Lupe hoch. Ein antikes Ding mit schwarzem Griff.

„Du hättest auch mein Smartphone nehmen können“, sage ich.

Sie rollt nur mit den Augen und beugt sich im Schein der Küchenlampe wieder über das Foto. Mit angehaltenem Atem warte ich auf eine Reaktion von ihr.

„Merkwürdig“, murmelt sie. Sie beginnt den Kopf zu schütteln. „Das kann nicht sein“, brummelt sie mehrfach vor sich hin.

Mir bricht der Schweiß aus. Habe ich tatsächlich etwas übersehen? Ich platze fast vor Ungeduld, wage jedoch nicht, Emilys Konzentration zu stören. Bis es mir nach einer weiteren Minute zu viel wird. „Was kann nicht sein, Emily?“, frage ich, und meine Stimme klingt schrill.

„Hier, siehst du?“ Sie schiebt das Foto in meine Richtung und reicht mir die Lupe. Die deutet auf einen Fleck im oberen Drittel.

Es braucht einen Moment, bis sich die verschwommenen dunklen und hellen Punkte vor meinen Augen zu etwas Erkennbarem verbinden. Ich sehe ein Tier. Genauer gesagt, einen Hund, der schätzungsweise im Abstand von zwanzig Metern hinter den Trauergästen sitzt. Verwirrt blicke ich Emily an.

„Erkennst du ihn nicht?“

Ich zucke mit den Schultern.

„Ich kann mich irren. Aber ich glaube, das ist Smith."

Ihre Worte tröpfeln in meinen Verstand, und sämtliche Haare in meinem Nacken stellen sich auf. Ich greife nach dem Smartphone und tauche mit der Taschenlampenfunktion das Foto in gleißendes Licht. Mein Herz hämmert, als ich begreife, warum Emily auf diese absurde Idee kommt. Kaum zu erkennen, ist zwischen den Augen des Tieres die für Smith typische Blesse in Form einer schwarzen Raute. Die Lupe in meiner Hand zittert.

„Das kann nicht sein. Das ist in San Francisco. Zu weit weg. Wahrscheinlich hat jeder zweite Border Collie ein solches Mal." Ich scanne mit der Lupe die Umgebung des Hundes. Noch wage ich nicht, mir einzugestehen, dass es Smith sein könnte. Das verpixelte Bild eines Mannes kommt in den Fokus der Lupe. Er steht vor einer Reihe Gräbern im nächsten Abschnitt des Friedhofs und hält einen Besen in der Hand, es könnte auch ein Rechen sein. Der Mann ist erkennbar groß gewachsen und trägt das Outfit eines Friedhofsgärtners. Ein Sonnenhut ist tief in seinen Nacken geschoben, während er konzentriert seiner Arbeit nachzugehen scheint. Ich stutze und kneife die Augen zusammen, um das Bild schärfer zu sehen. Ich kann das Gesicht des Mannes nicht erkennen. Die Art, wie der Hut im Nacken liegt, löst jedoch etwas in mir aus ... Der Mann, der Hut, der Hund ... Ich schließe die Augen. Das Blut rauscht in meinen Ohren. Meine Kehle ist wie zugeschnürt, und der Verstand wehrt sich gegen die Gewissheit, die sich unerbittlich in mir formiert. Meine Hand zittert, und die Lupe fällt mit einem dumpfen Poltern auf den Tisch. *Nein, nein, nein! Das darf nicht wahr sein!*

„Shane", flüstere ich.

SCHOCK

Ich blicke in die weit aufgerissenen Augen von Emily, die mein eigenes Entsetzen widerspiegeln. Der Stuhl fällt zu Boden, als ich aufspringe.

Emily hebt die Hand vor den Mund. „Das tut mir leid. Ich dachte ... er war so ... Wie konnte ich mich täuschen?"

Mein Atem geht schwer, während mein Hirn einzelne Szenen zusammensetzt und die Fantasie sie weiterspinnt. Ich erinnere mich daran, wie Shane an meinem ersten Tag auf der Ranch zu meinem Fenster hinaufgeschaut hat. So, als wüsste er, dass ich dort war. Klar, denke ich bitter, er hatte auf meine Ankunft gewartet wie eine Spinne, die ihr Netz auslegt. Und ich bin ihm freudig auf den Leim gegangen. Abgelenkt vom Gift seiner grünen Augen und dem muskelbepackten Körper. Wie konnte ich nur so naiv sein? Er wusste zu schnell, dass ich kein Mann bin. Kopfschüttelnd rufe ich mir verschiedene Szenen der letzten Wochen in Erinnerung. Wenn er mir schaden will, warum hat er mich nicht beseitigt, als er mit mir allein war? Als ich vertrauensselig in seinem Schlafsack lag? Als wir zusammen in der Speisekammer waren, als wir nachts spazieren waren? Wieso war er die ganze Zeit so nett? Und witzig? Unsere Gespräche kommen mir in den Sinn, und eine Gewissheit kristallisiert sich heraus: Er brauchte mehr Informationen, wollte ausloten, wie viel ich weiß. Immer wieder hat er mir angeboten, ich solle ihm meine Geschichte erzählen. Dann würde ich mich besser fühlen. Von wegen, er sei ein guter Zuhörer. Er wollte mich aushorchen. Aber wozu? Welches Spiel spielt er? Wie in dem Moment, als ich meinen Vater tot aufgefunden habe, arbeitet mein Verstand auf Hochtouren und beginnt mit der Planung, während er noch versucht, zu begreifen.

Ich muss fliehen. Am besten noch heute Nacht. Bevor Shane mitbekommt, dass seine Tarnung aufgeflogen ist. *Shane!* Es spielt keine Rolle, dass der Gedanke an seinen Verrat und an meine törichten Gefühle für ihn wie ein glühendes Eisen in meiner Brust brennt. Wie konnte ich jemals annehmen, hier in Sicherheit zu sein? Wie konnte ich denken, dieser Mann habe echte Gefühle für mich? Ich dummes, dummes Mädchen. Eine Träne löst sich in meinem Augenwinkel, die ich zornig fortwische. Erst George, dann Shane. Meine Kenntnis, was Männer angeht, ist wirklich grottig. *Darauf kommt es gerade nicht an!*, reiße ich mich zusammen. Zeit, wie eine erwachsene Frau zu handeln. Meine Gedanken rasen. Wo soll ich hin? Meine Ersparnisse sind aufgebraucht. Fliegen scheidet also aus. Die kanadische Grenze wäre von hier das nächstgelegene Ausland. Ich müsste Richtung Norden und den ganzen Bundesstaat Montana durchqueren. Ich könnte es in Winnipeg versuchen. Oder eine der größeren Städte weiter nördlich ansteuern. Ob mir Emily Geld leiht, damit ich die ersten Wochen über die Runden komme? Zumindest, bis ich irgendwo eine gute Seele antreffe, die mich ohne Aufenthaltserlaubnis arbeiten lässt. Der Gedanke, Emily zu verlassen, schnürt mir die Kehle weiter zu. Ich hatte sie doch gerade erst wiedergefunden.

In sich zusammengesunken steht sie vor mir. Der eben noch greifbare Traum vom gemeinsamen Leben auf der Ranch ist geplatzt wie eine riesengroße Seifenblase. Ich muss mich zusammenreißen. Sie darf nicht denken, ich mache ihr Vorwürfe. Sie trifft keine Schuld. Shane scheint alles von langer Hand geplant zu haben, sodass Emily gar nicht Verdacht schöpfen konnte. Ich frage mich, wer Shane angeheuert hat. Fuller? George? Wie Shane sich insgeheim amüsiert haben muss, als er mich nach meinem Albtraum getröstet hat und scheinheilig nach George ausgefragt hat. Wie konnte ich nur meine Mauern so weit hinunterfahren? Wie ihm jemals vertrauen? Gut, dass ich noch nicht mit ihm geschlafen habe. Sonst wäre die Demütigung, die ich empfinde, noch tausend Mal schlimmer. Wie konnte er nur? In meine Verzweiflung, den Schrecken und das Entsetzen, mischt sich Zorn. Ich muss hier raus. Einen Moment durchatmen.

Ich stürme aus der Küche, Emilys Rufen ignorierend. Meine Schritte hallen auf dem Holzboden im Flur. Ich reiße die Tür auf und stürze in die Nacht. Der starke Regen hat zum Glück aufgehört und ist in leichtes Nieseln übergegangen. Ich halte das Gesicht in die Nacht. Doch die erwartete Kühlung bleibt aus. Mir ist, als würde jeder Regentropfen auf meinen heißen Wangen verdampfen. Was soll ich tun? Wo soll ich hin? Gibt es überhaupt einen Ort, an dem ich sicher bin?

Starke Hände legen sich von hinten um meine Mitte, und ich spüre Shanes warmen Atem im Nacken. Eine bereits vertraute Geste, die heute allerdings den Effekt von Eiswasser hat. Ich versteife mich und befreie mich aus seinem Griff. Er darf nicht mitbekommen, dass ich alles weiß. Wie soll ich das bloß anstellen? Mit größter Mühe versuche ich, ihm gelassen zu begegnen.

„Shane", flüstere ich. Wie erwartet ist meine Stimme nur ein heiseres Krächzen. Seine Haare und der Hemdstoff an den Schultern sind feucht, er muss im Regen unterwegs gewesen sein. Smith ist wie immer an seiner Seite und wedelt mit dem Schwanz vor Freude, mich zu sehen. Shane runzelt die Stirn. Meine Schauspielkünste sind wohl nicht überzeugend. Ich schlucke und wappne mich.

„Ist alles in Ordnung, Jessica?"

Ich kann kaum ertragen, dass er meinen Namen sagt. „Nenn mich nicht so. Ich bin Jesse", blaffe ich ihn an und trete einen Schritt von ihm weg.

Sein Blick huscht irritiert umher. Keiner der anderen Rancharbeiter ist bei diesem Sauwetter hier draußen, und ich sehe Shane an, wie es hinter seiner Stirn arbeitet. Es gibt keinen Grund, auf den Männernamen zu bestehen. Meine Augen suchen unterdessen seinen Körper nach einer Waffe ab. Aber ich sollte mir nichts vormachen. Notfalls würde er mich mit seinen kräftigen Händen erwürgen können. Innerlich nehme ich die Kampfhaltung ein, die mein koreanischer Lehrer mir eingebläut hat. Gar nicht so einfach, wenn ich mir nach außen nichts anmerken lassen will.

„Was ist los? Sprich mit mir", fordert er und greift nach meinem Arm, als er bemerkt, wie ich mich Zentimeter für Zentimeter von ihm entferne. Die Berührung lässt eine Sicherung durchbrennen. In einer perfekten Drehung werfe ich mich nach hinten und reiße das Bein hoch. Doch Shane ist nicht Carlo. Ich hätte mir denken können, dass er die Reflexe eines Killers hat. Er duckt sich und schafft es, meine Wade zu greifen. Ihm völlig ausgeliefert hüpfe ich auf einem Bein herum. Smith gibt ein verwirrtes Bellen von sich.

„Hey, hey, hey. Beruhige dich!"

„Lass mich sofort los", zische ich. Was ich nicht erwartet hätte: Shane hört auf mich und gibt das Bein frei. Ich kippe nach hinten und fange mich im letzten Moment.

Er hebt die Hände und fährt sich durchs Haar. „Was zum Teufel ist los, Jessica?"

Auf diese Unschuldstour kann er mir nicht kommen. „Das weißt du ganz genau, du Verräter!" Von meiner Fassade ist nichts geblieben, als der letzte Part des Satzes in einem Schluchzen untergeht. Ich stürze an ihm vorbei zurück ins Haus. Er lässt mich gehen. Ich muss den Vorsprung nutzen. Als ich die Stufen hinaufhechte, erscheint Emily im Rahmen der Küchentür. In ihrer Hand hält sie das Foto. So, als könne es ihr mehr darüber verraten, weshalb Shane und sein Hund bei der Beerdigung ihres Bruders waren. Etwa eintausend Meilen entfernt von hier. Vor einigen Monaten, als das ganze Drama seinen Anfang nahm. Ihr Blick huscht zur Haustür, und ich weiß, dass Shane mir ins Haus gefolgt ist. Kurz zögere ich, ob ich Emily mit ihm allein lassen darf. Aber sie greift bereits nach der Winchester, die in einer Nische neben der Treppe darauf wartet, ungebetene Gäste zu verjagen. Die Frauen meiner Familie können sich selbst verteidigen. Vom oberen Treppenabsatz aus sehe ich, wie

Emily den Gewehrlauf auf Shane richtet, der langsam die Hände hebt. Das Herz schlägt mir bis zum Hals. Aus dem Augenwinkel bekomme ich mit, wie Emily Shane das Foto hinhält.

Ich verliere keine Zeit. In meinem Zimmer angekommen, reiße ich die Reisetasche unter dem Bett hervor und stopfe die wenigen Kleidungsstücke aus dem Schrank hinein. Meine Finger zittern. Jedes Stück erzählt eine Geschichte von Shane. Dieses Hemd hatte ich bei unserem Ausritt an, dieses bei unserem Kuss hinter dem Saloon, dieses Shirt ... Ich schlucke die bittere Galle hinunter. Sentimentale Kuh! Am liebsten würde ich alles hierlassen. Aber dann würde ich Geld verschwenden. Geld, das ich nicht habe.

Fassungslos gestehe ich mir ein, der Abschied von George war nicht so schmerzhaft. Ich war verletzt, und das Bild meines toten Vaters und die Sorge um Renée hatten mich im Griff. Aber ich war entschlossen. Der Abscheu vor George und der Zorn auf ihn haben mich angetrieben. Gerade fühle ich Schmerz in jeder einzelnen Faser meines Körpers, wenn ich daran denke, Emily zu verlassen. Und diesen Mann, der mir für wenige Wochen so etwas wie Glück gebracht hat. Falsches Glück, wie ich jetzt weiß. Mein Herz fühlt sich an wie ein schwerer Klumpen Pech.

Wo soll ich hin? Werde ich Emily jemals wiedersehen?

Gerade als ich den Reißverschluss der Tasche zuziehe, poltern Shanes schwere Schritte die Stufen hoch. Angst um Emily wallt auf. Er muss sie überwältigt haben. Panisch sehe ich mich um. Jede Sekunde zählt. Mein Blick fällt auf die Matratze. Fast hätte ich die Smith & Wesson in ihrem Versteck vergessen. Ich zerre den Revolver heraus und werfe den Sweater, in den sie eingewickelt war, achtlos zu Boden. Kaum bin ich fertig, fliegt die Tür auf, und Shanes massige Silhouette erscheint im Türrahmen. Tief Luft holend, hebe ich die Waffe und richte sie auf den Mann, der selbst jetzt ein Anblick für die Götter ist. Das nussbraune Haar ist zerzaust, die Augen glühen wie Smaragde, und seine breite Brust hebt und senkt sich, als sei er gesprintet. Ob Emily gekämpft hat, bevor er sie überwältigt hat? Wie soeben bei Emily hebt Shane langsam die Hände. Ich bin auf der Hut und erwarte jeden Moment den schmutzigen Trick, dem Emily vermutlich erlegen ist. Meine schwitzigen Finger umfassen den Abzug. Der Lauf der Waffe wackelt wie ein Lämmerschwanz. Verdammt! Es ist etwas anderes, auf einen Menschen zu zielen als in einem Betontunnel auf ein Stück Papier. Einen Menschen, dessen Küsse mir die Sinne haben schwinden lassen.

„Ho, vorsichtig. Sonst verletzt sich noch jemand."

„Da kannst du Gift drauf nehmen, dass sich gleich jemand verletzt. Doch das werde *nicht ich* sein.“ Meine Stimme klingt fester, und ich schaffe es, hochmütig das Kinn zu recken. Kampflos gebe ich nicht auf.

Shane schaut mir tief in die Augen, ohne die Waffe zu beachten oder sich von meinem Satz beirren zu lassen. „Jessica, du hast sicherlich hierzu eine Menge Fragen an mich.“

Erst jetzt bemerke ich das Foto in seiner Hand, das er mir entgegenhält.

Ich schnaube argwöhnisch. „Als ob ich dir noch ein Wort glauben würde. Du hast mir genug schöne Augen gemacht. Was hast du Emily angetan?“

Er seufzt. „Mir wäre es lieber, wenn du die Waffe herunternehmen könntest, während wir reden.“

Ich schüttle trotzig den Kopf.

Er blickt über seine Schulter und ruft: „Emily, könntest du bitte nach oben kommen?“

Ein erleichterter Laut entfährt mir, als meine Tante unversehrt hinter Shane auftaucht. Einen Moment lang lasse ich die Waffe sinken. „Tritt aus der Schusslinie, Emily. Warum hast du ihn hochkommen lassen?“

Emily legt Shane die Hand auf die Schulter, und die beiden verständigen sich wortlos. Langsam komme ich mir vor wie eine Irre, der gleich die Zwangsjacke übergeworfen wird.

„Nimm die Waffe herunter, Jessica. Es ist nicht so, wie es aussieht. Shane wird dir alles erklären.“

Das Blut rauscht in meinen Ohren. Dieser Obermanipulator hat also meine Tante umgedreht. Ich schüttle den Kopf. „Wenn er etwas zu sagen hat, soll er es tun. Die Waffe bleibt da.“

Shane rollt mit den Augen, als habe er es mit einem trotzigen Kind zu tun. Gut so. Denn sein Verhalten schürt meinen Zorn und verdrängt die Sehnsucht nach ihm, die sich immer wieder an die Oberfläche meiner Emotionen zu kämpfen versucht.

Dann geht es schnell. Mit zwei Schritten ist Shane bei mir und entwindet mir den Revolver. Als wäre es ein Kinderspiel. Er hält ihn mir hin, öffnet die Trommel und lässt die Patronen in seine Hand gleiten. Alles ohne auch nur einen Blick auf die Waffe zu werfen. Unglaublich! Dann reicht er mir den Revolver zurück. „Du hast ihn wohl noch nie benutzt. Die Plombe, die der Händler beim Verkauf anbringt, ist noch nicht entfernt. So hättest du nicht einmal ein Kaninchen erschießen können.“

Empört, vor allem darüber, dass er ausgerechnet auf die Kaninchennummer anspielt, starre ich ihn an. Er hat recht. In meiner Aufregung habe ich völlig vergessen, die Waffe schussbereit zu machen. Dabei hatte der Typ in dem Waffenladen das extra erwähnt. So ein Mist. Ich bin eine miserable Schützin. Selbst wenn ich nicht schieße. Meine Verblüffung lässt mich einen Moment die Gefahr vergessen, in der ich schwebe. Ich stehe unbewaffnet vor Shane.

Und er greift mich nicht an, sondern steht abwartend vor mir.

„Ich wollte auch kein Kaninchen erschießen, sondern dich", sage ich kläglich und lasse mich kraftlos auf das Bett sinken.

„Ich glaube, ich lasse euch zwei allein", sagt Emily und schließt die Tür.

„Hörst du mir jetzt endlich zu, Socke?"

TELEFONAT

Die Matratze senkt sich, als er sich neben mir auf dem Bett niederlässt. Ich ergebe mich. Sämtlicher Widerstand ist aus mir gewichen. Soll er sich doch setzen. Ein Klackern sagt mir, dass er die Patronen achtlos neben sich auf die Bettdecke geworfen hat. Eine davon kullert zu Boden. Ich folge ihrem Lauf, bis sie unter dem Ständer mit der Waschschüssel verschwindet. Shane räuspert sich, und ich schiele auf seine Hände, in denen er immer noch das Foto hält.

„Bist du das auf dem Foto?“, frage ich ihn, die Hoffnung nicht aufgebend, es handle sich um ein großes Missverständnis.

Er fährt sich mit der freien Hand durchs Haar, und bereits diese Geste verrät mir alles. „Ja, das bin ich mit Smith.“

Ich warte auf eine Erklärung. Als keine kommt,

verliere ich die Geduld. „Ach, dann bist du also gar nicht Cowboy, sondern Friedhofsgärtner?“, sage ich und kann den Spott nicht länger im Zaum halten.

Er besitzt tatsächlich die Frechheit, leise zu lachen. „Es ist kompliziert, Jessica.“

„Erzähl mir nichts von kompliziert. Kannst du dir vorstellen, wie ich mich gefühlt habe? Seit Monaten bin ich auf der Flucht und finde endlich wieder ein Zuhause. Finde ...“, meine Stimme bricht, „... dich. Und dann bist du auf den Fotos. Fotos, die ich heimlich gemacht habe, um herauszufinden, warum mein Vater sterben musste. Hast du ansatzweise eine Ahnung, wie es mir geht? Ich pfeif auf kompliziert. Ich brauche eine Erklärung!“

Er legt die Hand auf meinen Oberschenkel. Sie ist warm, und ich bin zu erschöpft, sie wegzuschieben. Erstaunt stelle ich fest, dass ich trotz allem keine Angst vor ihm habe. Ich drehe den Kopf und sehe die Zerrissenheit in seinen Augen, deren Farbe ich nicht recht deuten kann.

„Sagen wir einfach, ich bin einer von den Guten.“

Ich schnaube. „Ach, und das soll ich dir glauben und mir sagen: ‚*Hey, Jessica, er ist einer von den Guten. Das hat er selbst gesagt. Na, dann können wir ja wieder zur Tagesordnung übergehen.*‘ Ich bin es leid, dass man mich anlügt. Dass *du* mich anlügst. Nenn mir einen Grund, weshalb ich dir nur ein

Wort glauben sollte? Egal, welche Erklärung du mir gleich auftischen wirst."

Er springt auf, und sein Körper wirkt fast absurd groß in dem kleinen Mansardenzimmer. Sich wild übers Gesicht fahrend geht er auf und ab, als suche er nach den richtigen Worten. Mein dummes Herz findet selbst jetzt einen Grund, ihn wahnsinnig sexy zu finden. Rasch wende ich mich ab und starre stattdessen auf meinen nutzlosen Revolver auf dem Nachttisch.

„Herrje, Jessica, ich war verpflichtet, dir gewisse Dinge zu verschweigen. Ich musste dich anlügen. Das war mein Job."

Seine Worte sind wie Eisregen auf meinem Herzen. „Ach, und dass wir rumknutschen wie die Teenager ... gehörte das auch zu deinem *Job*?"

Er hält inne und schaut mich an. Er stöhnt, als ihm aufgeht, was er von sich gegeben hat, und lässt die Arme hängen.

„Und alles, was du mir aus deinem Leben erzählt hast. War das auch eine Lüge? War irgendetwas davon wahr? Heißt du überhaupt Shane? Sind *wir* echt?", bricht es aus mir heraus.

„Das mit uns war *so* nicht geplant."

Ich schlucke. Diese Salamitaktik bringt mich noch um.

„Und ja, ich heiße wirklich Shane. Das, was ich dir über mich erzählt habe, ist wahr. Das war Teil der Tarnung. Je mehr wir uns an die Wahrheit halten, umso realistischer. Ich habe bloß ein paar Dinge nicht erzählt."

Ich schüttle ungläubig den Kopf. Irgendwo in meinem Hinterkopf weist eine Stimme darauf hin, dass er die letzte Frage, ob wir *echt* sind, übergangen hat. „Kannst du endlich aufhören, um den heißen Brei herumzureden und mich aufklären, wer oder besser, was du bist? Und warum du von mir als deinem ‚*Job*' sprichst?"

Er seufzt ergeben und hält mir die Handfläche hin. „Gib mir dein Handy", fordert er.

Ich zögere kurz. Ohne Waffe kann ich leben. Aber sollte ich fliehen müssen, brauche ich ein Telefon.

„Nur einen Moment. Du bekommst es gleich zurück. Versprochen!" Sein rechter Mundwinkel hebt sich bei dem letzten Wort, und ich verdrehe die Augen. Wie kann er jetzt Witze reißen.

„Das ist nicht witzig", sage ich, krame das Handy aus der Seitentasche des Gepäcks und reiche es ihm. Er nimmt es fast zärtlich entgegen, und mir entgeht nicht, dass seine Finger dabei absichtlich meine Handfläche streifen. So ein durchtriebener Mistkerl! Flirt to kill!

Er setzt sich neben mich aufs Bett und gibt eine seltsame Tastenkombination aus Ziffern und Hashtags ein. Zuletzt drückt er auf Anrufen und auf Lautsprecher. Das Freizeichen hallt unwirklich laut durch den Raum. Nach einem Klingeln nimmt jemand ab.

„Regency Reinigungsservice, was kann ich für Sie tun?“ Ich kneife verwirrt die Augen zusammen. Was um alles in der Welt …?

„Drei Hemden zum Stärken und Bügeln.“

Wie bitte?

„Alles klar.“ In der Leitung knackt es, und ein weiteres Klingelzeichen ertönt. Shanes Gesicht ist konzentriert, sodass ich jeden spöttischen Kommentar zu den Hemden hinunterschlucke.

„Ja?“, fragt eine neue Stimme.

Shane setzt sich aufrechter hin. „Hier Special Agent Barker. Verbinden Sie mich mit Special Agent Schuster.“ Er erhält keine Antwort, bevor wir wieder ein Klingeln hören. Oder aber ich habe sie nicht mitbekommen. Denn in meinem Gehirn sind einige Räder angelaufen. Mehr noch als die Erkenntnis, dass Shane ein *Special Agent* ist, fällt mir auf, dass ich zum ersten Mal seinen Nachnamen gehört habe. Barker. Sofern dieser nicht ebenfalls zur Tarnung gehört. Das kleine, romantische Mädchen in mir beginnt unsinnigerweise sofort damit, unsere Namen zu verbinden. Jessica Barker. *Nicht schlecht.* Ich schüttle über mich selbst den Kopf. Was tue ich hier? Spinne ich total? Hier geht es um Wichtigeres. Um *Special Agents*. Moment Mal: Reden wir hier vom FBI?

„Hier Schuster. Was ist los, Shane? Das ist gegen

das Protokoll. Agent Morrison war erst für nächsten Freitag geplant", meldet sich eine Stimme, die mich im Affekt zum Telefon greifen lässt.

„Renée, o mein Gott, Renée ..." Meine Emotionen überschlagen sich.

„Wer spricht da?", fragt die Stimme vorsichtig. *Bitte lass es Renée sein!* Ich zerquetsche fast das Gerät in meiner Hand.

„Hier ist Jessica. Bist du es wirklich? Ich dachte, du wärst tot. Ich kann nicht glauben, dass wir miteinander sprechen."

„Wir sind auf Lautsprecher und unter uns, Renée. Du kannst frei reden", mischt sich Shane ein.

„Shane, bist du wahnsinnig? Ist die Leitung überhaupt sicher? Du gefährdest die ganze Aktion."

„Meine Tarnung ist aufgeflogen. Sie hatte Fotos von der Beerdigung und hat mich darauf erkannt. Ich ruf dich an, weil sie mir nicht traut."

Renée seufzt.

„Warum hast du dich nicht gemeldet, Renée? Ich bin fast wahnsinnig geworden vor Sorge", schalte ich mich ungeduldig ein.

„Jessica, es tut mir leid. Ich musste damals schnell untertauchen. Wir haben leider versagt und kamen zu spät, um deinen Vater zu schützen. Und du warst verschwunden. Wir wussten nicht, wo du warst und konnten nicht mit dir sprechen."

Ich versuche, ihrer Wortflut zu folgen. „Aber seit

ich auf der Ranch bin, wusstest du, wo du mich erreichen kannst."

„Es war mir untersagt, dich zu kontaktieren. Befehl von ganz oben. Wir wollten erst herausfinden, wie viel du weißt."

Ich massiere den auftretenden Schmerz in der Stirn fort. „Ihr habt tatsächlich gedacht, ich stecke mit drin?"

„Ich habe ihnen gesagt, dass du sauber bist. Aber die Indizien sprachen gegen dich. Deine Fingerabdrücke waren überall am Tatort."

„Weil ich seine Tochter war!", bricht es aus mir heraus.

„Ich weiß, Jessica. Aber du hast dich verdächtig verhalten. Wir haben unsere Vorschriften und ein Protokoll, wie vorgegangen werden muss. Also haben wir Agent Barker auf dich angesetzt."

Angesetzt. Wie grauenhaft das klingt. Shane legt die Hand auf meinen unteren Rücken, und sein Daumen zieht kleine Kreise auf der Hüfte. *Ist das echt oder Taktik?*

„Wir mussten vorsichtig bleiben, bis wir uns sicher waren. Verstehst du das?"

„Ja. Das verstehe ich. Auch wenn es wehtut. Und jetzt seid ihr euch sicher?"

Renée zieht scharf die Luft ein. „Sprich mit Shane, Jessica. Erzähl ihm alles, was du weißt."

Ich versuche, die versteckte Botschaft in ihrer

Antwort zu verdauen: Sie sind sich anscheinend noch nicht sicher.

„Du kannst Shane trauen, Jessica. Wenn überhaupt einem, dann ihm. Ansonsten hätte ich ihn nicht vorgeschlagen." Ihre Worte hängen in der Luft und bohren sich dann wie kleine Nanotierchen in mein Herz. Renée hat ihn vorgeschlagen? Renée, die durch intime Freundinnengespräche genau wusste, wie mein Traummann zu sein hat. Das absolute Gegenteil von George. Sie hat mir diesen sexy Kerl vor die Nase gesetzt. Eine sichere Methode, Informationen aus mir herauszuquetschen. Ein Frontalangriff auf meine Libido. Ich lache trocken auf. Shane nimmt seine Hand von meinem Rücken weg, und sofort wird die Stelle kalt.

„Wir sind ganz nah dran. Wenn alles vorüber ist, sehen wir uns, okay? Und dann reden wir über alles und feiern", sagt Renée.

Will sie das überhaupt? War das mit ihr auch nicht echt? Tarnung?

Shane nimmt mir das Telefon aus der Hand. „Ich melde mich, Schuster." Er legt auf.

Einen Moment lang starren wir schweigend vor uns hin. Dann ziehe ich die Luft ein. „Du bist also FBI-Agent und auf mich angesetzt, um Informationen zu erhalten." In der Stille des Raumes höre ich ihn schlucken.

„Ja, anfangs war es so. Aber der Auftrag hat sich verändert. Ich bin mir seit Längerem sicher, dass du sauber bist. Daher war es nun mein Job, dich zu beschützen." Wie um seine Worte zu unterstreichen, ergreift er meine Hand. „Obwohl du das ganz gut allein kannst." Der Druck seiner Finger verstärkt sich, und wir denken wohl beide an den intimen Kuss im Anschluss an Carlos Angriff. Ich sehe ihn an, und seine Augen sind hellgrün. Ich möchte ihm glauben. Möchte ihm vertrauen. Möchte nicht glauben, für ihn nur ein *Job* zu sein. In diesem Moment beschließe ich, abzugeben. Ihm alles zu geben. Die Verantwortung für das, was auch immer das mit uns ist, in seine Hände zu legen.

„Dann willst du also nicht mehr hören, wie genau es dazu kam, dass ich untergetaucht bin?"

KEKSE

Vier Monate zuvor

Ich ziehe die Handbremse, als ich den *Mini Countryman* auf der abschüssigen Einfahrt vor dem Haus meines Vaters in Half Moon Bay abstelle und aussteige. Nach der etwa einstündigen Fahrt, die einem Morgen im Büro folgte, strecke ich mich und inhaliere die wohltuende Luft des nahen Ozeans hinter dem Haus. Hier herrscht ein anderes Leben als in der Stadt. Das wilde Rauschen des Meeres ist bis hierhin zu hören. Sturm ist angesagt. Auf der Fahrt hierher habe ich die Bewohner der Bay dabei beobachten können, wie sie ihre Häuser windfest machen. Der leicht schräge Dreiklang der Hafenglocke hat mich bei meiner Fahrt durch den etwa eine Meile entfernten Ort Half Moon Bay als vom Wind fortgetragener Klangfetzen begleitet. Ein Zeichen, das Segler und Bewohner mahnt, sich auf Einiges einzustellen. Jemand ruft mich, und als ich mir die vom Wind zerzausten blonden Locken aus der Stirn schiebe und in einen Pferdeschwanz binde, sehe ich Mrs. Caplan am Gartenzaun des Nachbargrundstücks.

„Ganz schön windig heute“, ruft sie. Ich wechsle ein paar belanglose Worte mit der grau gelockten Mittsechzigerin, deren Mann vor zwei Jahren verstorben ist. Sie kümmert sich ein wenig zu offensichtlich um das Wohl meines Vaters. Insgeheim aber bin ich froh, dass er jemanden hat, der notfalls für ihn da ist.

Seit einem Jahr wohnt Dad in dem zuvor als Wochenenddomizil genutzten Beachhouse. Ich vermute, ihm war unser Apartment in Downtown zu ruhig, nachdem ich mit George zusammengezogen bin. Keines meiner vernünftigen Argumente, allen voran die lange Zeit, die er ins Büro benötigt, konnte ihn dazu bewegen, in der Stadt zu bleiben. In seinem Alter brauche er Ruhe, war seine Begründung. Die Stadt sei ihm zu trubelig. Ob ihm auffällt, dass er genau die Sätze nutzt, die seine Schwester Emily damals benutzte, um in ihrem geliebten Wyoming zu bleiben?

Missbilligend schaut Mrs. Caplan auf meine Business-Kleidung.

„Sie müssen doch heute nicht etwa arbeiten, Jessica? Es ist Samstag!“

Ich zucke mit den Schultern. „Es geht leider nicht anders, Mrs. Caplan. Die Mandanten brauchen mich.“

Sie runzelt die Stirn. „Ich sage Ihrem Vater auch immer, er soll es mit der Arbeit nicht übertreiben. Mein Heinz hat auch nicht auf mich gehört. Gott hab ihn selig. Kommen Sie mit Ihrem Vater doch heute Abend zum Dinner.“

Ich schaue zur Haustür und runzle die Stirn. Normalerweise begrüßt mich Dad bereits in der Einfahrt, wenn er meinen Wagen hört. Ob er ein Nickerchen hält? Die Vorstellung ist absurd. Mein Vater ist ein Workaholic, und ich habe ihn noch nie tagsüber eine Pause einlegen sehen. Wahrscheinlich ist er in ein kniffliges juristisches Problem versunken. Oder er ist hinter dem Haus und befestigt die Fensterläden.

„Ich danke für die Einladung. Ich schätze, heute wird es nicht klappen. Ich muss abends wieder in der Stadt sein. Eine Ausstellungseröffnung.“

Mrs. Caplans Gesicht ist die Enttäuschung anzusehen. „Dann ein anderes Mal. Die Einladung steht.“

Als ich die Haustür aufschließe, bleibt es still.

„Dad?“, rufe ich und streife meine Heels unter der Garderobe neben der Tür ab. Ein lauter Knall lässt mich zusammenfahren. Instinktiv fasse ich an mein Herz. „Dad?“, rufe ich noch einmal. Als ich keine Antwort erhalte, spähe ich ins Wohnzimmer, aus dem ich ein Klappern höre. Der lichtdurchflutete, im mediterranen Stil gehaltene Raum ist leer. Ein Strauß mit Gartenblumen, der auf der modernen Kücheninsel steht, fällt mir ins Auge. Zufrieden stelle ich fest, dass die neue Haushälterin ihr Geld wert ist. Es knallt erneut. Diesmal zucke ich nicht zusammen. Das Klappern stammt von den Fensterläden, die der Wind aus ihrer Halterung gelöst hat. Ohne Zögern durchquere ich den Raum und trete auf die Terrasse. Der Wind hier auf der offenen Meerseite ist so stark, dass es mich einige Anläufe kostet, die Läden zu schließen. Ich sammle die Sitzkissen ein, die der Wind bereits auf der Terrasse verteilt hat, und versenke sie in dem großen Korb neben der Terrassentür. Ungewöhnlich für meinen Vater, sie bei diesem Wetter draußen zu lassen. Zurück im halbdunklen Wohnzimmer rufe ich noch einmal nach ihm. Als er nicht antwortet, checke ich meine Armbanduhr. Merkwürdig. Wir hatten uns doch für zwei Uhr verabredet. Und jetzt ist es schon halb drei. Sorgenvoll steuere ich den Raum an, in dem er sich vermutlich verschanzt hat, sein Arbeitszimmer. Ich klopfe. Als ich keine Antwort erhalte, öffne ich die Tür.

„Dad, so spannend kann die Akte nicht sein. Hast du vergessen, dass …“ Ich stoppe mitten im Satz. Mein Vater sitzt am Schreibtisch. Sein Kopf ist auf der Tischplatte abgelegt, die Hände als Kissen nehmend. Er schläft? Sorge ziept an meinem Herzen. Mrs. Caplan hat recht. Er sollte nicht so viel arbeiten. Er ist nicht mehr so fit wie früher. Und seit wir nicht mehr zusammenwohnen, kann ich nicht mehr auf ihn und vor allem seine Ernährung achten. Ich entdecke den leeren Teller, der auf dem Schreibtisch steht und auf dem ein paar Krümel liegen. Vermutlich Kuchen oder eine üppige Süßigkeit. Altes Schleckermaul!

„Dad, aufwachen! Wir waren verabredet." Ich trete zu ihm und rüttle sanft an seiner Schulter. Sein Kopf rutscht zur Seite, und da begreife ich, dass etwas ganz und gar nicht in Ordnung ist.

„Dad?" Panisch reiße ich ihn herum in eine aufrecht sitzende Position. Die Augenlider und die Mundpartie sind ungewöhnlich geschwollen. Der Kopf sackt leblos nach vorn. *Leblos*. Grauen erfasst mich. „Dad! Was ist los? Wach auf!", flüstere ich. Doch mein Herz hat vor meinem Verstand begriffen, dass es zu spät ist. Ich knöpfe sein Hemd auf und lege ein Ohr an seine Brust. Stille. Oder höre ich nichts, weil der Wind an den Scheiben rüttelt? Mit bebenden Lippen richte ich mich auf. Was soll ich tun? Was tut man? Was ist geschehen? Das Herz? Es kann ja nur das Herz sein. Ich renne zurück in die Garderobe, in der die Handtasche steht. Meine zitternden Hände schaffen es kaum, die Notrufnummer ins Smartphone einzugeben. Der Herzschlag dröhnt in meinen Ohren, während ich darauf warte, dass jemand abnimmt. Ich schließe die Augen. *Das geschieht nicht wirklich. Dad!* Mit Mühe bekomme ich die Antworten auf die Fragen der Dame am anderen Ende der Leitung heraus. Als sie mich danach fragt, was passiert ist, fällt mir auf, dass ich keine Ahnung habe.

„Ich weiß es nicht. Er regt sich einfach nicht mehr. Seine Augen sind geschwollen." Meine Stimme klingt hysterisch. Fremd. Ich reiße mich zusammen.

„Klingt nach allergischer Reaktion. Haben Sie ein Notfallmedikament zur Hand?"

„Ich weiß nicht. Nein", antworte ich zittrig. Noch will ich mir nicht eingestehen, dass es dafür ohnehin zu spät wäre.

„Wir kommen sofort. Aber bis Half Moon Bay kann es ein wenig dauern. Wegen des Sturms sind alle Wagen im Einsatz. Wir müssen aus *Los Gatos* kommen, und soweit ich gehört habe, ist die Zufahrtsstraße verstopft. Sofern der Patient nicht bewusstlos ist, lagern Sie die Beine hoch. Geben Sie ihm viel Wasser. Sollten Sie Antihistamin im Hause haben, verabreichen Sie es vorsorglich. Wir sind so schnell wie möglich da."

Ich lege auf und unterdrücke ein Schluchzen. *Der Patient.* Nie hätte ich gedacht, dass ich mir wünschen würde, diese Bezeichnung träfe auf meinen Dad zu. Die Hoffnung, alles sei nur ein schlechter Scherz, treibt mich wieder ins Arbeitszimmer. Mein Vater sitzt immer noch in der Position, in der ich ihn zurückgelassen habe. Tief Luft holend nähere ich mich dem Schreibtisch. Was ist geschehen? Warum lag er so friedlich dort? Wenn er einen Herzanfall oder Schock gehabt hätte, könnte man doch meinen, er sei aufgesprungen, habe seinen Hemdkragen gelockert, den Stuhl umgestoßen oder irgendetwas versucht. Da bleibt man doch nicht ruhig sitzen! Fieberhaft suche ich nach einer Todesart, bei der man einfach friedlich den Kopf auf die Hände legt und entschläft.

Vielleicht ist es dem täglichen Umgang mit Straffälligen geschuldet, aber mit einem Mal kommt mir in den Sinn, dass er vielleicht nicht eines natürlichen Todes gestorben sein könnte. Entsetzen kriecht meinen Nacken hoch. Renées Warnung! Die Auffälligkeiten in der Kanzlei. Der Grund, weshalb ich mit ihm reden wollte. Mein Blick fällt wieder auf den Teller auf dem Schreibtisch. Obwohl ich instinktiv weiß, ich sollte nichts berühren oder irgendetwas im Raum verändern, beuge ich mich darüber und studiere die Krümel darauf. Ich kann nichts Auffälliges riechen. Mein Fuß stößt gegen den Papierkorb unter dem Tisch. Obwohl es keinen richtigen Anlass dafür gibt, ziehe ich ihn hervor, und dann sehe ich es. Für Außenstehende mag es nicht ungewöhnlich sein. Eine leere Kekspackung. Ich unterdrücke ein Keuchen, als ich die Plastikfolie mit spitzen Fingern aus dem Korb ziehe. Die Sekunden verrinnen, während ich blinzelnd und kopfschüttelnd auf den Schriftzug der Packung schaue: Erdnuss!

Fassungslos lasse ich die Packung sinken, als die Vermutung Gewissheit wird: *Mein Vater wurde ermordet.*

Krankheit zählte bei ihm als Schwäche. Selbst mit hohem Fieber hat er sich ins Büro geschleppt, und er hat nur einen einzigen Tag seines Lebens wegen Krankheit gefehlt. Der Tag, an dem er herausfand, dass er unter einer Erdnussallergie leidet. Die Tatsache, dass eine blöde Nuss Macht über ihn hat und ihm eine Nacht in der Notaufnahme beschert hat, hat ihn herumwüten lassen. Und so wurde diese Allergie ein wohlgehütetes Geheimnis in seinem Leben. Er hat diese Schwäche ignoriert, so gut es ging. Tatsache ist jedoch, mein Vater hätte niemals freiwillig eine Packung Erdnusskekse gegessen oder auch nur gekauft.

Mord! Sämtliche Alarmglocken schrillen, als mich ein eiskalter Schauder überfährt. Der an den Fensterläden rüttelnde Wind wirkt plötzlich wie eine reale Bedrohung. Als hätte ich mich an der Verpackung verbrannt, lasse ich sie in den Papierkorb zurückfallen. Wer könnte etwas so Schreckliches tun? Wer außer mir und ihm wusste von dieser Allergie?

Ich suche ein letztes Mal vergeblich nach einem Puls. „Dad! Bitte wach wieder auf." Ich sacke zu

Boden und vergrabe mein Gesicht in den Händen. Völlig untypisch für mich, schaffe ich es nicht, die Gedankenflut zu fokussieren. Erst Renée, dann mein Vater. Werde ich die Nächste sein? Wenn ich wüsste, warum er sterben musste. Wenn ich ihn wenigstens hätte fragen können. Wie soll ich ohne ihn weiterleben? Ich sehe auf die Uhr und kann nicht fassen, dass erst zwei Minuten vergangen sein sollen, seit ich den Notruf gewählt habe.

Instinktiv wähle ich die Nummer des Mannes, mit dem ich die vergangenen zwei Jahre verbracht habe.

„George?“ Meine Stimme klingt fremd und hallt durch das Arbeitszimmer.

„Meine Schöne, denkst du an die Eröffnung heute Abend? Wir treffen uns dort. Ich werde es vorher nicht nach Hause schaffen. John hat uns auf die Gästeliste ... Jessica? Ist alles in Ordnung? Weinst du?“

Ich wische mir übers Gesicht und bemerke erst jetzt, wie tränennass es ist.

„George, mein Vater. Er ist ... tot.“ Es auszusprechen, lässt mich endgültig die Fassung verlieren.

„Beruhige dich. Was erzählst du da? Wo bist du überhaupt?“

Ich kann mich nicht beruhigen. „Ich bin im Beachhouse. Ich glaube, er wurde ermordet.“

„Im Beachhouse? Wolltest du nicht in der Kanzlei sein?“

Ich runzle die Stirn. „Hast du mir überhaupt zugehört?“

„Ja, und es klingt ziemlich abstrus. *Ermordet*. Sei nicht albern.“

Ich ziehe die Luft ein. Georges Art, mich wie ein Kind zu behandeln, ist das Letzte, was ich gerade brauche. „Das hat nichts mit albern zu tun. Renée hat mich auf Unregelmäßigkeiten in der Kanzlei hingewiesen, und ich wollte mit ihm reden. Und als ich ankam, war er tot“, sage ich fast trotzig.

George bleibt lange still. Und wenn ich nicht den Klang der Hafenglocke hören würde, hätte ich vermutet, er habe aufgelegt. „George? Bist du noch dran? Ich brauche deine Hilfe.“

Ein Räuspern. „Hör zu, Jessica: Bleib beim Beachhouse. Ich fahre jetzt los und bin in spätestens einer Stunde bei dir. Rühr dich nicht vom Fleck. Verstanden, Liebes?“

Ich schließe erleichtert die Augen. Ich wusste, es war eine gute Idee, ihn anzurufen. Er gibt mir Halt und weiß immer, was zu tun ist.

„Beeil dich. Aber nimm die Küstenstrecke, es soll ein Unfall auf der 92 sein.“ Ich lausche in den Hörer, begierig auf ein weiteres tröstendes Wort von ihm.

„Mach ich. Ich liebe dich“, sagt er, und ich schließe die Augen, als er das Gespräch beendet hat.

Er sagt mir viel zu selten, dass er mich liebt, und in letzter Zeit habe ich es überhaupt nicht mehr von ihm gehört. Wie gut es tut, es ausgesprochen zu hören. In einer Stunde ist er da, und dann muss ich das hier nicht mehr allein durchstehen.

Plötzlich reiße ich die Augen auf und kann ein entsetztes Keuchen nicht unterdrücken. Mein ganzer Körper zittert, als ich mit Verzögerung begreife: Das Geräusch, das ich durchs Telefon im Hintergrund gehört habe, war die Hafenglocke von Half Moon Bay. Vom Haus meines Vaters aus ist sie nicht zu hören.

George ist in der Nähe. In Half Moon Bay.

Warum um alles in der Welt hat er behauptet, er brauche eine Stunde, bis er bei mir ist?

FLUCHT

Shanes Daumen wischt eine Träne fort, die während der Erzählung über meine Wangen läuft. Seine Berührung ist ein zaghaftes Ausloten, wie weit ich ihn gehen lasse.

„Wie bist du entkommen?"

„Ich habe keine Sekunde gezögert. Seltsamerweise war ich auf einmal völlig klar. Als wäre ich auf Autopilot. Mein Vater hatte ein Schließfach in seinem Arbeitszimmer. Ich wusste, das Geburtsdatum meiner Mutter war der Code. Wie fahrlässig ..." Mir fällt plötzlich der Stick ein. Ich springe auf und ziehe den Briefumschlag aus dem Roman. „Diesen USB-Stick habe ich im Schließfach gefunden. Leider braucht man ein Passwort, um ihn zu entschlüsseln. Und wie du vielleicht beim Lauschen mitbekommen hast, komme ich allein nicht weiter."

Er grinst mich schuldbewusst an, während er

sich den Nacken reibt. „Ertappt. Das war reiner Zufall. Ich gestehe, in dem Moment hätte ich dir das Teil am liebsten aus den Fingern gerissen und an unsere Experten geschickt."

„Die braucht es auch. Mein Vater wollte mich wohl noch anrufen, um mir das Passwort durchzugeben, aber dazu ist er nicht mehr gekommen."

Shane wird hellhörig. „Darf ich den Brief einmal sehen?"

Ich halte ihm das Schreiben hin. Er kneift nachdenklich die Brauen zusammen, als er liest. Mir juckt es in den Fingern, ihm eine verirrte Haarsträhne aus der Stirn zu schieben.

Er tippt sich mit dem Zeigefinger gegen die Lippen. „Überlässt du mir den Stick und den Brief? Unsere Leute sind gut darin, solche Rätsel zu lösen."

Ich nicke, und er legt den Briefumschlag behutsam neben das Bett.

„Also, wir waren beim Schließfach. Wie ging es weiter?"

Ich löse meinen Blick vom Umschlag und muss kurz nachdenken.

„Zu meinem Glück hatte Dad eine Menge Bargeld dort gelagert. Neben dem Stick nahm ich alles, was ich an Geld, Schmuck und Gold finden konnte, an mich."

Er verzieht den Mund. „Uns hast du damit erst einmal auf eine falsche Fährte geführt. Die Polizei ging von einem normalen Raubüberfall aus. Es gab eine Auseinandersetzung über die Zuständigkeit, die uns eine Menge Zeit gekostet hat."

Ich kaue an meiner Lippe. „Darauf konnte ich keine Rücksicht nehmen. George ließ mir exakt drei Minuten, von denen ich etwa eine damit verbracht habe, mich von meinem Vater zu verabschieden."

Ein hämmerndes Geräusch lässt mich zum Dachfenster blicken. Der Regen hat wieder zugenommen. Shane streckt seine langen Beine aus, und ich mache es mir mit einem Kissen im Rücken am Kopfende bequemer. Die kleine Nachttischlampe gibt dem Raum etwas Geborgenes.

„Er bog in die Einfahrt ein, als ich gerade die Haustür öffnete. Also musste ich das Auto stehen lassen. Was wahrscheinlich gut war. Ich konnte unbemerkt über den Zaun zum Nachbargrundstück klettern und habe mich im Geräteschuppen von Mrs. Caplan versteckt. Von dort aus konnte ich durch einen Spalt in den Latten beobachten, wie George ..." Die Erinnerung daran lässt mich den Kopf schütteln. „Jeder Zweifel, dass ich mir alles nur einbildete, war fortgewischt, als ich sah, wie er ums Haus schlich. Sein Gesichtsausdruck, Shane, er war so kalt, fast besessen. Und er schien zu allem bereit." Ein Schauder läuft mir über den Rücken.

Shanes Hand legt sich auf mein Knie. Ich hebe meine Beine über seine und lasse ihn gewähren, als er beginnt, meine Füße zu massieren. Die wohlige Berührung vertreibt die bittere Erinnerung. Daran, wie ich starr vor Schreck mit ansehen musste, wie George wütend aus dem Haus kam. Einmal hat er direkt auf den Schuppen geschaut, und ich dachte, jetzt sei alles vorbei. Das Smartphone hatte ich zum Glück stumm geschaltet. Aber das Vibrieren seiner Anrufe kam mir viel zu laut vor. Der Sturm hat mich gerettet, ansonsten hätte George es sicherlich gehört. Als die Sirenen sich näherten, ist er telefonierend und wild fluchend verschwunden. „Der Krankenwagen fuhr vor, und ich hätte am liebsten mein Versteck verlassen. Aber ich habe es nicht gewagt. Vielleicht wäre George zurückgekommen. In dem Moment habe ich den Entschluss gefasst, unterzutauchen."

Und so wurde ich zur Fahrraddiebin. Als das Notarztteam im Haus verschwand, habe ich mich aus dem Versteck getraut. Ich wusste, es war nur eine Frage der Zeit, bis die Polizei auftaucht. Und mir war klar, dass ich mich verdächtig verhielt. Schließlich hatte ich beim Notruf meinen Namen angegeben und war verschwunden.

„Auf dem alten Drahtesel von Mrs. Caplan bin ich über den Dünenweg entkommen. Der Wind hat mich fast über die Klippe geweht. Auf halbem Weg habe ich von einem Unterstand aus einigen Freundinnen eine kurze Nachricht gesimst, dass sie sich keine Sorgen zu machen brauchen. Danach habe ich Emily angerufen und ihr erzählt, was geschehen war. Mit ‚Ich melde mich wieder, sobald ich kann' habe ich mich von ihr verabschiedet. Dann habe ich einen Kontakt angerufen und zum Schluss mein Handy im Pazifik entsorgt."

„Du warst gut. Noch nicht einmal wir haben deine Spur gefunden. Sehr professionell."

Ich grinse. „Mein ganzes Know-how, wie ich Spuren verwische, hatte ich aus Krimiserien. Nur Bargeld benutzen, neues Handy, möglichst per Anhalter oder mit Bussen fahren. Vor der Ringfahndung weg sein und rasch das Land verlassen." Ich winke ab, als wäre das keine Leistung, was ihn leise auflachen lässt.

„Warum bist du nicht sofort nach Wyoming gegangen?"

Ich seufze, und er legt abwartend seine Hände auf meine Schienbeine. „Als ich im Geräteschuppen von Mrs. Caplan meine Flucht ausbrütete, war das mein erster Gedanke. Aber dann fiel mir ein, dass ich George einmal von Emily erzählt hatte. Es war nur kurz und in einem Nebensatz. Gleichzeitig erinnerte ich mich daran, dass ich die Erdnussallergie meines Vaters erwähnt haben muss, als George uns einmal zum Essen ausführen wollte. Er erinnerte sich anscheinend an jedes Detail. Ich konnte mich also nicht darauf verlassen, dass er mich nicht bei Emily sucht, was er dann ja auch getan hat. Außerdem wollte ich meine Tante nicht in Gefahr bringen."

Shane nickt. „Wenn du so schnell wie möglich

das Land verlassen wolltest, warum hast du bis nach der Beerdigung gewartet?“

Ich hole tief Luft und stoße sie hörbar aus. „Ich hatte den Ehrgeiz, meinen Vater zu rächen. Wie dumm ich war, mir einzubilden, Fotos von der Beerdigung könnten auch nur eine meiner Fragen beantworten.“ Ich deute mit dem Kinn auf das Foto, das mittlerweile auf dem Bettvorleger liegt.

„Das war sehr mutig von dir, Jessica. Du konntest nicht wissen, ob sich nicht irgendein Anhaltspunkt für dich ergibt. Aus demselben Grund war ich auch dort und habe mich als Friedhofsgärtner getarnt.“ Verlegen kratzt er sich den Nacken. „Todsichere Tarnung, übrigens. Normalerweise.“

Ich rolle übertrieben mit den Augen und bin ihm dankbar, dass er ein wenig Leichtigkeit in unser Gespräch bringt. „Die Beerdigung war schlimm. Am liebsten wäre ich aus dem Auto gesprungen, in dem ich mich versteckt hielt, und hätte alle Anwesenden zur Rede gestellt.“

„Das wäre interessant geworden. Ein paar von deinen Thai-Kicks wären scharf gewesen. Ich hätte dir notfalls beigestanden.“

Ich gehe dem Impuls nach und greife nach seiner Hand. Unsere Blicke treffen sich über meinen schmalen Fingern, die sich mit seiner kräftigen Hand verflechten.

„Nicht bei Emily sein zu können, tat weh.“

Er drückt sanft zu.

„Zum Glück kannte ich durch meine Pro-bono-Fälle ein paar Kleinkriminelle, die froh waren, sich revanchieren zu können. Das war meine erste Anlaufstelle. Dadurch bin ich an gefälschte Papiere gekommen. Man glaubt kaum, wie einfach das ist. Vor allem, wenn man einen Packen Dollars auf den Tisch legt."

Shane schnalzt zum Spaß missbilligend mit der Zunge.

„Nach der Beerdigung bin ich über New York nach Italien geflogen." Als ich siebzehn war, haben mein Dad und ich dort einen wunderschönen Urlaub in einem der Dörfer der Toskana verbracht. In New York, am Flughafen, konnte ich auf jedes Ziel der Welt tippen und habe Florenz gewählt. Ich hatte gehofft, dort etwas von der Unbeschwertheit zu erleben, die wir damals hatten. Meinem Dad nahe zu sein. Am Anfang hat es geholfen, mir über den Schock und den Verlust hinwegzuhelfen. „Aber nach einer Weile war ich nur furchtbar allein und einsam. Ich fand keine Arbeit, meine Ersparnisse neigten sich dem Ende zu. Da kam es mir in meinem Heimweh gerade recht, keine andere Wahl zu haben, als in die Staaten zurückzukehren. Und den Rest der Geschichte kennst du."

„Du bist die mutigste Frau, die ich kenne", flüstert Shane und zeichnet mit dem Zeigefinger meine Wangenlinie nach. Er neigt sich vor, und ich kann seinen Atem auf meiner Haut spüren. Ich lasse es zu, dass seine Lippen hauchzart meine Mundwinkel streifen. Wie erleichtert ich bin, dass er einer von den Guten sein soll. Ich weiß nicht, ob ich auf seine süchtig machenden Küsse hätte verzichten können. Ich öffne den Mund und lade ihn zu mehr ein. Doch er richtet sich auf.

„Wir haben noch eine Menge zu klären, Socke“, sagt er mit einem bedauernden Lächeln und stupst mir auf die Nasenspitze, wie er es oft bei mir tut.

„Du bist dran, Cowboy“, sage ich, und er nickt.

„Das ist das richtige Stichwort. Ich habe nicht gelogen. Ich bin auf einer großen Ranch in Texas aufgewachsen, und mein Weg als Cowboy war von Kind an vorgezeichnet. Aber ich war der Jüngste von drei Brüdern, und es gab nur eine Farm. Damals war ich totaler James Bond Fan. Im Nachhinein war meine damalige Vorstellung vom Agentendasein zwar eine verklärte, aber die Realität ist auch nicht schlecht. Man trägt nur nicht so oft Smoking.“

Es klopft an der Tür, und wir fahren zusammen wie zwei ertappte Teenager, obwohl wir relativ brav auf dem Bett sitzen.

Emilys Kopf erscheint grinsend im Türrahmen. Mit der Schulter öffnet sie die Tür weiter, in den Händen ein Tablett. „Wie ich sehe, benehmt ihr euch zivilisiert. Vielleicht braucht ihr eine Stärkung?“

Mein Magen meldet sich beim Anblick des leckeren Sandwichs auf dem Tablett. Erstaunt blicke ich auf die Uhr. Es ist weit nach Mitternacht. Ich denke daran, dass ich morgen früh zum Großmarkt muss und runzle die Stirn. Das wird eine kurze Nacht werden. Shane nimmt die beiden Bierflaschen von Emily entgegen und hält mir eine hin.

„Ich geh schlafen“, sagt Emily. „Und, Jessica, mach dir keine Gedanken. Die Tour morgen früh übernehme ich.“ Mit dem breitesten Grinsen der Welt und einem vielsagenden Augenzwinkern zieht Emily die Tür zu.

Shane und ich lachen beide, so offensichtlich möchte Emily, dass wir mehr tun, als uns auszusprechen. Einen Moment verliere ich mich in Shanes Blick, und die Stimmung verändert sich. Es ist, als knistere die Luft vor sexueller Spannung. Shane durchbricht den Zauber, indem er die Flasche hebt und mir zuprostet.

„Später, Socke“, murmelt er, und fast hätte ich es wegen des Regens nicht gehört. Ein aufgeregtes Prickeln macht sich im Bauch breit. Ich bin mir sicher, das stammt nicht vom Bier. Ich stelle mir Shanes Hände vor, die meinen Körper erkunden und mir zeigen, was es heißt, eine Frau zu sein.

„... und ich habe das Angebot angenommen.“

Mist, ich war so in Tagträumen versunken, dass ich nicht mitbekommen habe, dass Shane weitererzählt hat.

„So kam ich vor acht Jahren zum FBI. Renée

und ich haben schon viele Fälle zusammen bearbeitet. Wir kennen uns seit der Akademie."

Auch wenn ich mich dafür schäme, ein kleiner Stich Eifersucht keimt bei seinen Worten auf. Ob er und Renée mehr sind als nur Partner? Mein Gesicht muss ein offenes Buch sein.

Er grinst. „Keine Sorge. Wenn du zusammen die Grundausbildung absolvierst und sich das Leben um Liegestützen und Videosimulationen dreht, denkst du nicht an Sex. Und danach fühlt man sich eher wie Bruder und Schwester."

Ganz überzeugt er mich nicht.

Ich spüle den Bissen mit Bier hinunter. „Lernt man in der Grundausbildung auch, wie man mit bloßen Händen Kaninchen fängt?"

Sein Grinsen, während er das Sandwich kaut, ist so süß und sexy zugleich, dass ich dahinschmelze. Ein Klecks Mayonnaise klebt in seinem Mundwinkel, und die Vorstellung, mich vorzulehnen und ihn wegzuküssen, wird übermächtig. Aber ich reiße mich zusammen. Shane merkt es kurz darauf selbst und fährt mit seinem Daumen darüber. Ich schwöre, der Anblick, wie er den Daumen ableckt, killt einige meiner Gehirnzellen.

„Dann kam Operation *Jailbreak*."

Ich ziehe fragend die Augenbrauen hoch.

„Eher durch Zufall wurde eine signifikante Anzahl von Freisprüchen bei Strafverfahren von immer denselben Richtern im Bundesstaat Kalifornien registriert. Ein Justizkartell, in das Anwälte, Richter und Polizisten verwickelt sind. Aufgrund von Steuerunterlagen wurde ersichtlich, dass wohlhabende Angeklagte erst gegen auffällig niedrige Kaution aus der Haft entlassen und im Anschluss freigesprochen wurden. Alles sehr gut kaschiert, aber wir haben es bemerkt." Ich sehe ihm den Stolz an. „Unsere Recherchen haben rasch ergeben, dass die Angeschuldigten sich von einer Handvoll Kanzleien vertreten ließen, und im Zentrum dieses Konglomerats war Morgan, Fuller & Partner." Ich denke an die Excel-Liste, die mir Renée zugesteckt hat und nicke. Soweit bin ich mit meinen Überlegungen auch gelangt, obwohl es bislang nur Vermutungen waren. „Renée hat sich undercover eingeschleust. Es hat ein Jahr gedauert, bis sie brauchbare Informationen zusammen hatte. Zu dem Zeitpunkt ist sie aufgeflogen, und wir mussten sie von einem Tag auf den anderen abziehen. Alles andere war zu gefährlich."

Ich seufze, als mir wieder einfällt, welche Sorgen ich mir gemacht habe.

Shane wischt sich die Hände ab und streicht dann sanft über meinen Handrücken. „Es ging nicht anders. Wir waren uns nicht sicher, welche Rolle du hattest."

„Und weshalb hat man dich nach Wyoming geschickt?"

Er richtet sich auf und deutet auf seine Brust. „Hey, wer, wenn nicht ich, hätte sich undercover als

Cowboy einschleusen können?" Dann wird er wieder ernst. „Du bist untergetaucht. Allerdings warst du zur Tatzeit am Tatort, du hast den Notarzt verständigt, und dann warst du verschwunden. Damit warst du Verdächtige in einem Mordfall. Deine Tante war der einzige Anhaltspunkt, den wir hatten. Ich hatte die Hoffnung nach drei Monaten fast aufgegeben. Wir waren kurz davor, die Aktion abzubrechen, als du aufgetaucht bist."

Ich lasse die Bierflasche sinken. „Du hast gleich gewusst, dass ich es bin?"

Er grinst mich an. „Ich hasse es, es dir so deutlich zu sagen. Aber es war sofort klar, dass du kein Mann bist." Ich hebe eine Augenbraue. „Zum einen wussten wir, dass Emily keine Schwester in Idaho hat. Dann hat Smith zwischen deinen Beinen geschnüffelt, du erinnerst dich?" Sofort brennen meine Wangen. „Deine Ausrede mit der Salami war sehr süß, aber Smith weiß, wie Weibchen riechen. Er ist schließlich mein Hund."

Ich grinse und boxe Shane gegen den Oberarm.

Er fängt meine Hand ein und zieht sie an seine Lippen. Unter gesenkten Lidern schaut er mich an. Seine dunkelgrünen Augen leuchten im Halbdunkel. „Und nicht zuletzt habe ich mich sofort zu dir hingezogen gefühlt. Das wäre nicht der Fall gewesen, wenn du ein Mann gewesen wärst, Socke."

MANSARDE

Mein Herz schlägt im Stakkato.

„Du … hast …? Aber ich dachte, du stehst nicht auf mich. Das hast du selbst gesagt."

Er schnaubt amüsiert. „Du hast den Mist doch wohl nicht geglaubt? Dein Apfelarsch in der Lederhose hat es mir den ganzen Ausritt über schwer gemacht, die Finger von dir zu lassen. Das kannst du mir glauben."

„Oh", sage ich geistreich.

Seine weichen Lippen knabbern an meinen Fingerknöcheln. Mir war bislang nicht bewusst, dass diese zu meinen erogenen Zonen zählen.

„Ich dachte eigentlich, meine Erektion in diesem Schlafsack hätte das klar gemacht. Es ist nur meinem Berufsethos zu verdanken, dass ich nicht längst über dich hergefallen bin."

Das Herz schlägt mir bei seinen Worten bis zum Hals. Er zieht an meiner Hand, und als mein Gesicht vor seinem ist, nimmt er mir die Bierflasche aus der Hand.

„Was ist aus deinem Berufsethos geworden?"

„Ich pfeife darauf."

„Aha." Gott, klingt meine Stimme piepsig.

„Möchtest du noch etwas wissen, oder können wir dort weitermachen, wo wir damals aufgehört haben?" Seine Stimme ist dunkel.

Ich schüttle den Kopf, und er runzelt die Stirn.

„Du möchtest nicht dort weitermachen?"

Bilde ich es mir ein, oder liegt ein Hauch von Verunsicherung in seinem Blick? „Ich möchte nichts mehr fragen", hauche ich und schließe den Abstand zwischen meinem und seinem Mund. Ich spüre sein Lächeln an den Lippen, das ich erwidere.

„Biest", zischt er, und in einer einzigen Bewegung hebt er mich auf seinen Schoß.

Wir knutschen wie die Teenager, bis das Mansardenfenster beschlägt. Die Erleichterung, dass keine Lügen und Geheimnisse mehr zwischen uns stehen, ist fast greifbar. Unsere Hände sind überall, und während Verlangen immer mehr die Kontrolle übernimmt, landen sein Hemd und mein Oberteil auf dem Boden. Mit einem genießerischen Brummen senkt er den Kopf und widmet sich mit einem feuchten Kuss meinen Brustwarzen. Meine Finger graben sich in seinen Nacken. Aus purem

Vergnügen lasse ich mich zur Seite fallen, und er lässt mich sanft auf die Matratze gleiten, ohne den Mund von meiner Haut zu nehmen. Ich bin verloren. Wir sind verloren in unserem Begehren. Mit lustverschleiertem Blick schauen wir uns an. Seine Hand geht zu seinem Reißverschluss. Dann hält er inne.

„Willst du, dass ich aufhöre?", keucht er.

Ich will ihn in mir, mehr, als ich meinen nächsten Atemzug möchte. Mein Blick senkt sich auf die Ausbuchtung in seiner Jeans, die nach Erlösung schreit.

„Nein", flüstere ich. „Hör nicht auf."

Hitze verdrängt das Zögern aus seinen Augen. Er zieht ein Kondom aus seiner Hosentasche. Dann entledigt er sich seiner Kleidung, und in Windeseile bin auch ich ganz nackt. Es passiert so schnell, dass ich kichere. Doch der intensive Blick, mit dem er meinen Körper betrachtet, erstickt jede Belustigung. Kein Mann hat mich jemals so angesehen wie er.

„Du bist wunderschön", sagt er und, als sei ich ein zerbrechliches Kunstwerk, lässt er seine rauen Finger über meine nackten Kurven gleiten, als wolle er sich jeden Zentimeter davon einprägen. Meine Atmung wird flach, und ungeduldig winde ich mich unter seiner Erkundung. Als ich es kaum noch aushalte, berühre ich ihn. Er keucht. Die samtene Haut seiner Erektion gleitet durch meine Finger. Er ist groß, und das Drängen, ihn endlich in mir zu haben, wird noch stärker.

„Shane“, stöhne ich.

„Sag, was du willst.“

„Dich. In mir“, bekomme ich gerade noch heraus. Das Geräusch von zerreißender Folie ist zu hören, und einen Herzschlag später gleitet er küssend meinen Körper entlang. Auf die Ellenbogen gestützt, schwebt er über mir, reibt seine Erregung in unerträglicher Trägheit meine Scham auf und ab. „Gefällt dir das?“, fragt er flüsternd, und meine atemlose Antwort geht in seinem verschlingenden Kuss unter, der elektrische Ströme durch meinen ganzen Körper schickt. Als er sich an meinem Eingang positioniert, überlege ich es mir anders.

„Warte“, flüstere ich. Er stoppt, und Enttäuschung flackert in seinen Augen auf.

„Soll ich aufhören?“

Ich schüttle den Kopf. „Ich möchte nach oben“, keuche ich.

Er grinst erleichtert, und in einer schnellen Bewegung hat er uns umgedreht.

„Reite mich, Jessica. Hart.“

Seine Worte senden freudige Schauer über meinen Rücken. Schwer atmend nicke ich. Ich knie mich hin und suche Halt an der Dachschräge. Shane umgreift meine Hüften und hebt mich auf sich. Der Geruch nach Sex liegt im Raum und feuert meine Sinne an.

„Fuck!“, stöhnt er, als ich mich langsam auf ihn hinablasse. Er legt den Kopf nach hinten, und seine Finger bohren sich in meine Hüfte. Sie werden Spuren hinterlassen.

Ich will diese Male von ihm auf mir. Er soll mich als die Seine markieren. Shane stößt bei der nächsten Drehung meiner Hüfte scharf die Luft aus, die ich mit einem Kuss einfange, ihn damit noch tiefer in mich hineinziehe. Er ist ein großer Mann, und diese Position ist fast schmerzhaft. Schmerz, den ich willkommen heiße. Ich strecke meinen Rücken durch, als ich ganz auf ihm sitze. Meine Hände legen sich auf seine Oberschenkel.

„Langsam, Jessica“, keucht er. Die unausgesprochene Warnung, was passiert, wenn ich nicht auf ihn höre, spornt mich an.

Ich rolle mit den Hüften und lege es darauf an, dass er die Kontrolle verliert. Schweißperlen bilden sich auf seiner Stirn, die im Licht der Nachttischlampe glitzern. Seine Augen liegen dunkelgrün auf mir, als ich ihn hart reite. So, wie er es verlangt hat. Meine Brüste hüpfen auf und ab, und Shane löst eine Hand von meiner Hüfte, um eine einzufangen. Meine weiße Haut wiegt schwer in seiner Hand. Er zwirbelt an meiner Brustwarze, und prickelnde Ströme durchfließen meinen Körper. Jede Zelle vibriert, und ein Laut der Vorfreude entringt sich mir. Lust schießt zwischen meine Schenkel. Lust, wie ich sie nie zuvor gefühlt habe. Dieser Mann ist wie für mich gemacht. Durch meine halb geschlossenen Augen sehe ich, wie ich diesem sexy Cowboy Lust verschaffe. Lust, die er so offen zeigt. Shane senkt seine Hand, und sein Daumen beginnt, Kreise um die empfindliche Perle zwischen meinen Beinen zu ziehen. Ich schreie auf, als mich der Höhepunkt in einer einzigen Welle fortreißt und im Griff hält. Er antwortet, indem er meinen Nacken umgreift und meinen Mund an seinen zieht. Der veränderte Winkel lässt ihn eine Stelle in meinem Inneren berühren, die prickelnde Stromstöße durch meinen Unterleib jagt. Er trinkt mein Stöhnen, und seine Zunge kreist in meinem Mund, spült den letzten Rest Realität weg, der noch vorhanden war.

Ich bin verloren. Ganz und gar verloren an diesen Mann. Es ist zu viel, und doch will ich mehr. Sein fordernder Mund lässt nicht von mir ab, während Welle um Welle neuer Lust mich durchrauscht. So etwas habe ich noch nicht erlebt. Als es endlich abebbt, ringe ich nach Luft. Schwer atmend begegne ich seinem Blick.

„Du bist so verdammt schön, so verdammt schön", keucht er. Und dann nimmt er sich die Kontrolle zurück, von der ich dachte, ich hätte sie. Er umfasst meine Hüften und senkt und hebt sie auf seiner Länge.

Härter und härter hämmert er von unten in mich. Ich schnappe nach Luft. Schweiß glitzert auf seinen Bauchmuskeln, die in Aktion sind. Die

Muskeln seiner gebeugten Arme wirken stahlhart. Sein Gesicht ist lustverzerrt. Dieser Moment überlagert sämtliche erotische Erfahrungen, die ich hatte. Wie hypnotisiert starre ich in die wilde Entschlossenheit in seinen Zügen. Ich verliere jedes Empfinden für Zeit, als die Laute unserer Vereinigung die kleine Mansarde füllen.

„Fuck! Ich komme! Jessica!“ Er presst den Kiefer aufeinander und wirft den Kopf in den Nacken. Ein letztes Mal bockt er nach oben, zieht meine Hüfte zu sich herunter, und mit einem lauten Knurren verströmt er sich tief in mir.

Ihm zuzuschauen, wie die Anspannung auf seinem Gesicht von absoluter Glückseligkeit abgelöst wird, ist erhebend.

Unfähig, mich aufrecht zu halten, lasse ich mich auf seine Brust sinken. Er umarmt mich, vergräbt sein Gesicht an meinem Hals und flüstert zwischen unzähligen Küssen süße Nichtigkeiten. Tief inhaliere ich den inzwischen sehr vertrauten Geruch meines Cowboys.

Und dann geschieht es. Ohne es aufhalten zu können, bricht die Anspannung der letzten Stunden, vermutlich der vergangenen Monate, aus mir heraus. Ich beginne zu schluchzen, und seine Umarmung verstärkt sind.

„Schhht“, versucht er, mich zu trösten, doch es wird stärker.

Seine Zärtlichkeit, das Wunder, jemanden

gefunden zu haben, der mir das Gefühl von absoluter Zugehörigkeit gibt, überwältigt mich.

Er dreht uns zur Seite. Seine kräftigen Hände umfassen mein Gesicht, und unter seinen Küssen beruhige ich mich allmählich. Was bleibt, ist ein ziemlich peinlicher Schluckauf.

„Entschuldige“, flüstere ich unter einem weiteren Hickser.

Er lacht auf, und ich nutze die Gelegenheit, ihn kurz in die Schulter zu boxen. „Das ist nicht witzig, Shane.“

„Doch, ist es.“ Sein Blick wird ernst, und während seine Daumen meine Wangenknochen streicheln, ist er in Gedanken weit fort.

„Hey, bleib bei mir.“

Seine Augen schließen sich, und er legt seine Stirn an meine. Ich schmiege mich an ihn, und er legt sich auf den Rücken und zieht mich in seine Arme. An meinem Ohr höre ich seinen raschen Herzschlag. Synchron mit meinem.

Meine Fingerspitzen streifen über die markante Narbe an seiner Schläfe. „Wo hast du die her?“

„Mich hat als Junge ein Pferd getreten.“

Ich pruste los. „Echt jetzt? Das hatte ich mir irgendwie spektakulärer vorgestellt. Ich hatte angenommen, in den Kampf waren mindestens fünf Yakuza-Kämpfer involviert.“

Er lacht, und ich mag diese ausgelassene Art an ihm. Meine Finger wandern weiter und fahren den ausgeprägten Muskel entlang, der sich bis zur Schulter zieht. Er zuckt zusammen. Als er das zweite Mal zusammenzuckt, kann ich mir ein Kichern nicht verkneifen.

„Du bist kitzlig, Cowboy. Oder sollte ich dich lieber *Special Agent* nennen?“

Er denkt kurz nach und zieht dabei eine Schnute, die mein Herz zum Schmelzen bringt. „Cowboy passt besser“, erwidert er.

Ich lächle. „Finde ich auch. Du bist ein guter Cowboy.“

Er hebt die Brauen. „Denkst du?“

Ich richte mich auf und stütze mich auf den Ellenbogen, um ihn genauer zu betrachten. Seine Haare sind von unserem Liebesspiel wild zerzaust. Die Lippen von unseren Küssen geschwollen. Die Gesichtszüge sind weicher, als ich sie an ihm kenne. Mein Herz zieht sich bei seinem Anblick seltsam zusammen, und ein jäher, bislang völlig fremder Gedanke kommt mir: *Er ist mein!* Ich muss ihn berühren, gebe dem Impuls nach und fahre mit dem Zeigefinger über seine Stirn.

„Du bist sehr geduldig. Liebst die Natur und hast ein Händchen für Tiere.“ Meine Fingerspitze zieht wie die Spur eines Skifahrers in Schlangenlinien über seine Stirn, nimmt eine rasante Abfahrt über den Nasenrücken und landet nach einem gewagten Salto auf seinen weichen Lippen. Er schnappt danach, und als seine weiche Zunge an mir saugt, fahren Stromstöße meinen Arm hinauf. Ich stöhne wohlig. Hitze vertreibt den Schalk in seinen Augen. Ich spüre, wie er an meinem Bauch wieder bereit für mich ist.

„Ich habe nicht nur ein Händchen für Tiere", brummt er und knetet meinen Hintern.

Es fühlt sich gut an. Ich drücke meinen Rücken durch, recke mich ihm entgegen. Er zieht keuchend die Luft ein, und sein Blick bekommt etwas Verwegenes, das mein Herz stocken lässt. Als wäre ich ein wehrloses Kaninchen, wirft er mich mit einer unerwarteten Drehung auf den Rücken, küsst feuchte Spuren meinen Bauch hinab, bis er genüsslich stöhnend zwischen meinen Schenkeln versinkt. Ohne den Blick von mir zu wenden, legt er sich meine Beine über die Schultern und verschlingt mich mit einem Verlangen, das meine Welt für eine Sekunde stillstehen und dann in schwindelndem Tempo kreiseln lässt.

Stunden später, als unser Verlangen für diese Nacht gestillt scheint, spüre ich dem Gefühl nach, in seinen starken Armen zu liegen. Shane zuckt, als er in den Schlaf driftet. Ich kuschle mich noch ein wenig enger an ihn, als ich seine regelmäßigen Atemzüge vernehme. Postkoitale Liebesgeständnisse sind nie eine gute Idee, aber es kommt in dem Moment einfach über mich. „Ich liebe dich“, flüstere ich in die Dunkelheit.

Ein lautes Klopfen reißt mich aus dem Schlaf. Shane reagiert blitzschnell. Er ist aufgesprungen und zieht sich Boxershorts über, während ich noch orientierungslos blinzle. Es ist hell draußen, aber dem Licht nach ist es nicht einmal Vormittag. Wollte Emily mich nicht ausschlafen lassen? Ich brauche dringend noch Erholung. Brummelnd suche ich das Handy auf dem Nachttisch, um die Uhrzeit zu checken. Mein wunder Körper zeugt von der Leidenschaft der vergangenen Nacht. Eine Flut sinnlicher Bilder kommt mir in den Sinn. Mit Shane zu schlafen war ein glückseliger Rausch. Es ist, als ob unsere Körper füreinander gemacht wären und seit jeher aufeinander gewartet hätten. Unsere Münder, Hände und Körper konnten nicht genug voneinander bekommen. Sind ineinander versunken und wollten nicht wieder auftauchen. Als ich im Morgengrauen in seinen Armen selig in den Schlaf driftete, war ich Emily wahnsinnig dankbar, dass sie die Tour zum Großmarkt übernimmt.

Bei der Erinnerung an seine Berührungen macht sich ein warmes Strahlen hinter meinem Brustbein breit und zaubert ein Lächeln auf meine Lippen. Ich seufze selig. Als habe Shane Schwingungen empfangen, dreht er den Kopf und zwinkert mir zu. Sein

Blick bleibt an meiner von der Bettdecke nur dürftig verdeckten nackten Brust hängen. Da er gerade dabei ist, seine Jeans überzustreifen, gerät er ins Straucheln. Mein Glucksen über seinen Stunt wird von einem weiteren Klopfen unterbrochen. Diesmal dringlicher. Ich finde das Handy. Erst acht Uhr! Was um alles in der Welt …?

„Jesse, Shane? Ihr müsst aufstehen." Jocks Stimme vertreibt den letzten Rest Schlaf.

Ich begegne Shanes Blick, dessen Stirnrunzeln mir verrät, dass auch er mit Emily gerechnet hat.

Shane wirft mir die Bandage, das T-Shirt und meine Hose zu. Er wartet einen Moment, dann öffnet er die Tür einen Spalt. „Was ist los, Jock?" Shanes Stimme hat einen Ton angenommen, der in mir die Alarmglocken schrillen lässt.

Ich spähe an Shanes Schulter vorbei und verstehe, was anders ist. Jocks Gesicht ist aschfahl, und zum ersten Mal sehe ich dem sonst lebenslustigen, braun gebrannten Mittsechziger sein Alter an. Er fährt sich mit beiden Händen über das Gesicht.

„Es ist Emily. Sie hatte einen Unfall am Trapper Creek."

Wenn Shane nicht im selben Moment meine Schultern umfasst hätte, wäre ich zusammengesackt. Trapper Creek ist eine kurvenreiche Straße mit ordentlichem Gefälle, bei der es trotz des geringen Verkehrs immer wieder zu Unfällen kommt. Meistens sind betrunkene Touristen beteiligt.

„Was genau ist passiert?“, fragt er an meiner statt, da der Schock meine Stimme verschluckt hat. Meine Beine zittern, und in meinem Kopf überschlägt sich die Panik. Emily!

„Es ist nicht klar. So, wie es aussieht, haben die Bremsen nicht funktioniert. Was aber nicht sein kann. Ich habe den Wagen erst vor einer Woche persönlich durchgecheckt. Da war alles in Ordnung.“ Man sieht ihm an, wie sehr er sich Vorwürfe macht. „Vielleicht habe ich etwas übersehen“, flüstert er und sucht die Antwort vor sich auf dem Fußboden.

„Wie geht es Emily?“, frage ich. Der Wagen ist mir egal.

Jock weicht meinem Blick aus, und ich gehe vom Schlimmsten aus.

„Sie ist im Krankenhaus. Es ist arg. Sie war nicht angeschnallt.“

Ein klagender Laut entfährt mir.

Jock korrigiert sich rasch: „Sie lebt und ist bereits im OP. Wir müssen abwarten.“

Shane verstärkt seine Umarmung. Mir ist plötzlich eiskalt. *Emily!*

„Los, ziehen wir uns an und fahren hin. Ich bin sicher, sie schafft das, Jessica.“ Shanes Stimme reißt mich aus der Starre.

„Das wäre nicht geschehen, wenn ich die Tour gefahren wäre, so wie es geplant war.“ Fassungslos schüttle ich den Kopf, als Schuld in mein Gewissen ätzt. Ich habe mich lustvoll in den Laken gewälzt und damit das Leben meiner Tante gefährdet.

Shanes Blick wird grimmig. „Doch, das wäre geschehen, Jessica. Nur nicht Emily. Dieser Anschlag – und ich bin mir sicher, dass es einer war – galt dir! Sie wissen, dass du hier bist."

UNFALL

„Hier, ein warmer Tee wird dir guttun.“

Ich blinzle auf den hellbraunen Plastikbecher, den Jock mir entgegenhält. Seine Worte kommen mir vor wie das Klischee eines schlechten Films. Doch ich weiß, er meint es gut, und nehme den Becher entgegen, der überraschend heiß ist. Die Ablenkung, auf die heiße Flüssigkeit zu pusten, ist willkommen. Besser als weiterhin auf den abgewetzten Fußboden im neonbeschienenen Warteraum des Krankenhauses zu starren und in düsteren Gedanken und Selbstvorwürfen zu versinken. Wann kommt endlich ein Arzt, um uns über Emilys Zustand aufzuklären? Vor etwa zehn Minuten hat sich Shane entschuldigt, um ein paar Telefonate zu führen. Seitdem kämpfe ich um Beherrschung. Denn es ist Shanes bloße Gegenwart, seine ruhige Art, die mein Nervengerüst in den vergangenen fünf Stunden zusammengehalten hat.

Jocks Art, zu warten, ist eher das Gegenteil von meiner. Er kann nicht still sitzen und läuft wie ein Raubtier umher. Shane hat seine Selbstzerfleischung im Zaum gehalten. Und ich habe mit meinen eigenen Dämonen zu kämpfen. Warum bin ich auf die Ranch gekommen und habe Emilys Leben gefährdet? Ich erinnere mich daran, wie vehement mich Emily verteidigen wollte, als ich ihr meine Zweifel bei der Ankunft gebeichtet habe. Und jetzt? Nie hätte ich mit einem solch feigen Akt gerechnet. Mittlerweile ist es bestätigt: Die Bremsschläuche waren angeschnitten. Wer das getan hat, wusste genau, dass der Dodge die Serpentinen beim Trapper Creek nicht überleben würde.

Die Tür öffnet sich. Jock bleibt stehen, und ich setze mich aufrecht hin. Ein Arzt in OP-Kleidung erscheint. Er sieht erschöpft aus. Er ist so jung, denke ich. Wie soll er da Emily retten können? An Jocks zusammengepresstem Kiefer sehe ich, dass ihn ähnliche Gedanken umtreiben.

„Familie Morgan?", fragt der Arzt.

Ich stehe auf und nicke. Ich deute auf Jock, als der Arzt ihm einen kritischen Blick zuwirft. „Das ist der Lebensgefährte der …" Ich bringe das Wort „*Patientin*" nicht über die Lippen. Als wäre es nach dem, was meinem Vater geschehen ist, ein schlechtes Omen. „Das ist der Lebensgefährte meiner Tante."

Der Arzt nickt und hebt ein Klemmbrett, das er in der Hand hält. Mein Mund wird trocken. Warum sagt er nicht einfach, was Sache ist? Wie es meiner Tante geht?

Shane betritt auf der anderen Seite den Raum, und sofort entspanne ich mich. Er tritt hinter mich und legt mir die Hände auf die Schultern.

„Ihre Tante ist stabil. Die Operation ist gut verlaufen. Sie hat großes Glück gehabt, dass keine inneren Organe betroffen sind. Nur eine schwere Gehirnerschütterung und mehrere Brüche. Sie liegt im Aufwachraum. In etwa einer halben Stunde können Sie zu ihr."

Vor Erleichterung beginne ich zu zittern.

Shane zieht mich an sich und gibt mir Halt. Die Kälte aus meinen Gliedern vertreibend, reibt er meine Arme. „Siehst du, ich habe doch gesagt, Emily schafft das."

Jock lässt sich mit einem Keuchen auf einen der Stühle fallen. Sämtliche Energie, die ihn die vergangenen Stunden umgetrieben hat, ist aus ihm gewichen. Er vergräbt sein Gesicht in den Händen. „Gott sei Dank. Gott sei Dank", murmelt er, „Ich wüsste nicht, was ich ohne sie tun würde."

Ich löse mich aus Shanes Armen und setze mich neben ihn. Jock lässt meine Umarmung bereitwillig zu, und eine Weile klammern wir uns aneinander, als die Gefühle endlich in Form von Tränen aus uns herausbrechen.

Eine Schwester betritt den Raum und richtet sich an Shane: „Sie können Mrs. Morgan jetzt im Aufwachraum besuchen. Aber bitte keine Aufregung.“ Sie kneift die Augen zusammen, als würde sie Jock und mir nicht zutrauen, das zu schaffen. Ich stehe auf und ziehe Jock entschlossen mit mir.

Emily liegt hinter einem Vorhang. Bei ihrem Anblick unterdrücke ich einen Aufschrei. Ihr rechter Arm ist bandagiert, und zwei große Veilchen zeichnen sich auf ihrem ansonsten bleichen Gesicht ab, das von einer Schramme durchzogen ist. Jock nimmt auf dem Bett Platz und zieht Emilys freie Hand an seine Lippen. Behutsam küsst er die freie Haut um die Schläuche, die aus dem Handrücken kommen.

Bei seiner Berührung blinzelt Emily benommen.

„Emily“, flüstere ich heiser. Was, wenn ihr Kopf verletzt wurde und sie sich nicht an uns erinnert? Das geschieht doch immer in den Filmen.

Doch Emilys Augen finden mich und sie lächelt. „Liebes!“, flüstert sie, und endlich überbrücke ich den letzten Meter zu ihrem so ungewohnt zart wirkenden Körper. So gut es bei ihren Verletzungen geht, werfe ich mich in ihre Arme.

„O Gott, ich dachte, ich hätte dich auch verloren“, schluchze ich.

„Nicht doch, Jessica. Ich bin ein zähes Luder.“

Ich lächle, heilfroh, dass meine Tante noch

dieselbe ist wie vor dem Unfall. Nie hätte ich mir verzeihen können, wenn es nicht so gewesen wäre.

Emily möchte alles wissen, und wir schildern ihr das, was wir uns aus den Berichten der Polizei zusammengereimt haben. Dann wird sie schläfrig. „Kein schönes Gefühl, durch Trapper Creek zu fahren und nicht bremsen zu können, sage ich euch. Ich erzähle euch später von dem Unfall. Jetzt lasst mich schlafen."

Auf der Rückfahrt zur Ranch ist Shane schweigsam. Nicht, dass er sonst viel reden würde. Aber er sitzt mit zusammengekniffenen Augen am Steuer von Jocks Wagen. Am liebsten wäre ich, wie Jock, in der Klinik geblieben. Aber der Ranchbetrieb läuft weiter, und die Jungs mussten bereits aufs Frühstück verzichten. Shanes Hände wringen das Steuer, als wolle er die ganze Welt erwürgen. Als ich meine Hand auf seinen Oberschenkel lege, verspannt er sich noch mehr. Er sieht mich nicht an, sondern schaut stur auf die Straße. Seufzend ziehe ich die Hand zurück.

„Danke", sage ich, und erhalte endlich eine Reaktion in Form eines Schnaubens.

„Wofür? Dass ich einen schlechten Job gemacht habe und du fast umgekommen wärst?"

Ich beiße mir auf die Lippe. Daher weht also der Wind. „Du hast heute Morgen zu mir gesagt, ich solle mir keine Vorwürfe machen. Also brauchst du das auch nicht."

Er dreht den Kopf, und aus seinen Augen ist jeglicher Grünton verschwunden. Sie wirken sturmgrau. „Dein Job war ja auch nicht, Emily zu beschützen. Meiner schon. Der einzige Grund, weshalb ich auf der Ranch bin, ist der, für deine Sicherheit zu sorgen. Und ich habe versagt, als ich meinem Schwanz das Denken überlassen habe."

Mir klappt der Mund auf. So sehr ich ihn auch verstehen kann, schließlich plagen mich auch Selbstvorwürfe, verletzt mich dieser Satz. Das, was wir haben, ist schließlich mehr als nur Sex. Zumindest dachte ich das. „Es geht um deinen Schwanz?"

„Du weißt, was ich meine, Jessica."

Wut brodelt in mir auf. „Nein, woher soll ich wissen, was du meinst? Ich weiß ja kaum, wer du bist. Gestern warst du noch ein Cowboy, heute bist du ein FBI-Agent, und zwischendurch warst du für mich ein Killer. Wenn du dich so verhältst wie jetzt gerade, weiß ich wirklich nicht, was ich von dir halten soll." Meine Worte hängen in der Luft, und Shane beginnt, am Radio zu fummeln, statt zu antworten.

„Sprich mit mir, Shane!" Ich wische seine Finger vom Regler. Schon die kleine Berührung kribbelt wie Elektrizität durch meinen Körper.

Er spürt es auch, denn sein Blick wird milder. „Wir müssen damit aufhören, Jessica. Ich meine es ernst. Es ist zu gefährlich, wenn ich abgelenkt bin. Meine Vorgesetzten erwarten einen Bericht, und Renée hat mich heute am Telefon gelöchert, wie das passieren konnte."

„Renée wusste doch, dass es so weit kommen würde. Das war doch ihr Plan. Einen heißen Cowboy auf mich ansetzen, um mich zum Reden zu bringen. Jetzt darf sie sich nicht beschweren, wenn es geklappt hat." Meine Stimme klingt bitter, und Shanes Blick zeigt mir, dass meine Worte nun *ihn* verletzt haben. An der Art, wie er das Kinn vorschiebt und die Schultern strafft, erkenne ich, wie er sich innerlich vor mir abschirmt. Ist das unser erster Streit? Ausgerechnet nach dieser wundervollen Liebesnacht und nach dem Schock mit Emily. Ich fahre mit den Fingern erschrocken durch meine kurzen Haarsträhnen, als mir bewusst wird, dass mein Vorwurf meine innersten Gedanken offenbart hat. Während die Felder von Shell an uns vorbeiziehen, nagt die Frage an mir, ob er schon oft wegen eines Auftrags mit Frauen im Bett war. Aber das ist mir egal. Die Vergangenheit ist unwichtig. Wichtig ist, was heute ist. Was er heute für mich empfindet. „Es tut mir leid. Du weißt, ich meine es nicht so."

Seine Schultern senken sich, und er seufzt. „Wenn dir etwas passiert wäre ..." Seine Stimme stockt, und ich sehe an der Qual in seinen Augen, was er denkt.

Mein Herz zieht sich zusammen. Ich schaue auf

meine Finger, die reglos in meinem Schoß liegen. „Wahrscheinlich hast du recht", sage ich leise. „Ich bin ja auch erschrocken, dass ich auf einmal so sorglos war. Ich hätte jederzeit mit etwas rechnen sollen. Hätte mich nicht in Sicherheit wiegen dürfen."

Eine Weile schweigen wir, jeder in Gedanken versunken.

„Ich bringe dich von hier weg. Wir haben ein exzellentes Schutzprogramm. Wir dürfen nichts mehr riskieren."

Panik überkommt mich bei seinem Vorschlag. „Was? Nein!" *Die Ranch! Emily! Mein Zuhause!*

Shane biegt in die Hofeinfahrt ein.

„Shane?"

Er sieht mich an, und die Entschlossenheit ist in seine Züge gemeißelt. „Du gehst hoch und packst. Ich werde alles organisieren."

Meine Wangen brennen. Heute Nacht mochte ich es, wenn er dominant war. Aber gerade macht es mich wütend. „Nein, das werde ich nicht. Ich werde nicht mehr davonlaufen. Ich bleibe auf der Ranch. Sollen sie doch kommen. Ich habe keine Angst!" *Jegliche Ähnlichkeit mit Tante Emily ist rein zufällig,* denke ich. Ich knalle die Autotür hinter mir zu.

Shane tut, als habe es meinen Ausbruch nicht gegeben. Er geht in die Knie und begrüßt Smith, der schwanzwedelnd auf uns zugelaufen kommt. Grrr.

Am liebsten möchte ich diesen sturen Mann schütteln.

„Du hast zehn Minuten Zeit. Dann fahren wir."

Mit einem Mal ist es, als wäre jegliche Energie aus meinem Körper abgezapft. Er meint es ernst. Ich werde die Ranch verlassen und vielleicht nie wiedersehen.

„Und Emily? Ich muss mich von ihr verabschieden."

„Tut mir leid. Dazu ist keine Zeit." Sein Blick ist stahlhart.

Wie kalt er ist. So geschäftsmäßig. Ich mag diesen Agenten-Shane nicht. Wo ist mein Cowboy? Der sexy Reiter mit den hellgrünen Augen, der mir schalkhaft in den Nacken pustet, wenn ich das Lasso schwinge? Ein bissiger Kommentar liegt mir auf der Zunge, den ich hinunterschlucke.

Schimpfend verschwinde ich im Haus. Es dauert nicht allzu lange, bis ich die wenigen Sachen zusammengesammelt habe. Ich hatte meine Tasche gestern Abend schon halb gepackt. Da war ich noch wild entschlossen, die Ranch zu verlassen. Doch jetzt fällt es mir schwer, alles zurückzulassen. Seufzend starre ich auf das Bett im kleinen Mansardenzimmer. Obwohl die zerwühlten Laken von unserer Leidenschaft zeugen, kommt mir die gemeinsame Nacht mit Shane wie eine ferne Erinnerung vor. Meine Kehle wird trocken. War das alles, was jemals zwischen uns sein wird? Wird er mich in einem Zeugenschutzprogramm abliefern und sich dem nächsten Fall zuwenden? Womöglich mit Körpereinsatz? Das Brennen hinter meinen Augen ignorierend, werfe ich die Smith & Wesson in die Reisetasche. Ich mache mir keine Mühe mehr, sie in Stoff zu verstecken. Einen letzten Blick ins Zimmer werfend, schließe ich die Tür hinter mir. Der Weg die Treppe hinunter kommt mir vor wie der Gang zum Schafott. Eine Weile stehe ich in der Küche, die im Nachmittagslicht still daliegt. Im Geiste sehe ich Emily plappernd an der Anrichte stehen und eines ihrer Sandwiches zubereiten. Mir fällt ein, dass ich für die Jungs kochen wollte. Froh um eine plausible Ausrede, den Abschied hinauszuzögern, stürme ich nach draußen.

Shane lehnt am Wagen und lauscht konzentriert in ein Smartphone. So viel zu: *Ich habe kein Handy*. Irgendwie fühle ich mich durch diese kleine Lüge mehr betrogen als durch die Tatsache, dass er in Wahrheit kein richtiger Cowboy, sondern Agent ist.

Er wirft mir einen kurzen Blick zu. Seine Miene wirkt verschlossen. Trotzdem sieht er umwerfend aus, und mein Herzschlag beschleunigt sich. Ich sauge jedes Detail seiner Erscheinung auf. Der kantige Kiefer, die ausgeprägten Halsmuskeln, die schmalen Hüften, die abgewetzten Stiefel. Einen solchen Cowboy werde ich nie wieder finden. Instinktiv nimmt mein Körper Abschied von diesem charismatischen Mann, und mir wird das Herz schwer.

„Verstanden", sagt er geschäftsmäßig und beendet das Telefonat. „Fuck!", entfährt ihm, kaum hat er aufgelegt. Er kickt sogar gegen den Vorderreifen. Smith bellt. So kennt er sein Herrchen nicht, und ich kann es ihm nachfühlen.

„Was ist los? Ist das Zeugenschutzprogramm wegen Überfüllung geschlossen und ich muss hierbleiben?" Ich kann den hoffnungsvollen Tonfall nicht unterdrücken.

Er blitzt mich an und holt tief Luft, so, als müsse er sich genau überlegen, was er sagt. Als er nach zwei Minuten immer noch nicht rausrückt, was das Problem ist, werde ich unruhig. Ich hebe die Tasche.

„Ich bin fertig. Worauf warten wir noch?"

Seine Schultern sacken ab. „Wir bleiben hier", sagt er und rollt mit den Augen, als er mich strahlen sieht.

Am liebsten würde ich vor Triumph in die Luft boxen. Nie hätte ich erwartet, dass ich Shanes Vorgesetzte mal so sympathisch finde. „Ist doch eine gute Entscheidung?", sage ich und klinge eher fragend.

„Dir ist anscheinend nicht klar, was das bedeutet", sagt er.

Ich beende mein inneres Freudentänzchen. „Du erklärst es mir sicher."

„Sie wollen dich als Köder benutzen. Dir ist doch klar, dass die durchtrennten Bremsleitungen dir gegolten haben. Jetzt, wo dich offenbar jemand aufgespürt hat, werden die nicht lockerlassen."

„Köder?", frage ich und habe einen Moment Mühe, die Bedeutung des Wortes zu erfassen. Der Schlafmangel von letzter Nacht macht sich bemerkbar.

Er flucht leise. „Ich wollte das vermeiden und dich hier wegbringen. Ich hatte schon vermutet, dass die Chefs einen anderen Plan haben. Sie wollen es jetzt zu Ende bringen." Sein Blick meidet meinen, als er fortfährt. „Du, Jessica, bist der Honig, der die Bären anlockt. "

HÜHNERSTALL

Fünf Tage. Tage, die mir vorkommen wie Wochen. Seufzend starre ich auf die Silhouette der Bighorns. Von der Hoffnung, die ich am Tag meiner Ankunft auf der Ranch beim selben Anblick gefühlt habe, ist wenig übrig. Dass mich das Warten so zermürben würde, hätte ich nicht gedacht. Emily fehlt mir. Sie hat sich gut erholt und wird kommendes Wochenende entlassen. Jock ist den Großteil des Tages bei ihr. Ich halte hier die Stellung. Ohne sie ist das Ranchleben einfach nicht dasselbe. Selbst die Jungs lassen die Schultern hängen und lenken sich mit Arbeit ab. Die Mahlzeiten sind schweigsam. Jeder hängt seinen Gedanken nach. Immerhin ringt Luke sich ein Lob ab: „Für einen Mann kochst du fast so gut wie Emily.“ Obwohl ich ihm für seine vorurteilsgeladene Äußerung am liebsten eine übergezogen hätte, freut mich das Lob. Wenigstens einer, dem auffällt, wie gut ich trotz der Situation noch funktioniere. Shane scheint das für selbstverständlich zu halten.

Peter, der Vorarbeiter, hat endlich etwas zu tun. Doch auch seine Anweisungen bleiben ohne die nötige Energie, um Schwung in den Betrieb zu bringen. Alle warten auf Emilys Rückkehr. Keiner von ihnen weiß, dass Shane und ich auf etwas anderes warten. Darauf, dass auf der Ranch die Hölle losbricht. Oder wird es das Gegenteil sein? Werden die Killer lautlos zuschlagen? Ein Schauder läuft mir bei der Vorstellung über den Rücken. Aber so sehr ich mich vor dem Moment fürchte, so sehr sehne ich ihn mittlerweile herbei. Ich möchte einfach nur, dass etwas geschieht. Dieses zermürbende Warten bringt mich um. Shane weicht keinen Zentimeter von meiner Seite. Das wäre an sich genau das, was ich mir wünsche. Aber nicht so. Seit unserer gemeinsamen Nacht ist er wie ausgewechselt. Renée muss ihm den Kopf gewaschen haben. Anders ist es nicht zu erklären, dass er Abstand hält. Keine Berührungen. Keine persönlichen Gespräche. Nicht einmal ein Blick in die Augen. Nur, wenn es sich nicht vermeiden lässt, spricht er mit mir. Und auch dann scheint er Befehle oder Strategien seiner Vorgesetzten umzusetzen.

„Setzt dich auf die Veranda!“

„Zieh ein rotes Hemd an!“

„Beweg dich weiblicher!“

„Geh zum Briefkasten an der Straße!“

Er spricht nicht wirklich zu mir. So langsam komme ich mir vor wie eine bloße Statistin. Eine Marionette des FBI. Eine herrliche Zielscheibe.

„Bitte, danke!“, murmle ich, wenn ich tue, was er sagt. Doch er scheint meinen Sarkasmus nicht zu bemerken. Sein Blick ist angespannt, und er scannt permanent die Umgebung der Ranch. Keinen Augenblick lässt er mich aus den Augen. Er verbringt die Nächte auf einer Isomatte in meinem Zimmer. Meine Hormone spielen verrückt bei dem Gedanken, wie nah er ist. Sein Duft hängt in jeder Ecke des Raumes. Ich kann nicht schlafen. Zähle seine Atemzüge und gleiche meinen Herzschlag an sie an. In der ersten Nacht habe ich versucht, mich zu ihm zu schleichen. Ich wollte ihn spüren. Wenigstens kuscheln. Doch als ich mich leise aufgerichtet habe, war er sofort hellwach und saß aufrecht auf seiner Isomatte.

„Was ist los?“, fragte er.

„Ich kann nicht schlafen, wenn du mit mir in einem Raum bist. Kann ich zu dir kommen?“

„Nein!“ Seine scharfe Zurückweisung hallte wie ein Peitschenschlag durch den dunklen Raum und schnitt mein Herz entzwei. Frustriert stöhnend habe ich mich zurückgelehnt und mir vorgenommen, es in der nächsten Nacht wieder zu versuchen. Mir sicher, er werde schon bald nachgeben. Doch er blieb hart. Selbst als ich nackt vor ihm herumspaziert bin und auffordernd mit dem Hintern gewackelt habe, zuckte er mit keiner Wimper. *Blöder Cowboy! Nein, blöder Special Agent!* Der Cowboy war viel netter.

Wenn ich auf die Toilette gehe, steht er vor der Tür. Dauert es länger als drei Minuten, klopft er an die Tür und vergewissert sich, dass ich noch lebe. Die anderen Cowboys scheinen es nicht merkwürdig zu finden, dass Shane an meinen Fersen klebt, anstatt ihnen bei der Arbeit zu helfen.

Wer weiß, was er ihnen erzählt hat? Als wir hinüber zum Stall gehen, kommt mir die bizarre Idee, sie alle seien Special Agents und nur undercover auf Emilys Ranch. Bei dem Gedanken an Luke als Agent lache ich laut auf. Das plötzliche Geräusch lässt Shane zusammenzucken und instinktiv die Hand auf meinen Arm legen. Er sucht konzentriert die Umgebung neben der Scheune ab. Ich starre fasziniert auf das Muskelspiel seines Unterarms und genieße die Wärme. Die unerwartete Berührung, so funktional sie auch ist, setzt meinen Körper in Flammen. Meine Atmung wird flacher. Gerade, als ich meine Hand über seine legen will, bemerkt er den falschen Alarm und zieht seine Finger zurück. Er straft mich mit einem bösen Blick, der mich stark an meinen Mathelehrer zu Highschoolzeiten erinnert, wenn jemand zu spät zum Unterricht kam. Zwei Sekunden später konzentriert er sich bereits wieder auf die Umgebung. Ich komme stark in Versuchung, ihn noch einmal zu erschrecken. Irgendeine Dummheit zu machen. Nur, damit er mich wieder anschaut, berührt oder mir sonst wie Aufmerksamkeit schenkt. Heute, am fünften Tag, bin ich kurz davor, ihm vor Wut und Anspannung gegen das Schienbein zu treten und fortzulaufen.

So ein blöder Plan! Warum sind wir nicht einfach nach San Francisco zu George gefahren und haben ihn zur Rede gestellt?

Die Sonne geht unter, und mir graut bei dem Gedanken an eine weitere schlaflose Nacht.

„Ist es nicht zu auffällig?", frage ich, als wir am nächsten Tag auf der Veranda sitzen und ich Bohnen schäle.

„Was meinst du?" Shane ist hinter einer Zeitung versteckt. In Wahrheit hat er die Umgebung im Blick. Ich grinse bei dem Gedanken, ob er sich zwei Gucklöcher in die Zeitung gepult hat. Wie in alten Cartoons oder Filmen. Er runzelt die Stirn und weiß wahrscheinlich genau, was in meinem Kopf vorgeht.

„Na, dass du mir so am Rockzipfel hängst. Die Jungs werden doch fragen, weshalb du ihnen nicht bei der Arbeit hilfst."

Seine Schultern entspannen sich. „Sie haben gefragt. Ich habe ihnen die Wahrheit gesagt: Emily hat mich darum gebeten, nicht von deiner Seite zu weichen, da der Anschlag offensichtlich dir galt." Er raschelt mit der Zeitung und tut wieder so, als würde er lesen.

Seine Antwort hinterlässt ein schales Gefühl.

Muss er so abgebrüht sein? Kann er nicht meine Hand nehmen, wenn er davon spricht, dass jemand es auf mein Leben abgesehen hat? Bedeute ich ihm überhaupt etwas? „Ich schaue nach Belle."

Bei einer der Stuten besteht der Verdacht auf eine Kolik. Sie soll heute zur Beobachtung in die Tierklinik gebracht werden. Ich bringe die Schüssel mit den Bohnen in die Küche und stelle sie lauter als beabsichtigt auf der Spüle ab. Mir reicht´s. So was von! Ich bin kurz davor, George anzurufen und ihn auf Emilys Ranch einzuladen.

Shane hält sich wie erwartet in meinem Windschatten, als ich die Küche verlasse. Als wir gerade um die Ecke des Wohnhauses biegen, auf halbem Weg zum Pferdestall, kommt ein Sportwagen die Einfahrt entlanggebraust. Shane verspannt sich. Ich stöhne leise auf. Er gibt mir mit einer Geste zu verstehen, ich solle mich nicht vom Fleck rühren und geht der attraktiven Frau entgegen, die die Wagentür öffnet. Die Brünette aus der Bar! Ihr Gesicht strahlt, als sie Shane sieht. Heiße Eifersucht kocht in mir hoch, als Shane ihr zur Begrüßung zwei Küsse auf die Wangen gibt. Shane blickt kurz über die Schulter, ob ich seinem Befehl Folge geleistet habe. Ich verlagere das Gewicht von einem Fuß auf den anderen und warte genervt. Soll ich winken? Peter fährt mit einem Hänger für die Pferde vor, wendet und nähert sich rückwärts dem Stall. Die Frau kichert über irgendetwas, und Shane lächelt sie an. Mit diesem charmanten Shane-Lächeln, bei dem mir regelmäßig die Knie weich werden. Das er seit unserer gemeinsamen Nacht nicht mehr zeigt. Er lächelt sie an! Nicht mich, sondern die Brünette. Mein Herz bricht entzwei, und ich frage mich in diesem Moment, ob auch nur ein Gefühl unserer gemeinsamen Nacht echt war. Vielleicht habe ich mir diese Verbundenheit nur eingebildet? Dieser Mann kann doch unmöglich andere Frauen so anlächeln und eiskalt zu mir sein, wenn er etwas für mich empfindet? Ich schlucke den Kloß in meinem Hals hinunter und gebe meinem Drang zur Flucht nach. Mit wenigen Schritten bin ich hinter dem Hänger verschwunden, laufe um die Ecke der Scheune und erreiche nach etwa 200 Yards die Tür zum Hühnerstall. Meine Wangen sind heiß, und ich konzentriere mich auf das Brennen hinter meinen Augen. *So ein blöder Special-Agent-Womanizer-Cowboy!* Instinktiv greife ich nach einem der Körbe draußen neben der Tür. Sollte Shane sauer werden, kann ich immer noch behaupten, ich hätte spontan Eier einsammeln wollen. „Er hat ja Besseres zu tun, als mich im Blick zu behalten“, murmle ich trotzig vor mich hin und knalle die Tür hinter mir zu. *Sehr reif, Jessica!* Vor mich hinschimpfend stopfe ich unsanft die Eier in den Korb. Die Hühner ignorieren mich, doch der Hahn lässt mich keine Sekunde aus dem Blick.

„Glotz nicht, du blöder Gockel", lasse ich meine Wut auf Shane an dem armen Kerl aus.

Ein leises Lachen ertönt in meinem Rücken. Ein Lachen, bei dem sich sämtliche Härchen auf meinem Körper aufstellen. Ich wirble herum. Im Halbdunkel des Stalls erkenne ich einen Mann, der mit verschränkten Armen neben der Tür lehnt. Das letzte Flämmchen an Hoffnung, dass es sich nicht um George handelt, erstirbt, als er spricht.

„Ich habe gehofft, dich einen Moment allein anzutreffen."

Ich trete einen Schritt zurück und stoße mit dem Rücken an die Hühnerstange. Vor Schreck flattern zwei Hennen auf. Auch ich erschrecke mich und lasse den Korb mit den Eiern fallen. Die Luft ist stickig.

George stutzt, als ich in einen Lichtstrahl trete, der zwischen zwei Brettern in der Wand auf mich fällt. „Was hast du mit deinem schönen Haar gemacht?"

Vor Entsetzen schließe ich die Augen. Die Übereinstimmung mit seinen Worten in meinem Albtraum lässt mich erstarren. Trotz des lauen Frühlingsabends und der gestauten Wärme im Stall zittere ich am ganzen Körper und umschlinge meinen Brustkorb mit den Armen, damit er es nicht bemerkt. *Wem mache ich etwas vor?* Sämtliche Verteidigungsmechanismen sind in meiner Starre gefangen. Meine Gedanken fliegen. Ob Shane sich denken kann, wo ich bin? Wird er mich retten? Hat George eine Waffe? Verflucht, ich kann nichts erkennen. Ich denke an meine eigene Smith & Wesson, die nutzlos unter der Matratze liegt. Wie konnte ich nur so dumm sein, wegzulaufen?

Mein Exfreund stößt sich von der Wand ab und kommt mit zwei Schritten auf mich zu. Wie eine dunkle Wand steht er vor mir. George ist zwar nicht so groß wie Shane, aber er ist auch nicht klein. Der einst so vertraute Duft seines Rasierwassers steigt mir in die Nase, so nah ist er. Ist das die Flasche, die ich ihm zu seinem letzten Geburtstag geschenkt habe? Mir wird übel.

Er hebt die Hand und fährt mit seinem Zeigefinger meine Wangenlinie entlang. Das Zittern verstärkt sich, und ich presse meinen Kiefer zusammen, um nicht mit den Zähnen zu klappern.

„Ich habe dich vermisst, Jessica!“, flüstert er, und mein Herz zerspringt in tausend Eissplitter.

Wie kann er es wagen? Dieser Heuchler! Leben kommt in mich. „Mörder!“ Ich werfe mich gegen ihn und bringe ihn zum Straucheln. Mit einem Satz bin ich bei der Tür. Als meine Finger die Klinke umschließen, während George noch das Gleichgewicht sucht, erfüllt mich Hoffnung. Alles wird gut. Ich werde zu Shane laufen, und alles ist vorbei. Draußen wartet mein neues Leben auf mich. Endlich!

Doch die Tür bewegt sich nicht. Abgeschlossen!

Wie hat er das so leise geschafft? Verzweifelt rüttle ich an der Klinke, und die Panik in meinem Inneren nimmt zu. In der Ferne höre ich Smith bellen. Hände umfassen von hinten meine Schultern und drehen mich zu sich. Wie in Zeitlupe. Ein Wimmern entfährt mir. Dabei möchte ich laut schreien. *Shane, ich bin hier! Rette mich!* Doch kein Laut kommt über meine Lippen. Die Todesangst, die seit Monaten in mir simmert und nun eisig durch meine Adern strömt und jeden Nerv meines Körpers steuert, lähmt mich. Genau wie damals im Fluss, als ich dachte, Shane wäre mein Killer. Bei der Erinnerung stiehlt sich eine Träne in meinen Augenwinkel. Und einen paradoxen Moment lang wünsche ich mir sogar, Shane sei derjenige, der mir den letzten Atemzug entringt. Nicht dieses Schwein George. Seine Hände liegen wie Blei auf mir. Unerträglich.

„Jessica ..."

„Fass mich nicht an! Fass mich nie wieder an!", zische ich und bin erstaunt, wie eiskalt meine Worte klingen.

Er zuckt zusammen und nimmt tatsächlich die Hände von mir. „Beruhige dich. Ich will dir nichts tun."

Trotzig hebe ich mein Kinn. „Ach ja? So sieht es aber nicht aus. Du hast mich hier eingeschlossen. Um was zu tun? Mich endgültig zum Schweigen zu bringen? Wie du es bei meinem Vater getan hast?" Meine Stimme gewinnt mit jeder Silbe an Kraft, und ich spucke ihm den letzten Satz entgegen. Die Augen haben sich an das Dämmerlicht gewöhnt, und ich erkenne Einzelheiten seiner Mimik. Er hebt die Hand an die Nasenwurzel und kneift sie zusammen. Eine mir vertraute Geste, wenn er ungeduldig wird, weil er etwas Offensichtliches erklären muss. Wie oft hat er mir mit dieser Pose das Gefühl gegeben, seiner nicht wert zu sein. Wut über mich selbst lässt mich scharf die Luft einziehen. Meine Atmung wird flach. Ich beginne zu hyperventilieren.

George hebt den Kopf. „Jessica, beruhige dich. Genau darüber wollte ich mit dir sprechen. Das verstehst du falsch. Ich habe die Tür ..."

Wie aufs Stichwort fliegt die Tür in meinem Rücken mit einem Krachen aus den Angeln und trifft mich am Hinterkopf. Ich werde nach vorn geschleudert in Georges Arme, der mich instinktiv auffängt, bevor auch er von der Wucht des Schlags zu Boden gerissen wird. Das Letzte, was ich höre, ist Shanes Kampfgebrüll, begleitet von einem wie wild knurrenden Smith. Dann versinkt alles um mich herum in Dunkelheit.

ÜBERWÄLTIGT

Laute Stimmen dringen an mein Ohr. Ich werde wach und blinzle. Mein Sichtfeld ist weiß verschleiert. Im ersten Moment habe ich keine Orientierung, wo ich mich befinde. Der Raum ist fremd. Bis mir aufgeht, dass ich auf dem Sofa in Emilys Salon liege. Ein Raum, in dem ich vielleicht fünfmal in meinem Leben war, da sich das Leben im Sommer auf der Veranda abspielt. Im Winter war ich selten auf Emilys Ranch. Ich kann mich nur an ein Weihnachtsfest in diesem Raum erinnern und schaue automatisch in die Ecke, in der damals der Weihnachtsbaum stand. Es dauert einen Moment, bis ich begreife, dass ein feuchter Lappen auf meiner Stirn liegt. Deswegen war alles weiß verhangen. Ich falte den Lappen ordentlich zusammen und setze mich stöhnend auf. Mein Kopf dröhnt immer noch. Was nicht besser wird, als mir die Bilder aus dem Hühnerstall wieder in den Sinn kommen. Ich bin weggelaufen. George ist hier und hat mich bedroht. Mein Herz klopft wie wild. Shane hat mich gerettet. Mit wackeligen Knien stehe ich auf und brauche eine Weile, bis der Schwindel nachlässt. Ich folge den Stimmen, die mich in die Küche führen.

Das Bild, das sich mir bietet, ist wie bei einem Theaterstück, in dem plötzlich das Licht angeht und der Zuschauer in die Szene auf der Bühne geworfen wird. In der Küche befinden sich insgesamt fünf Personen und ein Hund. George sitzt im Zentrum. Er ist an einen der Küchenstühle gefesselt, und sein linkes Auge beginnt, zuzuschwellen. Ihm gegenüber, gegen die Anrichte gelehnt, stehen Shane und – mein Herz hüpft – Renée. Shanes Arme sind verschränkt, und ein harter Zug liegt um seinen Mund, den ich bislang nicht von ihm kenne. Er blickt zu mir, und für den Bruchteil einer Sekunde weicht die Unerbittlichkeit in seinem Blick etwas Weicherem. Er blinzelt, und der Moment ist vorüber. Ohne mich weiter zu beachten, richtet er die Aufmerksamkeit wieder auf den Gefangenen. Zwei weitere Männer in Kampfmontur halten in der Küche die Stellung, die Waffen am Anschlag. Smith sitzt neben Shane und fixiert George. Renée sieht genauso aus, wie ich sie in Erinnerung habe. Ein makelloses mittelblaues Kostüm, darunter eine dottergelbe Seidenbluse, die einen wunderbaren Kontrast zu ihrer dunklen Haut bildet. Auch wenn Renées Haare nicht länger sind als meine, strahlt sie eine natürliche Weiblichkeit aus. Sofort komme ich mir in der verblichenen Jeans, mit den kurzen Haaren und ungeschminkt schäbig vor. Immerhin kann sie sich zu einem Lächeln durchringen, das ich schwach erwidere. Ich hatte mir unser Wiedersehen emotionaler vorgestellt. Doch auch sie fokussiert sich sofort wieder auf George, der mich entdeckt hat.

„Jessica. Gott sei Dank! Geht es dir gut? Du warst bewusstlos ..."

„Das ist nicht *dein* Problem!", unterbricht ihn Shane.

„Nicht mein Problem? Das ist meine Freundin!"

Shane presst so stark die Kiefer zusammen, dass ich meine, seine Backenzähne bis hierhin mahlen zu hören. Seine Schultern sind hochgezogen, und er sieht aus, als müsse er sich schwer zurückhalten, George nicht die Augen auszukratzen.

Renée schaltet sich ein und legt eine Hand beruhigend auf seinen Arm. „Mister Graham. Ich frage Sie noch einmal: Was wissen Sie über Absprachen zwischen der Kanzlei Morgan, Fuller & Partner mit den kalifornischen Justizbehörden und den Leitern von privaten Haftanstalten?"

George, dessen Blick immer noch auf mir ruht, kneift die Augen zusammen. Ich sehe ihm an, dass seine gefesselte Hand zur Nasenwurzel möchte. „Ich habe Ihnen bereits alles erklärt. Ich bin hier, um

Jessica zu warnen. Sie ist in Gefahr." Sein Blick huscht zum Fenster. „Kümmern Sie sich lieber darum, bevor es zu spät ist. Das ist doch Ihre Aufgabe."

Renée seufzt. „Sie wollen mir doch nicht weismachen, dass Sie unschuldig sind. Sie stehen unter dringendem Tatverdacht des Mordes an Walter Morgan sowie versuchten Mordes an Emily und Jessica Morgan. Sie sind nicht in der Position, Forderungen zu stellen."

„Wenn Sie mich als Beschuldigten festhalten, kann ich mich nicht daran erinnern, dass Sie mich über meine Rechte belehrt haben oder ich die Gelegenheit bekam, einen Anwalt beizuziehen."

Jemand knurrt. Mein Blick huscht zu Smith, aber der Laut kam von Shane. Ich trete einen Schritt zu George und gebe Shane mit einem Zeichen der Hand zu verstehen, dass er mich mit ihm reden lassen soll.

„George. Du hast mich belogen, als ich dich anrief und vom Tod meines Vaters erzählte. Und soeben hast du mich im Hühnerstall eingesperrt." Aus meiner Zeit der Pro-bono-Fälle weiß ich, dass sich der Ablauf von Geschehnissen manchmal anders darstellt, als es tatsächlich war. Mein Job war es, den Menschen in einem fairen Prozess die Möglichkeit zu geben, ihre Version der Geschichte zu schildern. „Du musst zugeben, dein gesamtes

Verhalten deutet darauf hin, dass die Anschuldigungen stimmen."

George wirkt erleichtert, dass ich ihm Gehör schenke. „Ich habe mich versteckt. Habe seit Stunden auf dich gewartet, um dich zu warnen. Ich wusste ja gar nicht, dass du in den Hühnerstall kommen würdest. Dieser Cowboy da ...", sein eisiger Blick geht zu Shane, „klebte die ganze Zeit an deiner Seite. Ich konnte mein Glück kaum fassen, als du in den Stall kamst. Warum die Tür verschlossen war, weiß ich nicht."

„Bullshit!", schnaubt Shane.

In diesem Moment erinnere ich mich an die lustige Geschichte, wie Luke sich selbst im Hühnerstall eingesperrt hat, und das Bild von George als Aggressor erhält Risse.

„Ich habe schon von Problemen mit der Tür gehört", murmle ich. „Aber in Half Moon Bay. Als ich dich angerufen habe und verzweifelt war. Da hast du mich angelogen. Du hast vorgegeben, in der Stadt zu sein und eine Stunde zu mir zu brauchen. In Wahrheit warst du nur fünf Minuten entfernt. Warum hättest du das behaupten sollen, wenn du nichts mit dem Tod meines Vaters zu tun hattest?"

George lässt den Kopf hängen. „Ja, ich gebe zu, ich habe dich angelogen. Aber ich wollte dich nur schützen. Ich wusste, dass sie vorhaben, deinen Vater zum Schweigen zu bringen. Niemals hätte ich gedacht, dass sie ihn umbringen würden. Ich war bei ihm und habe mit ihm geredet. Als ich ihn verließ, lebte er noch. Er hat mich sogar zur Tür gebracht. Ich bin dann eine Weile am Strand spazieren gegangen, um einen klaren Kopf zu bekommen. Bis der heftige Wind mich zurück zum Parkplatz getrieben hat. Als dein Anruf kam, war ich gerade dabei, das Auto aufzuschließen. Ich war geschockt, als ich von Walters Tod erfuhr. Da beschloss ich, zu lügen. Darauf bin ich nicht stolz. Aber ich hatte zwei Gründe: Zum einen wusste ich, dass es so aussehen musste, als wäre ich der Täter, wenn herauskam, ich war an dem Tag in Half Moon Bay. Zum anderen war ich nicht sicher, ob sie dein Telefon angezapft hatten. Der wahre Täter musste noch in der Nähe sein. Ich hatte die Hoffnung, dich da diskret rausholen zu können, bevor der Killer den Auftrag bekam, zurückzukehren."

Seine Worte hängen in der stillen Küche. Widersprüchliche Empfindungen wirbeln in mir. Könnte das stimmen? Ein Blick zu Shane, der mit verschränkten Armen permanent den Kopf schüttelt, als habe er das größte Ammenmärchen des Jahrhunderts gehört, verunsichert mich. Renée hingegen hat die Stirn gerunzelt und ist in Gedanken versunken.

„Ich weiß, das klingt alles seltsam. Aber ich schwöre, so war es. Als niemand wusste, wo du warst und du auch nicht auf Walters Beerdigung erschienen bist, bin ich vom Schlimmsten ausgegangen. Ich bin durch die Hölle gegangen, Jessica."

Ich schlucke trocken. Georges Blick ist so ehrlich, dass es mir schwerfällt, alles als geniales Schauspiel abzustempeln. Das Bild, das ich mir die vergangenen Monate von ihm gemacht hatte, bricht wie ein Kartenhaus zusammen. Als ich nicht antworte, klingt seine Stimme hoffnungsvoller.

„Ich habe alle deine Freundinnen und Bekannten abgeklappert. Ich hab alle Nachbarn ausgefragt und mich im Sportstudio nach dir erkundigt. Dann habe ich mich daran erinnert, dass du eine Tante in Wyoming hast. Aber auch sie wusste nicht, wo du bist. Das war meine letzte Hoffnung. Ich bin nicht stolz darauf, wie ich meine Verzweiflung an deiner Tante ausgelassen hatte. Aber ich fühlte mich hilflos."

Hilflosigkeit ist das Letzte, was George erträgt. Für ihn ist es immer wichtig, einen Plan zu haben, gut organisiert zu sein und die absolute Kontrolle zu bewahren. Dieses letzte Puzzleteil seiner Geschichte, die Ehrlichkeit, dass er zugibt, die Kontrolle verloren zu haben, überzeugt mich. Ich glaube ihm!

George sieht den Moment in meinen Augen und stößt erleichtert die Luft aus. „Du glaubst mir?"

Ich nicke. Shane hebt beide Hände und fährt sich fassungslos über das Gesicht. George zerrt an den Fesseln. Dies wäre der Moment, ihn zu befreien und in seine Arme zu sinken. Doch mein Körper erschaudert allein bei der Vorstellung. Zu viel ist geschehen. Das Bild von George und der Abscheu, den ich empfunden habe, ist noch zu frisch. Es scheint mir unmöglich, dort mit ihm anzuknüpfen, wo wir aufgehört hatten. Es gibt noch zu viele offene Fragen.

Und es gibt Shane.

Instinktiv trete ich einen Schritt zurück und verschränke die Arme vor meiner Brust. Mein Blick huscht zu Shane, dessen Mimik zu Stein geworden ist.

„Bleibt die Frage, wer ‚sie' sind. Sie geben also zu, von den Machenschaften in der Kanzlei gewusst zu haben." Renée hat sich von der Anrichte abgestoßen und sich vor George aufgebaut. Er meidet ihren Blick.

„Es sind mittlerweile zu viele, um sie alle zu benennen. Es bestanden Absprachen zwischen den Richtern und den prozessführenden Anwälten verschiedener Kanzleien. Wenn sie mich losbinden, kann ich eine Liste erstellen. Ursprünglich war die Idee von Fuller, um das Image unserer Kanzlei aufzubessern. Es fing mit kleinen Bestechungen an, bis System daraus wurde. Als es uns aus den Händen glitt und auch die Aktionäre und Leiter der Haftanstalten mitmischten, weigerte sich Fuller, das System zu verlassen."

Ein erschreckter Laut entfährt mir. Der sanfte Fuller? Mein Mentor, der sich fast bei jedem Fall, den ich mit ihm diskutiert habe, immer ethisch korrekt verhielt. Von dem ich gelernt habe, mich bei jeder Lösung eines Falles zurückzulehnen und mich zu fragen, ob „das denn gerecht ist und gesundem Menschenverstand entspricht?" Fassungslos schüttle ich den Kopf.

„Waren Sie beteiligt, George?" Renée ist unerbittlich.

Er seufzt und zuckt mit den Schultern. „Ich bin wohl mitschuldig. Ich wusste, welche Richter unseren Fällen gegenüber wohlgesinnt waren. Sie müssen verstehen, wie hart das Konkurrenzverhalten zwischen den Kanzleien und auch innerhalb einer Kanzlei ist. Um einen guten Schnitt an abrechenbaren Stunden und um Erfolgsurteile zu haben, wurden die Grenzen des Rechts manchmal überstrapaziert. Im Interesse der Mandanten und der Kanzlei. Als ich begriffen habe, dass die Sache tiefer geht, als ich dachte, wollte ich aussteigen. Ich wollte mit Walter sprechen. Ihn um Rat fragen. Doch er hat mir nicht getraut. Er dachte, Fuller habe mich geschickt, um ihn auszuspionieren. Dann hat er mir geraten, mich von seiner Tochter fernzuhalten und mich kurzerhand aus dem Strandhaus geworfen." George blickt reuig zu mir hinüber.

Ich versuche, das Gehörte zu verarbeiten. Mein Vater wollte nicht mehr, dass George mit mir zusammen ist? Heißt das, er hatte mit der Sache nichts zu tun? Mein fragender Blick sucht den von Renée. Sie hat schließlich *undercover* ihre eigenen

Schlüsse gezogen. Doch ihre Miene ist undurchdringlich.

„Aus juristischer Sicht, das wissen Sie selbst am besten, droht Ihnen wegen ihrer Mitwisserschaft und ihrer Beteiligung eine Haftstrafe. Wenn Sie uns helfen, könnten wir Ihnen entgegenkommen. Wären Sie bereit für einen Deal?“

George zieht scharf die Luft ein, und für einen Moment ist es mucksmäuschenstill in der Küche. Zeitgleich mit Georges Nicken springt Smith plötzlich auf. Bevor ich mich fragen kann, was los ist, höre ich im oberen Stock Glas zerbersten. Ein dumpfer Aufprall folgt, und danach ist es wieder still. Shane, Renée und die beiden anderen Agents verständigen sich mit den Augen. Die Stimmung ist schlagartig angespannt. Shane macht ein paar Handzeichen, die in so schneller Abfolge kommen, dass ich sie nicht verstehe. Shane und die beiden Agents schleichen aus der Küche. Im Flur trennen sie sich. Einer verschwindet lautlos durch die Hintertür. Renée greift nach dem Feuerlöscher neben der Küchentür und ist mit wenigen Sätzen die Treppe hinauf verschwunden. Trotz meines Herzklopfens bin ich beeindruckt von der Effizienz ihres Zusammenspiels. Gänsehaut überzieht meinen Nacken, als ich das Zischen des Löschschaums aus der oberen Etage höre. Das war ein Brandanschlag! Auf mein Schlafzimmer. Sie wollten Emilys Ranch abbrennen. Jegliche Kraft weicht aus meinen Beinen. Mir wird einen Moment schwarz vor Augen, und ich taumele gegen die Anrichte, die mich vor dem Sturz bewahrt.

„Jessica! Ist alles in Ordnung mit dir?“ Ich drehe den Kopf und begegne Georges besorgtem Blick. Er rüttelt an seinen Fesseln. „Bitte, binde mich los!“

ABSCHIED

Sofort werde ich klar im Kopf. Georges schokoladenbraune Augen flehen mich an. Sie wirken fremd, nachdem ich mich in grünen Augen verloren habe.

So habe ich diesen Mann noch nie erlebt. Er war immer ein verlässlicher Fels. Jetzt steht seine Welt völlig auf dem Kopf.

Renée kommt wieder die Treppe herunter. Sie schaut kurz zur Küchentür rein. Eine Waffe mit beiden Händen schussbereit umfasst. „Alles okay hier?“, fragt sie, und wir beide nicken. „Haltet euch unten“, ruft sie, als sie sich bereits abgewendet hat und Shane hinterherstürzt.

Stirnrunzelnd sehe ich auf den leeren Türrahmen. Merkwürdig, welche Rolle Waffen seit Neuestem in meinem Leben spielen.

„Jessica?“

Ich erinnere mich wieder an Georges Bitte. „Ich weiß nicht, ob ich das darf. Du bist festgenommen", flüstere ich.

Er stöhnt. „Bitte, Jessica. Ich weiß nicht, ob es eine andere Gelegenheit geben wird, mich von dir zu verabschieden. Und ich habe dich gerade wiedergefunden. Wer weiß, wann wir uns das nächste Mal sehen?"

Wiedergefunden. Das Wort hallt in mir nach. Ich werde weich. Seine Verletzlichkeit rührt etwas in meinem Inneren an. Mit zwei Schritten bin ich bei ihm und zerre an den dicken Seilen um seine Beine. Da fallen mir die Handschellen ins Auge, die seine Handgelenke nahe beieinander halten. Es wäre bizarr gewesen, wenn das moderne FBI Wildwestmethoden angewandt hätte, um einen Gefangenen dingfest zu machen.

„Ich komme ohne Schlüssel nicht weiter", sage ich und deute mit dem Kinn auf die Metallspangen.

Ein gequälter Zug huscht über Georges Gesicht. „Darf ich dich wenigstens umarmen? Also, du umarmst mich?", fragt er leise. Sein flehender Tonfall zerreißt mir endgültig das Herz. Das ist George, der Mann, mit dem ich bis vor vier Monaten ein Apartment geteilt habe. Mit dem ich Pläne für eine gemeinsame Zukunft hatte und bei dem ich *Ja* gesagt hätte, wenn er mit einem Ring in den Händen vor mir auf die Knie gefallen wäre.

Damals, als ich ein völlig anderer Mensch war.

Ich seufze und beuge mich zu ihm hinunter, schmiege meine Wange an seine. George seufzt wie jemand, dem man lange Nahrung vorenthalten hat und zum ersten Mal seit Langem isst. Die Haltung ist nach einer Minute so unbeholfen, dass ich kichere. Vermutlich ein Zeichen der mühsam unterdrückten Hysterie. In diesem Moment fallen draußen Schüsse. Männerstimmen rufen kurze Befehle. Eine Gewehrsalve streift das Haus. Ein Geschoss schlägt durchs Fenster, und ich meine, es neben meinem Ohr vorbeisausen zu hören. Mir wird schlecht. Ich habe keine Gelegenheit, nachzusehen, wo genau die Kugel eingeschlagen ist. George lässt sich mit dem Stuhl nach hinten kippen und zieht mich mit sich. Mit einem harten Aufprall krachen wir auf dem Boden, ich liege wie ein Seestern ausgebreitet über George und dem Stuhl. Er zuckt zusammen, als ich mich aufrappeln will und mich dabei auf seiner Brust abstütze. Er muss sich verletzt haben, als er im Hühnerstall überwältigt wurde. Schnell wechsle ich die Seite und liege schwer atmend neben ihm auf dem Boden. Er dreht den Kopf und ist meinem Gesicht so nah, dass ich seinen warmen Atem auf meiner Wange spüre.

„So sind wir sicherer“, flüstert er in mein Ohr, und ich nicke automatisch. Ich bibbere am ganzen Körper, während ich angestrengt versuche, auf die Geräusche von draußen zu horchen. Ein einzelner Schuss hallt durch die Nacht. Ein Mann stöhnt. O

Gott! War das Shane? Ich könnte es nicht ertragen, wenn ihm etwas geschieht. Ich bin hin- und hergerissen, hier in relativer Sicherheit zu bleiben oder nach draußen zu laufen. Notfalls mit einer Bratpfanne bewaffnet. Ich entwerfe sogar einen Plan, wie ich meine Smith & Wesson am schnellsten aus der Mansarde holen kann. Könnte ich wirklich auf einen Menschen schießen?

„Du riechst so herrlich, Jessica", reißt George mich aus meinen fieberhaften Gedanken.

Verblüfft drehe ich den Kopf. George schaut mich an. Ich bin erleichtert, dass seine Hände gefesselt sind. Ich bin mir sicher, er hätte mich bei diesen Worten gern berührt. Die Vorstellung davon graust mich. Wie eine Ohnmacht überkommt mich das schlechte Gewissen. Wenn man es genau nimmt, habe ich George betrogen. Für ihn war unsere Beziehung nicht beendet, als ich mich in Shane verliebt habe. Und doch weiß ich, es wird keinen Weg zu George zurück geben. Dafür ist zu viel geschehen. Mein Herz gehört einem anderen. Shane. Ich beiße mir auf die Lippe und schüttle den Kopf. Seine Augen weiten sich. Ich sehe ihm an, dass er begreift.

„Ich liebe dich, Jessica. Verlass mich nicht!", flüstert er.

Der Schluchzer, der mir entfährt, überrumpelt mich. Alles bricht aus mir heraus, was ich trotz der emotionalen Achterbahnfahrt der letzten Tage sorgsam zurückgehalten hatte. Die Sorge um

Emily, Shanes Zurückweisung, Todesangst, Bewusstlosigkeit, Erkenntnis, die Sorge um Shane und der Abschied von einer Liebe. Unablässig strömen Tränen über meine Wangen. Er rüttelt an seinen Fesseln, kann es kaum ertragen, mich nicht umarmen zu können. Das schürt die Tränen und das schlechte Gewissen umso mehr. Ich komme ihm entgegen und lege mein tränennasses Gesicht in seine Halsbeuge. George flüstert zärtliche Nichtigkeiten, um mich zu trösten. Er hat sich so stark verändert. Ich verliere jedes Gefühl für Zeit und nehme seinen Trost dankbar hin. Mehr und mehr vergebe ich mir. Das, was ich in den letzten Monaten durchmachen musste, war eine unglaubliche Kraftanstrengung. Es hat mein Leben durchgewirbelt und mich für alle Zeiten verändert. Dafür kann George nichts. Ich noch viel weniger. Meine Schluchzer verebben, und nur noch Georges zärtliche Worte, die mir davon erzählen, wie stolz er auf mich ist, wie sehr er mich liebt, was er alles anders hätte machen sollen, hängen in der Luft.

Aber mir ist klar, dass das der Abschied ist.

Ein lautes Räuspern lässt mich zusammenfahren. Ich ziehe den Kopf aus Georges Halsbeuge, und mein Herz macht einen freudigen Satz, als ich neben Renée meinen Cowboy entdecke. Unversehrt, soweit ich das nach einem kurzen Check beurteile. Ich rapple mich auf und möchte ihm in die Arme fallen.

Doch er hebt abwehrend die Hände. Ich verharre unschlüssig zwei Schritte vor ihm.

„Wir haben den Killer überwältigt. Er wird morgen in unser kalifornisches Main Office in Los Angeles gebracht“, sagt Renée.

Shanes Augen sind kalt. Sie huschen zwischen George und mir hin und her. Schließlich entdeckt er das Seil, das nach dem missglückten Entfesselungsversuch auf dem Boden neben George liegt.

„Du hast ihn losbinden wollen?“ Sein Kiefer ist so zusammengepresst, dass seine Stimme fremd klingt. Er dreht an dem Lederarmband am Handgelenk. Ein untrügliches Zeichen dafür, wie zornig er ist.

„Ja, ich glaube ihm, dass er mir nichts antun wollte.“

Eine Ader beginnt an Shanes Schläfe zu pulsieren. „Das ist keine Entscheidung, die *du* triffst. Er ist Kronzeuge in einem Fall von nationaler Bedeutung.“

Seine Distanziertheit schneidet mir ins Herz. Langsam werde ich sauer. Hat ihm unsere gemeinsame Zeit, die gemeinsame Nacht nichts bedeutet? Wütend verschränke ich die Arme vor der Brust und neige mich vor, bis sich unsere Nasenspitzen fast berühren.

Renée neben uns kichert amüsiert.

„Hör mir gut zu, *Special Agent Shane!* George hilft uns, und er ist verletzt. Außerdem hat er mich vor einer Kugel gerettet.“ Ich deute mit dem Kinn auf den Rahmen der Küchentür. Shane folgt meinem Blick und wird blass, als er das Loch im Holzrahmen sieht. Gut so! „Ich schlage vor, du bindest ihn los und lässt ihn ärztlich versorgen. Wenn du nicht dieses Quäntchen Anstand besitzt, kannst du mir gestohlen bleiben." Aus dem Augenwinkel sehe ich, wie sich Renée vor unterdrücktem Lachen auf die Wange beißt. Auch Shanes Mundwinkel zucken kurz. Dann kehrt der harte Glanz in seine Augen zurück.

„Special Agent Barker ist die korrekte Bezeichnung", sagt er mit vollkommen emotionsloser Stimme, und ich muss mich zusammenreißen, ihm nicht vors Schienbein zu treten. Fassungslos trete ich einen Schritt zurück.

„Ich schlage vor, du lässt uns jetzt unsere Arbeit machen. Wir haben zwei Gefangene zu versorgen. Da dein Zimmer durch den Brand nicht zu gebrauchen ist, solltest du heute Nacht in Emilys Zimmer schlafen. Ruh dich aus. Die vergangenen Tage waren anstrengend."

Ich öffne den Mund, um ihm noch einiges an den Kopf zu werfen. Aber die Kraft verlässt mich. Mit so viel Verachtung, wie ich aufbringen kann, wende ich mich ab. „Gute Nacht, George. Danke für alles. Wir sehen uns morgen", presse ich hervor. Dann laufe ich mit brennendem Herzen aus der Küche.

Die Nase in Emilys Kopfkissen vergraben, versuche ich, die Verzweiflung im Zaum zu halten. Was ist geschehen? Vor ein paar Nächten war ich glücklich. Ich hatte mir ausgemalt, wenn meine Verfolger gefasst wären, könnte ich endlich ein sorgloses Leben beginnen.

Wie es scheint, habe ich mich geirrt.

George ist nicht der Mörder meines Vaters. Mit seiner Hilfe werden die Verantwortlichen, allen voran Fuller, bald gefasst sein. Der Killer, der auf mich angesetzt war, ist überwältigt. Ich bin frei und kann machen, was ich möchte.

Und das ist, auf Emilys Ranch zu bleiben und die Nachfolge des Ortsanwalts Richard Henley anzutreten. Ich muss nicht mehr vorgeben, ein Mann zu sein. Die schwarze, bedrohliche Wolke, die seit Monaten über mir schwelte, hat sich aufgelöst und sollte eigentlich strahlendem Sonnenschein Platz machen. Warum nur sehe ich stattdessen bleigrauen Himmel? Warum fühle ich keine Erleichterung? Warum kann ich mich nicht freuen?

Wie zur Antwort auf die unzähligen Fragen öffnet sich die Tür einen Spalt. Mein Herz rast. Ist das Shane, der sich entschuldigt, zu mir ins Bett krabbelt und mir die Wärme schenkt, die seinem Blick seit Tagen fehlt?

PYJAMAPARTY

„Jessica?“ Renée steht vor meinem Bett.

Ich setze mich auf.

Renée lehnt sich gegen die geschlossene Tür. „Heute Nacht wird eine groß angelegte Verhaftung in ganz Kalifornien durchgeführt. Durch die Aussage von George und die Dokumente vom Stick deines Vaters können wir die Drahtzieher dingfest machen.“

„Ihr habt den Stick entschlüsseln können?“, unterbreche ich sie.

„Ja, das Passwort war wohl dein Kosename als Kind und das Todesdatum deiner Mutter.

„*Lämmchen!* Warum bin ich nicht selbst darauf gekommen? Unter diesem Namen war ich bei meinem Vater im Handy eingespeichert.“

„Auf jeden Fall fanden sich auf dem Stick umfangreiche Dokumente, die uns die Beteiligten quasi auf dem Silbertablett präsentieren. Dein Vater war sehr mutig, Jessica."

Vor Rührung und Erleichterung kann ich kaum antworten. „Heißt das, mein Dad ist unschuldig?", frage ich Renée.

„So, wie es aussieht."

Es fühlt sich an, als falle ein Steinbrocken von meinem Herzen, der es seit Monaten erdrückt hat. „Was habt ihr herausgefunden?"

„Zuerst hatten wir nur den Verdacht, es sei durch Absprachen zwischen Anwälten und Richtern zu ungerechtfertigten Freisprüchen gekommen, die sich die Angeklagten erkauft haben. Aber es ist viel komplexer, was wir durch die Unterlagen deines Vaters erkannt haben. Fuller, andere Anwälte und sogar Richter waren über Strohmänner Aktionäre von Privatgefängnissen. Diese bieten dem Staat gegen feste Beträge die Unterbringung von Häftlingen an. Je mehr Verurteilungen, desto mehr Häftlinge. Je mehr Häftlinge, desto mehr Geld für die Aktionäre des Gefängnisses. Diese Gefängnisse waren auf einmal zu 100 % ausgelastet. Nach dem Motto: ‚Kriminalität ist gut fürs Geschäft'" Renée massiert sich den Nacken. „Das wirklich Verachtenswerte an der Geschichte ist also, dass unschuldige Menschen ins Gefängnis gingen, um reiche Leute noch reicher zu machen. Jeder beteiligte Richter, Polizist oder Anwalt bekam seinen Anteil. Bei jeder Verurteilung und bei jedem Freispruch. Du kannst dir vorstellen, dass es die sozial Schwächeren waren, die verurteilt wurden. Eben deine Pro-Bono-Fälle. Um den Ruf der großen Kanzleien zu wahren, wurden die reichen Klienten gegen hohe Zahlungen im Gegensatz dazu freigesprochen."

„Lass mich raten, dieser Richter Camden war auch dabei", sage ich und erinnere mich an meinen letzten Fall in der Kanzlei. „Werden die Verfahren neu aufgenommen?"

„Selbstverständlich. Allerdings wird es eine Weile dauern, bis alles aufgearbeitet ist. Aber die Unterlagen von deinem Vater sind sehr gründlich und werden die Sache beschleunigen."

Ich muss die Informationen erst verdauen, und wir schweigen eine Weile.

Renée gähnt. „Ich muss bei dir schlafen. Noch ist der Auftrag nicht offiziell beendet und du stehst unter Bewachung. Shane hat diese Aufgabe auf mich übertragen. Ich habe Isomatte und Schlafsack dabei. Das Protokoll ..." Sie schaut sich im Zimmer um und lächelt mich warm an. „Darf ich bei dir im Bett schlafen? Du hast mir so gefehlt!"

Ich ignoriere den Schmerz, dass Shane mich delegiert, als sei ich eine lästige Pflicht, und rücke in Emilys breitem Bett zur Seite. Renée schlüpft neben mich und breitet den Schlafsack über sich aus. Ob das derselbe ist, in dem ich mit Shane lag? Ich wische den Gedanken fort.

„Wie geht es George?", frage ich.

Renée stößt die Luft aus. „Wir haben ihn vor seiner Aussage versorgt. Du brauchst dir keine Sorgen mehr zu machen. Er hat eine geprellte Rippe. Wahrscheinlich vom Aufprall, als du gegen ihn geflogen bist. Das Auge wird morgen abgeschwollen sein. Shane schläft mit ihm in den Arbeiterunterkünften."

Ich richte mich im Dunkeln auf.

„Shane schläft mit George in einem Zimmer?"

„Ja, so ist das Protokoll."

Ich schnaube amüsiert und lasse mich wieder ins Kissen sinken. „Ihr mit eurem Protokoll. Da möchte ich gern Mäuschen spielen."

Ich höre fast, wie sie grinst.

„Was ist mit den Ranchjungs?", fällt mir ein.

„Sie sind evakuiert worden, als wir George gefasst haben. Sie haben nicht schlecht gestaunt, als sich ihr Cowboykollege als Agent geoutet hat."

„Luke hätte sicher ein anderes Outing vorgezogen", flüstere ich ins Zimmer.

Wir kichern beide, und ich bin sehr froh, dass Renée neben mir liegt. Es ist fast so, als säßen wir in unserer Bar und machten uns über Männer lustig. *Schön normal.*

„Apropos Outing. Ich habe gehört, du hattest einen sehr intensiven Kuss mit einer heißen Italienerin? Ich verstehe die Frau, du bist als Mann echt attraktiv. Wie war's? Ich will alles wissen!" Renée dreht sich zu mir und schaut mich erwartungsvoll an.

Ich erzähle ihr die Geschichte aus dem Saloon, selbstverständlich mit allen Details. Sie staunt nicht schlecht und schüttelt sich vor Lachen, als ich ihr den 100-Kilo-Carlo auf dem Boden liegend beschreibe. Die Szene mit Shane im Hinterhof lasse ich aus – ich ertrage es kaum, an die intimen Details mit ihm zu denken. Ich drehe mich ebenfalls auf die Seite und erspähe im Mondlicht die Umrisse ihres Gesichts.

„Wie bist du zum FBI gekommen?", frage ich.

Die nächste halbe Stunde berichtet sie mir, wie sie nach ihrem Wirtschaftsstudium in einem Detektivbüro und einer Bodyguard-Agentur angestellt war, und ihr das irgendwann nicht mehr reichte. Sie erzählt mir, wie sie in der Grundausbildung Shane kennengelernt hat und sie seitdem Partner sind. Insoweit stimmt ihre Geschichte mit Shanes überein. Ein Puzzlestück Wahrheit.

„Du hast dich in ihn verliebt, stimmt's?", fragt sie aus dem Zusammenhang gerissen.

Ich seufze. Leugnen ist zwecklos. „Gib zu, das hast du von langer Hand geplant", erwidere ich und schaffe es nicht, ernst zu bleiben.

Sie lacht. „Schuldig. Als wir Shane für den Auftrag ausgewählt haben, habe ich mich für dich gefreut. Du weißt, ich fand immer, George passt nicht zu dir. Erinnerst du dich an den Abend, als wir im Internet Bilder dieses Models angeschaut haben und du vor lauter Geseufze aus dem Häuschen warst? Vor allem bei dem Foto mit dem Cowboyhut. Am liebsten hätte ich dir damals verraten, mein Partner sieht noch besser aus und ist ein echter texanischer Cowboy."

Ich seufze. „Nur leider ist er lieber Agent als Cowboy."

Renée greift nach meiner Hand und drückt sie. Dazu gibt es wohl nichts zu sagen.

Die Stimmung beim Frühstück am folgenden Tag ist unerträglich. George und Shane brüten dumpf vor sich hin. Ich habe den Eindruck, es bedürfe nur eines nichtigen Anlasses, um eine Explosion auszulösen. Wie gehabt bleibt Shane professionell. Auf meine Fragen antwortet er einsilbig, und ich gebe es bald auf. Obwohl ich nichts anderes erwartet habe, verletzt mich seine Zurückweisung. Wenn Renée nicht wäre, die sachlich den weiteren Ablauf plant, würde ich durchdrehen. Gleichzeitig kann ich es nicht lassen, Shane zu beobachten. Vielleicht ist es das letzte Mal, dass wir zusammen frühstücken. Ich starre seinen Daumen an, der lautlos auf den Tisch trommelt. Zu gut erinnere ich mich daran, wie er mit kleinen kreisenden Bewegungen meinen Körper in Ekstase versetzt hat. Ich mustere die dunklen Ränder unter Shanes Augen, Zeugen einer durchwachten Nacht, die das Grün seiner Augen ungewöhnlich hell scheinen lassen. Als er aufsteht, um eine Kanne Kaffee aus der Küche zu holen, tastet mein Blick die breiten Schultern ab, in die ich die Fingernägel vor Lust versenkt habe. Bei seiner Rückkehr schließe ich die Augen und sehe ihn im Geiste mit einem gefangenen Kaninchen im Schein des Lagerfeuers vor mir. Georges düstere Miene zeigt mir, dass ihm meine Blicke auffallen. Er wird noch verschlossener, und ich bin erleichtert, als Shane und er den Tisch verlassen.

Renée mustert mich über den Rand ihrer Tasse. „Euch hat es ganz schön erwischt, oder?"

Ich schnaube und beginne, den Tisch abzuräumen. „Falls Special Agent Barker überhaupt zu Gefühlen fähig ist."

Renée zuckt mit den Schultern. „Gib ihm Zeit. Er gibt sich die Schuld, dass du entdeckt wurdest."

Ich halte inne. „Aber er konnte doch nicht wissen, dass die Bremsschläuche gekappt wurden."

„Darum geht es nicht. Wir haben bei dem Killer interessante Fotos entdeckt. Sie wurden wohl im Hinterhof des lokalen Saloons geschossen."

Mit einem Scheppern fällt mir ein Teller aus der Hand, als ich mich an den heißen Kuss mit Shane erinnere.

„Ach?", krächze ich.

Sie nickt. „Die Bilder, so körnig sie auch waren, lassen keinen Zweifel daran, dass du eine Frau bist."

Ich hole tief Luft. So sind sie mir also auf die Schliche gekommen!

Ein Motorengeräusch gibt mir den willkommenen Anlass, das Gespräch zu verlassen. Erleichtert stürme ich Emily entgegen, die von Jock gestützt um die Verandaecke biegt.

Renée erhebt sich. „Mrs. Morgan, guten Tag. Ich bin Special Agent Schuster und eine Freundin Ihrer Nichte. Ich nehme an, die Hintergründe von Jessicas Flucht sind Ihnen bekannt?"

Emily nickt.

„Während Ihrer Abwesenheit konnten wir zwei Verdächtige in dieser Sache festnehmen. Zu meinem Bedauern wurden bei der Aktion der Hühnerstall, ein Küchenfenster und das Mansardenzimmer beschädigt."

Emilys Blick huscht besorgt zu mir.

„Es ist alles okay, Emily. Ich bin unverletzt", beruhige ich sie. „So, wie es aussieht, werde ich bald wieder meine Haare wachsen lassen können. Darf ich dir vorstellen: Das ist meine Freundin Renée."

Emilys Strahlen wärmt mein Herz und vertreibt die Eiszapfen, die sich darin eingenistet haben.

Zwei Stunden später sehe ich dem Suburban hinterher, in dem George und der Killer, ein recht unscheinbarer Hänfling, begleitet von den beiden anderen Agents abtransportiert werden.

Renée umarmt mich. „Wir sehen uns bald. Ich verspreche es", flüstert Renée mir ins Ohr.

Ich nicke automatisch, ich bin zu sehr damit beschäftigt, zu Shane zu schielen, der sich von Emily verabschiedet. Die Umarmung ist herzlich.

Als Shane zu mir kommt, schlucke ich trocken. Ich habe keine Ahnung, was nun geschieht, ahne aber das Schlimmste. Shane hält mir die Hand hin. *Die Hand! So ein Feigling!* Ich ignoriere sie und werfe mich ihm an den Hals. Meine Lippen pressen sich gegen seine. Er versteift sich. Dann wird sein Mund weich und ich schmecke ihn. Ein letztes Mal. Die Verbundenheit, die ich mit ihm fühle, wenn unsere Körper miteinander kommunizieren, ist nach wie vor da. *Warum sieht er das nicht?* Er drückt mich sanft von sich. Ich nutze die Gelegenheit, tief seinen Duft einzuatmen. Shane hebt die Hände und befreit sich von mir. Er meidet meinen Blick. Ich klammere mich an den Funken Hoffnung, der in mir aufgekeimt ist, als ich seinen wilden Herzschlag an meiner Brust gefühlt habe. Die Hoffnung zerbirst in tausend Scherben bei den Worten, die für ihn den Abschied bedeuten.

„Jessica. Es war sehr schön, dich kennengelernt zu haben. Du bist ... eine sehr tapfere Frau. Gib auf dich Acht."

Ich atme tief ein. Das sind sie also, die berühmten warmen Worte von *Special Agent Barker.* „Shane", flüstere ich. „Das kann es doch nicht gewesen sein? Du weißt, dass du bei Emily immer einen Platz hast und hier arbeiten kannst. Als Cowboy."

Er schüttelt den Kopf. „Ich bin kein Cowboy, Jessica. Das war eine Tarnung, verstehst du? Der Auftrag ist vorbei."

„Der Auftrag? Ich war nur ein Auftrag für dich? War nichts zwischen uns echt?" Meine Stimme zittert.

Er seufzt und blickt Renée hinterher, die in einen schwarzen Escalade mit getönten Scheiben einsteigt. Shane öffnet den Mund, als wolle er etwas sagen. Dann schließt er ihn.

„Du könntest *bei mir* bleiben. Du hast es doch auch gespürt."

Er schaut mich intensiv an. „Ich habe nie gesagt, dass es mehr war. Du bist eine sehr attraktive Frau, und ich bin nur ein Mann." Er nickt mir zu und geht fort.

Emilys Hand um meine ist trotz des heißen Tages die einzige Wärmequelle, als ich der Staubwolke des Wagens hinterhersehe.

„Komm, Jessica, das Beste, was eine Frau in dieser Situation tun kann, ist zum Friseur gehen und shoppen. Und du brauchst eine Menge neuer Klamotten."

HERZELEID

„Noch ein wenig Gel?"

Ich zucke mit den Schultern. Nichts könnte mir unwichtiger sein als ein Haarstyling. Vor fünf Stunden hat Shane mein Leben verlassen. Und selbst wenn ich einen prachtvollen Lockenkopf hätte, wäre er nicht da, um ihn zu bewundern. Die Friseurin hat meine Reaktion wohl als Zustimmung gewertet und zupft an meinem Haar herum.

„Darf ich etwas ausprobieren?", fragt sie. Diesmal wartet sie nicht auf eine Zustimmung von mir.

„Augen zu!"

Wie eine willenlose Puppe gehorche ich ihr und ertrage, dass sie mich schminkt. *Wozu*?

„Fertig. Das sieht doch tausendmal besser aus."

Mit Schwung öffnet sie den Frisierumhang. Wie kann man nur so grauenhaft gut gelaunt sein?

Ich hebe den Kopf und bin einen Moment noch sprachloser. Aus dem Spiegel schaut mir eine braun gebrannte junge Frau mit frechem Kurzhaarschnitt und ausdrucksstarken Augen entgegen. Die Haare sehen toll aus. Wie bei Renée, nur in hell. Auch wenn mein erster Gedanke ist, ob Shane wohl bei mir geblieben wäre, wenn er mich so gesehen hätte, hebt sich meine Stimmung. Emily hat recht. Das Verwöhnprogramm hat Wunder gewirkt.

Viel beschwingter als zuvor verlasse ich den Laden, um mich mit Emily wie verabredet in der Mall von Greybull zu treffen. Eine alte Schulfreundin von ihr betreibt dort ein Café. Da sie sich noch schonen muss, will ich sie nicht überanstrengen. Während ich in einen Kaufrausch verfalle, hält sie im Café die Stellung, bald von einer stattlichen Ausbeute an Tüten umgeben. Emily hatte am Vormittag mit dem Nachlassverwalter in San Francisco telefoniert und ihn davon in Kenntnis gesetzt, dass eine Erbin vorhanden ist. In dem anschließenden Telefonat mit ihm habe ich die Summe, die mir nun zur Verfügung steht, kaum glauben können. Ich wusste, dass mein Vater wohlhabend war. Dennoch hat er mich nie verwöhnt und mir beigebracht, auf eigenen Füßen zu stehen. Aber dass er so reich war, hätte ich nicht gedacht. Nachdem ich monatelang sparen musste, genieße ich es ausgiebigst, nicht mehr aufs Geld achten zu müssen. Meine Tante hatte recht: Es gibt keine bessere Ablenkung gegen Liebeskummer als ausgiebige Frustkäufe! Ich besorge eine komplette Garderobe und kann mich nicht erinnern, jemals so viele Kleider auf ein Mal gekauft zu haben. Darunter mehrere Sets sexy Unterwäsche. Aus Trotz. „Schau, was dir entgeht. Special Agent Barker." Es hilft, ihn so zu nennen.

Ich denke auch an zwei Business-Outfits, die neben meinen exzellenten Referenzen Richard Henley hoffentlich davon überzeugen, dass ich die perfekte Nachfolgerin für ihn bin. Je mehr ich mein künftiges Leben in Shell plane, desto mehr fällt die Traurigkeit von mir ab. Ich bin frei! Ich muss mich nicht mehr verstecken. Und trotz des Liebeskummers könnte ich im Moment die ganze Welt umarmen. Als ich strassbesetzte Cowboystiefel anprobiere, lächle ich vor mich hin, so sehr symbolisieren diese Schuhe mein neues Leben. Es ist mir vollkommen egal, was die Verkäuferin von mir denkt, die stirnrunzelnd zu mir hinüberschaut.

In der Kosmetikabteilung kann ich mich kaum zurückhalten und freue mich über jedes Parfümpröbchen wie ein Teenager.

Danach kaufe ich gleich zwei Handtaschen. Ich juchze, als ich sie entdecke. Ich bin albern, ich weiß.

Dann stoße ich durch Zufall in der Mall auf die perfekte Überraschung für Emily.

Am frühen Abend kehren wir auf den Hof zurück und lassen Jock die Einkaufstüten ins Haus tragen. Ich erwarte eine Bemerkung, doch er lächelt nur freundlich und fragt stumm mit seinen Augen, wie es mir geht. Mein Herz wird warm. Jock hat schon ein Barbecue vorbereitet, damit nicht viel zu kochen ist. Er begleitet mich auf mein Zimmer, das er in der Zwischenzeit wiederhergerichtet hat. Ein Stück Pappe ist über die zerschlagene Scheibe geklebt. Die versengte Tapete auf der Dachschräge zeugt vom Anschlag.

„Der Glaser ist auch schon informiert. Die Tapete werde ich morgen überstreichen. Ein neuer Anstrich war längst überfällig. Wenn du etwas anderes als Weiß möchtest, gib Bescheid."

„Ich werde die Blumentapete vermissen. Andererseits weiß ich nicht, wie lange ich noch in diesem Zimmer leben werde. Wird es nicht Zeit, mir eine eigene Bleibe zu suchen?"

Jock kneift die Augen zusammen. „Ich kann dir nicht vorschreiben, wie du lebst. Aber du würdest mich und Emily sehr glücklich machen, wenn du hierbleibst. Emily hat so lange auf dich verzichtet. Und hier ist Platz genug."

Ich wende mich rasch ab, damit er meine feuchten Augen nicht sieht. Mein Blick fällt auf die Matratze.

Jock bemerkt es. „Die Matratze musste ausgewechselt werden. Die war nicht mehr zu retten."

Mir ist es recht. Dann kann ich mir wenigstens einbilden, es handle sich um ein neues Bett. Nicht um das, in dem ich die schönste Nacht meines Lebens verbracht habe.

Jock legt seine Hand auf meine Schulter. Erst da wird mir bewusst, wie anders die Sache hätte ausgehen können, wenn ich zur Zeit des Anschlags in diesem Bett gelegen hätte. Ich sende einen stillen Dank an George. Dann wische ich den Gedanken fort. Alles ist gut gegangen, und die Zeit für Trübsal ist vorbei.

„Wir sehen uns beim Essen", sagt Jock und zieht die Tür hinter sich zu.

Ich stürze mich auf die Einkaufstüten. Vor mich hin summend ziehe ich mich um und verstaue die restlichen Kleider im Schrank. Als ich fertig bin, fällt mein Blick auf das Knäuel Sweater, das Jock auf den Nachttisch gelegt hat. Ich setze mich aufs Bett und entrolle den Revolver. Einen Moment ist die Leichtigkeit des Nachmittags fortgewischt, und die Waffe erscheint mir als Sinnbild für die Zeit mit Shane. Das Bild, wie ich ihn das erste Mal vom Dachfenster aus gesehen habe, als ich bei der Ankunft die Smith & Wesson aus meiner Tasche genommen habe, kommt mir in den Sinn. Und dann der Moment, als ich tatsächlich den Lauf der Waffe auf ihn gerichtet habe. Sein ernster Blick, als er sie mir so mühelos aus der Hand gewunden hat. Wenige Stunden später habe ich ihn in mein

Innerstes gelassen. Bilder unseres sinnlichen Beisammenseins lassen mich einen Moment Zeit und Raum vergessen.

Ich seufze tief und werfe den nutzlosen Revolver in die Nachttischschublade. Schau nach vorn, Jessica! Ich schnappe mir den weißen Umschlag aus meiner neuen Handtasche und sehe zu, dass ich auf die Veranda komme.

Die Jungs reagieren besser als gedacht, als ich in meinem Kleid an den Tisch trete. Nur Luke meidet meinen Blick.

„Jessica, stimmt's?", fragt Oliver, und ich nicke.

„Warum hast du nichts gesagt? Wir hätten dich nicht verraten", sagt Peter.

Ich wechsle einen Blick mit Emily, die die Jungs offensichtlich eingeweiht hat.

„Es tut mir leid, euch angelogen zu haben. Aber es ging nicht anders." Während wir essen, beantworte ich geduldig ihre Fragen. Dabei wird mir selbst noch einmal klar, was ich durchgemacht habe.

„Und Shane ist wirklich ein Agent? So wie 007?", fragt Craig.

Ich grinse. „Ja, nur schlechter gelaunt."

Luke lacht über meinen Spruch. Das erste Mal an diesem Abend, dass er zugibt, zuzuhören. Ich zwinkere ihm zu, und er lächelt mich an. Wenn das mal nicht der Beginn einer wunderbaren Freundschaft ist. Er muss den gleichen Gedanken an den Film Casablanca und rührende Abschiedsszenen haben, denn er hebt seine Bierflasche und sagt: „Schau mir in die Augen, Kleines!“

Emily lacht. „Als Cowboy hat mir Shane jedenfalls besser gefallen. Es wird nicht leicht, Ersatz für ihn zu finden.“

Ich seufze und halte die kühle Flasche an meine Stirn.

Nein, das wird wirklich nicht leicht, denke ich. Dann wird mir die Flasche in meiner Hand bewusst. Merkwürdig. Als ich mich als Mann ausgeben musste, habe ich immer nach Mädchendrinks gelechzt. Und heute trinke ich freiwillig Bier.

Als ich später mit Jock und Emily allein auf der Veranda sitze, kann ich endlich meine Überraschung hervorholen. Emily bekommt große Augen, als sie den Umschlag öffnet.

„Europa?“, fragt sie, und ich nicke.

„Ja, eine Rundreise. Ihr startet in Rom, besucht verschiedene Weingüter in der Toskana, verbringt ein paar aufregende Tage in Venedig, und dann geht's weiter nach Paris und London.“ Mit dem Finger habe ich die Route auf der kleinen Karte, die beim Gutschein lag, nachgezeichnet.

„Und die Ranch?“, fragt Emily.

„Was ist mit der Ranch?“

„Jock? Sag doch auch mal was.“

„Emily, die Ranch ist in guten Händen. Wir haben das beste Team der Welt. Da wird es schon zu keiner Katastrophe kommen, wenn wir mal drei

Wochen in Europa sind." Erst, als Jock meine eigenen Gedanken in Worte gefasst hat, bricht es aus Emily heraus.

„O mein Gott! Ich werde Italien sehen!" Sie springt auf und vergisst für einen Moment ihre Verletzungen, als sie mich stürmisch umarmt.

Jock zwinkert mir über ihre Schulter zu. „Danke!", formt er lautlos mit den Lippen.

Vier Monate später:

„Haben Sie noch Fragen, Mrs. Windham?" Die Dame mir gegenüber schüttelt den Kopf.

„Dann unterzeichnen Sie hier, und ich werde die Unterlagen zum Notar nach Greybull schicken." Wenige Minuten später schließe ich die Ladentür hinter meiner Mandantin. Ich streiche den mittlerweile wieder längeren Pony aus der Stirn und winke dem Maler zu. Ein Cousin von Luke, der gerade dabei ist, meinen Namen in goldenen Lettern auf die Scheibe zu malen. Dorthin, wo heute Morgen noch Richard Henleys Name stand.

Gleich am nächsten Tag nach Shanes Abschied hat mich der Tatendrang zu der kleinen Kanzlei auf der Hauptstraße in Shell geführt. Ich tat alles, um mich von den schlimmen Entzugserscheinungen von diesen grünen Augen abzulenken. Jeglicher Leerlauf war unerträglich. Richard Henley hat mich sofort wiedererkannt und mir, ganz der Charmeur, bescheinigt, dass ich ihm als Frau wesentlich besser gefalle. Er staunte nicht schlecht, als ich ihm meinen bisherigen Werdegang erzählt habe. Ich bot ihm an, meine Zeugnisse, die sich noch in San Francisco befinden, nachzureichen. Doch er winkte ab.

„Das Wort einer Morgan ist mehr wert als tausend Zeugnisse. Wann können Sie anfangen, Jessica?"

„Eigentlich sofort."

Er rieb sich die Hände. „Na, wunderbar. Dann zeige ich Ihnen gleich mein Karteikartensystem." Er zog einen länglichen Holzkasten aus dem Regal hinter dem Schreibtisch. Auf meinen irritierten Blick hin lachte er. „Auf meine alten Tage war ich zu faul, mich noch in diese Computer einzuarbeiten. Mit meinem System hat es ja auch geklappt. Aber ich nehme es Ihnen nicht übel, wenn Sie die Kanzlei ins einundzwanzigste Jahrhundert führen."

Einen Monat später – nachdem alles Weitere schriftlich vereinbart war – überreichte er mir symbolisch den Schlüssel zur Kanzlei und zog zu seiner Schwester nach Florida. Was ihn allerdings nicht davon abhält, wöchentlich anzurufen und mich über die Schrullen seiner Mandanten zu informieren. Ich liebe diese Gespräche mit ihm. Er ist nicht nur ein schlauer Jurist, sondern auch einer, der immer eine praktische Lösung parat hat. Ich habe übers Telefon schon mehr von ihm gelernt als in meiner Zeit bei Fuller.

Fuller. Ich bin immer noch erstaunt, dass er tatsächlich verantwortlich für den größten Justizskandal sein soll, den Kalifornien und die Staaten je erlebt haben. In den Tagen nach Georges Aussage gab es kein anderes Thema in den Medien. Täglich erreichten uns Meldungen über weitere Festnahmen, und das Ausmaß des Bestechungsskandals war erschreckend. Mir ist nicht klar, wie die Justiz in Kalifornien überhaupt noch funktionieren soll, nachdem so viele Richter und Staatsanwälte suspendiert wurden und unter Anklage stehen. George ist glimpflich davongekommen. Noch telefonieren wir regelmäßig. Aber ich ahne bereits, dass es mit der Zeit weniger werden wird. Wir brauchen beide einen Neuanfang, und den bekommen wir am besten hin, wenn wir die Vergangenheit abhaken.

Ich helfe Emily, so viel es geht, auf der Ranch. Die Nachmittage allerdings gehören meiner neuen Berufung.

Am Mahagonischreibtisch vermerke ich das mit Mrs. Windham Abgesprochene im Laptop, als die altmodische Glocke an der Ladentür Laut gibt und jemand die Kanzlei betritt, mit dem ich nicht gerechnet habe. Angespannt erhebe ich mich. Mein Blick huscht zum Schaufenster. Ausgerechnet jetzt ist der Maler in der Pause. Ich räuspere mich und stelle mich dem bulligen Mann, den ich zuletzt gesehen habe, nachdem ich ihn mit einem gekonnten Thai-Kick ins Reich der Träume befördert habe.

Carlo sieht sich im Laden um. „Wo ist Henley?"

Die Frage kenne ich bereits. Jetzt heißt es, behutsam sein, um die Mandanten davon zu überzeugen, dass sie bei mir ebenfalls in guten Händen sind.

„Ich bin die Nachfolgerin. Jessica Morgan. Nehmen Sie doch Platz." Ob ihn mein charmantes Lächeln überzeugt? Ich deute auf den Stuhl vor dem Schreibtisch und stoße erleichtert die Luft aus, als er sich setzt. Er scheint mich nicht zu erkennen. Kaum habe ich das gedacht, kneift er die Augen zusammen.

„Sie kommen mir bekannt vor, Miss Morgan. Haben Sie vielleicht einen Bruder?"

Ich setze eine so unschuldige Miene auf, die mir Aussichten bei der nächsten Oscarverleihung verschafft. „Nein, ich bin Einzelkind."

Carlo hat einen Fall von einem Pizzaofen, den er für sein italienisches Lokal in Greybull angeschafft hat und der bereits nach einem halben Jahr den Geist aufgegeben hat. Der Ofenbauer, eigentlich Carlos bester Freund aus Kindertagen, behauptet, der Ofen sei mutwillig beschädigt worden. Mit italienischer Leidenschaft schildert er mir den Fall, als bedeute dies das Ende der Welt. Keine Spur mehr von einem bedrohlichen Schläger. Der Schmerz über den Verrat der Freundschaft sitzt tiefer als der finanzielle Verlust und spiegelt sich in seinen Augen.

Während ich ihm zuhöre und Fragen stelle, freue ich mich. Meine Vorahnung, dass die Fälle in der Kanzlei mir Spaß machen würden, hat sich erfüllt. Kein Vergleich zu dem Stress in der kalifornischen Kanzlei, bei der es nur um Geld ging. Auch kein Vergleich zu den frustrierenden Pro-bono-Fällen, bei denen meine Hilfe ja doch nur ein Tropfen auf dem heißen Stein blieb. Die Arbeit in Shell besteht darin, den Frieden zu wahren oder wiederherzustellen. Dies gelingt am besten, indem ich genau zuhöre und auf jede Nuance achte.

Ich verspreche Carlo, die Sache zu klären, und der Hoffnungsschimmer in seinen Augen ist bereits der halbe Lohn.

Für heute schließe ich die Tür zu und zücke mein Handy. Ein wenig erschöpft wähle ich die Nummer von Renée, der ich einen Anruf versprochen habe.

„Hey Shorty“, begrüßt sie mich.

Instinktiv fasse ich in mein Haar. „So kurz sind sie gar nicht mehr.“

Renée lacht. „Schick mal ein Bild.“

Ich sende ihr ein Selfie. „Du wirst nicht glauben, wer gerade in der Kanzlei war.“ Ich gieße mir ein Glas Wasser ein, streife die Heels ab und erzähle meiner Freundin von Carlo, soweit es mir die Schweigepflicht erlaubt.

„Wie geht es dir?“, fragt sie mit einem Mal, nachdem unser Lachen abgeebbt ist.

Ich ziehe die Luft ein. „Ganz okay. Ich bin zufrieden. Aber irgendetwas fehlt."

Renée schweigt. Worte sind überflüssig. Wir wissen beide, *wer* fehlt.

„Hast du etwas von ihm gehört?", frage ich. Ich weiß von Renée, dass Shane sich unmittelbar nach dem Ende der Operation „*Jailbreak*", wie der Auftrag auf der Ranch hieß, freiwillig zu einer anderen Mission hat einteilen lassen. Ein wohl „*nicht ganz ungefährlicher*" Undercover-Einsatz, wie Renée es nannte. Diesmal nicht als Cowboy. Als sie mir davon erzählte, war ich hin- und hergerissen. Mit einem Brennen in der Brust habe ich mich sofort gefragt, ob es bei dieser neuen Mission zum Job gehört, dem Zielobjekt den Kopf zu verdrehen. Gleichzeitig krampfte sich mein Herz bei dem Gedanken zusammen, dass ihm etwas passieren könnte. Da die Mission hoch geheim ist, werde ich wohl nie erfahren, was Renée mit „*nicht ganz ungefährlich*" meint.

War der *Jailbreak*-Auftrag etwa nicht gefährlich?

Renée reißt mich aus meinen Gedanken. „Ich weiß, er leidet wie du, Jessica. Allein, wie er sich förmlich um diesen neuen Auftrag gerissen hat, ohne die wohlverdiente Pause in Anspruch zu nehmen, zeigt mir, dass du ihm mehr bedeutest, als er zugibt."

Ich seufze und starre aus dem Fenster auf die staubige Straße. „Wie schön für ihn."

FRIDAY NIGHT

Zufrieden betrachte ich den roten Kussmund im Spiegel und schmatze mit den Lippen. Obwohl ich nur ein wenig Mascara und Lippenstift benutzt habe, genieße ich das Frausein jedes Mal, wenn ich mich schminke. Zur Bestätigung winke ich mir mit den rot lackierten Fingernägeln zu. Zurück in meinem Zimmer kann ich mich eine Weile nicht zwischen dem blauen Wickelkleid und dem Jeansrock mit ärmelloser Bluse entscheiden. Die Wahl fällt am Ende auf ein rotes Minikleid, das an der Hüfte gerafft ist. *Was soll's?*

Als ich nach den Cowboystiefeln im unteren Fach greife, plumpst ein Gegenstand auf den Boden. Ich schnappe nach Luft.

„Socke", flüstere ich und greife mit zitternden Fingern nach der ausgestopften Socke, die mir nicht nur in meiner Zeit als Mann gute Dienste geleistet hat, sondern auch für den Spitznamen Pate gestanden hat, den Shane mir gab. Ich versuche, den Moment zu greifen, in dem Shane mich das erste Mal so genannt hat. War es im Schlafsack oder früher? Wie doof ich den Namen fand. Aber jetzt würde ich alles dafür geben, dass er ihn noch einmal zu mir sagt. Ein einziges Mal.

Ich stampfe mit dem Fuß auf. Er hat sich entschieden. Für ein Leben ohne mich. Es spielt keine Rolle, dass Renée mir wöchentlich versichert, er empfinde etwas für mich. Das bringt mir nichts, wenn er nicht da ist.

„Jessica, die Jungs wollen los!" Jocks Ruf reißt mich aus meinen Tagträumen.

Ich verstaue die Socke in den Tiefen des Schranks. Keine Zeit, sentimental zu werden. Abgesehen davon, dass es nutzlos ist. Ich bin glücklich in meinem neuen Leben und sollte jeden Augenblick davon genießen. Ich lebe, und darauf kommt es an. Es gibt Wichtigeres als Liebe.

Emily pfeift durch die Lippen, als ich die Treppe hinunterkomme. „Passt mir gut auf meine Nichte auf", sagt sie zu Peter, der kaum die Augen von mir abwenden kann.

„Ja, Mam", ist alles, was er herausbringt.

Die Stimmung auf der Fahrt zu Annie's Saloon ist verhalten. Bis mir der Kragen platzt. „Es reicht, Jungs. Ich bin immer noch dieselbe, die ich war, als wir das letzte Mal in den Saloon gegangen sind.

Dieselbe, die mit euch die Zäune abreitet und die Kälber brandet."

„Nur, dass du jetzt eine Lady bist. Wir haben Emily versprochen, dich zu beschützen." Craig kratzt sich den Nacken.

Ich schnaube. „Eine Lady? Denkt ihr, eine *Lady* würde Nataly küssen und Carlo schachmatt setzen? Ich brauche euren Schutz nicht. Ich will Spaß haben."

Peter grinst vor sich hin. Die anderen schauen ihn streng an. Bis Oliver das Schweigen bricht: „Wie Carlo auf dem Boden lag und Sterne gezählt hat, werde ich nie vergessen."

„Eben!", bemerke ich und unterdrücke das aufkeimende schlechte Gewissen, dass ich meinen neuesten Mandanten dazu benutze, mein Standing bei den Jungs wiederherzustellen. „Können wir also einfach einen coolen Abend haben?", frage ich, als wir auf den Parkplatz des Saloons einbiegen.

Die Jungs nicken, und die Stimmung ist tatsächlich gelöst.

Als wir den trubeligen Saloon betreten, ist es eine kleine Zeitreise. Bis auf die nicht näher erwähnenswerte Tatsache, dass ich jetzt eine Frau bin, hat sich hier nichts verändert. Sogar die Country Band auf dem kleinen Podest ist dieselbe. Annie steht hinter der Bar und gibt jedem Gast das Gefühl, etwas Besonderes zu sein. Die vergangenen Wochen hat mich Emily überreden wollen, mal einen Freitag mit den Jungs auszugehen. Aber ich war noch nicht bereit dazu. Bis ich mich selbst dazu überredet habe. Als wir an dem angestammten Ecktisch Platz nehmen, frage ich mich, ob ich jemals bereit dazu sein werde. Zu viele Erinnerungen stürmen auf mich ein.

„Ein Bier?“, fragt Oliver, und ich nicke automatisch, völlig vergessend, dass ich etwas Exotisches wie Piña Colada bestellen könnte, ohne aufzufallen.

Ich drehe den Kopf und entdecke am Nebentisch den Typen mit dem schwarzen Cowboyhut und dem durchdringenden Blick, der mir am letzten Abend im Saloon solch einen Schrecken eingejagt hat. Wieder sitzt die Frau neben ihm und die beiden wechseln kein Wort. Ob das noch Liebe ist? Vielleicht ist es besser, ein Leben lang allein zu bleiben, als sich jahrelang anzuschweigen? Oliver hält mir die Bierflasche hin, und etwas schwungvoller als sonst stoße ich meine Flasche gegen die der Jungs.

„Auf das Leben!“

Heute Abend möchte ich Spaß haben. Ich kann mir fast einbilden, die Sehnsucht nach Shane ebbt langsam ab. Vielleicht sollte ich Ausschau halten nach einem attraktiven Mann. Es gibt schließlich noch andere Männer als *Special Agent-Cowboys*. Ich scanne den Raum und senke enttäuscht den Blick. Vielleicht ein andermal. Kein Grund, keinen Spaß zu haben. Luke und ich quatschen angeregt über die Verfilmungen von „Shades of Grey" und die Frage, ob Jamie Dornan für die Rolle von Christian Grey eine Fehlbesetzung ist. Innerlich hätte ich ja meine Idealbesetzung, wenn ich an Shanes definierten Oberkörper und seine dominante Art denke. Allein die Erinnerung daran löst auch nach Monaten noch ein Prickeln im Unterleib aus. Lukes Blick huscht immer wieder zur Tür.

„Na, erwartest du ein Date?"

Er zuckt zusammen. „Nein, wie kommst du darauf? Ich schau mich nur um."

Ich ziehe bedeutungsvoll die Brauen hoch und nehme einen Schluck Bier. Was auf Männersprache so viel heißt wie „*Bullshit*". Wahrscheinlich auf Frauensprache auch. Aber wen interessiert's?

Ich zupfe ihn am Ärmel und mache ihn auf einen hochgewachsenen Cowboy an der Bar aufmerksam, dem ich bereits auf zwei Meilen gegen den Wind ansehe, dass er nicht in meiner Liga spielt.

Luke lässt die Schultern sinken. „Also ob so ein Kerl auf mich stehen würde", murmelt er und nimmt resigniert einen Schluck Bier.

„Du gehst da jetzt hin, drängst dich in die Lücke neben ihm an die Bar und bestellst einen Drink. Dann lächelst du ihn an und fragst ihn, ob er auch was trinken möchte. Einfache Mathematik. Das hat bei Nataly schließlich auch geklappt."

Lukes Augen weiten sich. Er denkt einen Augenblick nach und rutscht dann vom Stuhl.

„Wünsch mir Glück“, flüstert er, strafft die Schultern und begibt sich Richtung Bar.

Mein Herz klopft vor Spannung so sehr wie seins. Ob ich einen Fehler gemacht habe? Vielleicht sollte Luke subtiler vorgehen? Ich schließe die Augen und schimpfe innerlich mit mir. Als ob ich in der Lage wäre, Flirttipps zu geben.

„Treffer. Versenkt“, sagt Oliver und hebt sein Bier. Als ich zur Bar schaue, ist Luke in ein Gespräch mit dem Cowboy vertieft. Ich stoße meine Bierflasche gegen Olivers. Sein Blick huscht zur Tür, und er wechselt einen Blick mit Craig, der die Schultern hochzieht. Ob Oliver auf eine heiße Frau wartet?

Nach zwei Bier suche ich die Waschräume auf und genieße das Gefühl, durch die Tür mit der Aufschrift *Damen* zu gehen. Vor dem Spiegel ziehe ich mir die Lippen nach. Ob ich Peter frage, er soll mich nach Hause bringen? Ich beobachte die Frauen, die fröhlich vor sich hinplappern und sich ausmalen, was der Abend noch für sie in petto hält. Ich fühle mich fremd. Bin einfach noch nicht bereit, in die Welt zu gehen und zu flirten. Mein Herz ist einfach nicht frei. Aber damit würde ich den Jungs den wohlverdienten Abend vermiesen. Seufzend kehre ich zurück in den Gastraum.

Da entdecke ich an der Bar eine dunkelhaarige Frau, neben der ein Barhocker frei ist. Nataly! Innerlich schüttle ich den Kopf, dass Carlo diese hübsche

Frau schon wieder warten lässt. Ich gebe der Versuchung nach und setze mich auf den freien Platz neben sie. Warum nicht ein weiteres Déjà-vu?

Sie runzelt die Brauen. „Der Platz ist belegt."

Ich lächle sie an und genieße die Irritation, die über ihre Mimik huscht. Hinter ihrer Stirn arbeitet offensichtlich die Frage, woher sie mich kennt.

„Ich weiß. Ich wollte mir nur etwas zu trinken bestellen, und diese neuen Schuhe killen mich."

Ihr Blick huscht zu meinen Cowboystiefeln, und Mitgefühl verdrängt den Unmut. „Das kenne ich. Deswegen klebe ich den ganzen Abend auf diesem Barhocker." Sie stutzt und kneift die Augen zusammen. „Kennen wir uns irgendwoher? Hast du vielleicht einen Bruder?"

Ich rolle übertrieben mit den Augen. „Ja, Jesse. Hast du ihn kennengelernt? Ich hoffe nicht, er hat dich angebaggert. Da fehlt ihm ein natürlicher Filter."

Sie wirft ihre langen Haare in den Nacken und lacht. „Also, ich fand ihn sehr charmant. Wann kommt er wieder zu Annie's?"

Ich setze ein betrübtes Gesicht auf. „Er ist nach Idaho gezogen, um dort auf einer Farm zu arbeiten. Ich fürchte, wir werden ihn so schnell nicht sehen."

„Oh." Nataly zieht ihre Unterlippe ein, und einen Moment nehme ich ihr ab, betrübt zu sein.

Ich neige mich zu ihr. „Aber erzähl Carlo bloß nicht, dass Jesse mein Bruder ist."

Sie zwinkert mir verschwörerisch zu.

Ich hebe den Arm und rufe Annie zu: „Zwei *Flying-Bulls*, bitte."

Der ungewohnte Drink lässt eine Ameisenarmee durch meine Adern fließen. Ich fühle mich aufgedreht und quatsche mit Nataly, als wären wir alte Freundinnen. Mein Fuß wippt im Takt der Countrymusik, und ich bin froh, dass ich mich überwinden konnte, mein Schneckenhaus zu verlassen. Das Leben geht weiter. Ab und an fordert mich ein Mann zum Tanzen auf. Doch ich winke ab. Ein Schritt nach dem anderen.

Ich erkläre Nataly gerade, dass sie mit Carlo ein ernstes Wort zu reden hat, als mich die Stimme des Sängers innehalten lässt.

„Liebe Annie. Danke, dass du mir heute für einen Song die Band überlässt. Ich habe mir diese Ballade von Keith Urban ausgesucht, weil sie mich an einen besonderen Abend hier in diesem Saloon erinnert. Ich bin kein Mann der Worte. Aber der gute Keith scheint mit seinem Text alles ausgedrückt zu haben, was ich dieser einen Frau sagen möchte, die mein Leben auf den Kopf gestellt hat. Dieses Lied ist für Jessica. „*Parallel Line*".

Ich verschlucke mich fast an dem Drink. *Shane! Was um alles in der Welt ...?*

LAST DANCE

Nataly klatscht in die Hände. „Ich liebe diesen Song! Und der Typ ist so heiß."

Doch ich höre sie kaum. Als wäre er eine Erscheinung, starre ich auf den Cowboy, der mit einer Gitarre um den Hals auf der Bühne steht. Sein intensiver Blick hält mich fest, als er die ersten Takte spielt. Die eindringlichen Gitarrenklänge finden den direkten Weg zu meinem Herzen. Shanes Finger schlagen den Rhythmus auf den Gitarrenkorpus. Ich bin verloren, als er anfängt zu singen.

„You said 'I love you' to me"

Seine tiefe Stimme steht im Kontrast zum Original. Die Art, wie seine Lippen mit dem Mikrofon spielen und er wie ein Profi hinter jeder Liedzeile eine sinnliche Pause macht, löst prickelnde Schauer in meinem Nacken aus. Gibt es eine Sache, in der dieser Mann nicht verdammt sexy ist? Moment mal! Wenn ich den Text wörtlich nehme, hat er mein geflüstertes Liebesgeständnis in jener Nacht gehört. Ich dachte doch, er schlief. Das Blut rauscht in meinen Ohren. Mit zittrigen Fingern setze ich das Glas ab.

It's time to break the chains that held
me back from you ...
So come on and ...
Take a little bit of my Heart tonight ...

Mein Blick verschwimmt, als er mir ein Stück seines Herzens anbietet. Es hat auch noch nie zuvor ein Mann seine Liebe zur mir mit einem Song erklärt. Mit diesem Schlafzimmerblick, der meinen Verstand aussetzen lässt.

Ich versuche, mich zusammenzureißen. Ist das alles nur ein Traum? Vielleicht ein Scherz der Jungs? Eine Nebenwirkung des Drinks?

Baby, be mine now ...

Bei dem Refrain beginnt eine Gruppe im Saloon zu pfeifen und applaudieren. Ich schließe die Augen. War ja klar, dass die Jungs Bescheid wussten. Deswegen haben sie mich so bedrängt, heute Abend mitzukommen, und immer zur Tür geschaut.

Emily und Jock stecken vermutlich mit ihnen unter einer Decke. Trotz meiner rasenden Gedanken findet Shanes Stimme immer wieder den Weg zu mir. Verzaubert höre ich ihm zu. Mein Blick klebt an den großen kräftigen Fingern, die den Gitarrenhals streicheln. Seine Haare trägt er ein wenig länger. Die Narbe an der Schläfe erscheint im Scheinwerferlicht tiefer. Mir fallen dunkle Schatten unter seinen Augen auf. Der Shane, der mit mir auf der Ranch gelebt hat, strotzte vor Gesundheit. Mein Herz zieht sich vor Sorge zusammen. Ob ihn der Auftrag überanstrengt hat?

Der ganze Saloon singt mit, als Shane die letzten Takte spielt und bricht dann in frenetischen Applaus aus.

Shane beugt sich vor und haucht ins Mikrofon. „Danke euch allen, ihr seid ein tolles Publikum! Aber jetzt muss ich zu der Frau, der mein Herz gehört." In einer fließenden Bewegung zieht er den Gitarrengurt über seinen Hals und überreicht sie dem eigentlichen Bandleader. Wie in Zeitlupe kommt Shane auf mich zu. Er bahnt sich den Weg durch die Zuschauer, einige davon klopfen ihm anerkennend auf die Schulter. Doch er beachtet sie nicht.

Ich bin froh, dass ich während des Songs Zeit hatte, die Überraschung einigermaßen zu verdauen. Seit Wochen habe ich mir gewünscht, dass er zu mir zurückkommt. In meinen Träumen sah ich ihn die staubige Straße entlangkommen, einen Seesack über der Schulter, Smith an seiner Seite. Und ich, wie auch anders, bin ihm entgegengelaufen, bis er das Gepäckstück fallen ließ und mich in seine Arme schloss. Sorry, aber das waren meine romantischen Träume, während ich nach außen die unabhängige Frau war, die ihr Leben neu ordnete.

Doch ich laufe ihm nicht entgegen, sondern rutsche unschlüssig vom Barhocker und stehe dort wie versteinert. Innerlich wappne ich mich. Für was immer auch geschieht.

Eine Welle der Panik überkommt mich. Mein Herz hämmert bis in den Hals. Warum ist er zurückgekehrt? Ist er das überhaupt? Oder ist dies eine kurze Stippvisite, die den Herzschmerz umso stärker werden lässt, wenn er weiterzieht? Aber wenn ich den Liedtext und seine Worte nehme, meint er es ernst, oder nicht? Die Gedanken wirbeln in meinem Kopf.

Shanes Augen weiten sich, als er nur noch zwei Meter von mir entfernt ist. Er bleibt stehen und öffnet den Mund, als wolle er etwas sagen. Sein Blick nimmt meine weibliche Erscheinung in sich auf, fährt die Kurven nach, die das rote Kleid in Szene setzt. Als er bei den nackten Beinen ankommt, zieht er die Unterlippe zwischen die Zähne. Ich sehe an der Art, wie sich sein Brustkorb unter dem T-Shirt hebt, dass er tief bewegt ist.

„Du bist noch schöner, Socke!“, flüstert er, endlich bei mir angekommen.

Bei dem vermissten Spitznamen schließe ich die Augen. Habe ich mich nicht heute Abend noch danach gesehnt? Die Emotionen kochen in mir hoch und ich schlucke mehrmals, um ein Schluchzen zurückzuhalten.

Ich schaue mich suchend um. Noch traue ich ihm nicht. „Heute nicht in Begleitung?“ Ich räuspere den Kloß in meinem Hals fort.

Er schüttelt amüsiert den Kopf, ohne den intensiven Blick von mir zu nehmen. „Du traust mir einiges zu.“

„Na hör mal, du warst ständig von Sexbomben umgeben. Und ich war Zeugin, als die Jungs Wetten abgeschlossen haben, wie schnell du und Blondie bei der Sache seid. Ich habe Ohren, und die Laute waren eindeutig.“

Er tritt noch näher auf mich zu und haucht mir ins Ohr. „Waren sie das?“

Ich nicke und ignoriere die Gänsehaut in meinem Nacken.

„Was, wenn ich dir verrate, dass das alles Agentinnen waren, die mir wichtige Infos aus der Zentrale überbracht haben?“

Ich kann ein spöttisches Schnauben nicht unter-

etwas mitbekomme. Alle meine Sinne sind auf Shane gerichtet.

„Das Leben ohne dich ist trostlos. Ich habe mit allen Mitteln versucht, dich aus meinem Kopf zu bekommen. Aber kein Adrenalin kann es mit dem Gefühl aufnehmen, wie es ist, dich in meinen Armen zu halten." Zur Bekräftigung zieht er meinen Kopf an seine Brust und legt sein Kinn auf meinen Scheitel. Sein wild pochender Herzschlag wetteifert mit meinem. Noch kann ich das alles nicht glauben.

Ich löse mich ein wenig von ihm und suche seinen Blick. „Warum hast du mich dann verlassen? So schnell. So kalt. Nach allem, was zwischen uns war."

Die nächsten Worte wählt er behutsam: „Ich musste gehen. Ich war kein echter Cowboy – das war nur der Auftrag – und als Agent hatte ich versagt. Deine Tante hat das fast mit ihrem Leben bezahlt. Und du auch. Ich war am Tiefpunkt."

Seine Fingerspitzen streicheln über meinen unteren Rücken und ich schmiege mich enger an ihn. Wie habe ich ihn vermisst.

„Es ging darum, professionell zu sein. Mein Job war mir wichtig. Nach dem Fahndungserfolg war klar, dass die Beförderung ansteht, auf die ich lange gewartet hatte." Er schnaubt. „Als ich das Beförderungsschreiben in der Hand hielt, hat sich kein Gefühl eingestellt. Es hat mir nichts bedeutet. Vielmehr sehnte ich mich danach, über die Prärie zu reiten, einer versprengten Herde hinterher. Kopflos habe ich mich in den nächsten Auftrag gestürzt. Obwohl das nicht meiner neuen Position entsprach. Ich wurde für meinen ‚Spirit' gelobt. Ein leuchtendes Beispiel für junge Rekruten. Dabei wollte ich nur dieses diffuse Gefühl loswerden." Er stoppt in seiner Tanzbewegung. Seine grünen Augen schweben über meinen, und ich habe ihn noch nie so ernst erlebt. „Doch es half nicht. Als ich begriffen habe, dass dieses stetige Brennen in der Brust kein Herzinfarkt ist, sondern Liebe, verfiel ich in Schockstarre. Ich habe das noch nie bei einer Frau empfunden, was ich für dich fühle, Socke." Er küsst meine Nasenspitze und ich falle fast in Ohnmacht.

Wie kann er sich so sicher sein? „Wirst du es nicht vermissen, Agent zu sein? Das war doch dein Kindheitstraum?"

Er schnaubt. „Agent zu sein, ist einsam, voller Entbehrungen und schmerzhaft. Wie kann ich das wollen, wenn in meinem Herzen die Sonne aufgeht, sobald ich nur an dich denke? Wenn die Art, wie du mir Widerworte gibst, mich zum Lachen bringt? Wenn ein Augenaufschlag von dir mir die Sinne raubt? Wenn ich in dir mein Zuhause gefunden habe!"

Ich schlucke und blinzle eine Freudenträne aus meinem Augenwinkel. Dieser Mann hat mir soeben das schönste Liebesgeständnis gemacht, das ich mir je vorstellen konnte. Mein Leben dieses Jahr glich einer Achterbahnfahrt. Ich habe die volle Bandbreite an Emotionen durchlebt. Trauer über den Tod meines Vaters. Hilflosigkeit und Todesangst, die mich zur Flucht bewegten. Einsamkeit, als ich mich in Italien treiben ließ. Heimweh, das mich zu Emily zurückkehren ließ. Scham, als ich mich gegenüber lieben Menschen als Mann ausgab. Wut über meinen Exfreund. Hoffnung auf ein neues Leben in Shell. Leidenschaft für meinen Cowboy. Schmerz, als er mich verließ. Hätte ich je gedacht, dass mich am Schluss diese gewaltige Welle an Glück überschwemmt? Ich schüttle den Kopf.

Er kneift die Augen zusammen, und sein Blick flackert. „War das zu viel? War ich zu schnell? Sag bitte etwas!"

Ich lächle und stelle mich auf die Zehenspitzen. „Küss mich endlich, Cowboy."

Erleichtert stößt er die Luft aus, und endlich setzt er wieder dieses sexy Grinsen auf, nach dem ich so verrückt bin. Seine Lippen senken sich auf meine, und ich vergesse das Atmen, als sein Mund mir zeigt, wie sehr er mich vermisst hat.

Um uns herum brandet Applaus auf, versetzt mit frivolen Pfiffen. Die Jungs habe ich komplett vergessen. Wir lächeln beide in unseren Kuss, den wir widerwillig lösen. Aus dem Augenwinkel sehe ich Luke, der seiner Eroberung von heute Abend etwas ins Ohr flüstert und ihm wohl im Schnelldurchlauf unsere Geschichte erzählt. Carlo winkt mir zu, und ich spüre, wie Shane sich neben mir anspannt und in Angriffshaltung geht.

Ich lege ihm beruhigend die Hand auf den Arm. „Carlo und ich sind jetzt beste Freunde“, raune ich ihm ins Ohr. Er zieht verwirrt die Brauen hoch. Ich grinse. „Das erzähle ich dir ein andermal.“ Ich zeige auf Oliver, der freudestrahlend auf uns zukommt und Shane auf die Schulter klopft.

„Leider hast du unsere Wette verpatzt. Wir dachten, der Kuss kommt früher.“

Ich rolle mit den Augen. Er scheint es uns nicht übel zu nehmen. Man sieht ihm an, dass tausend Fragen an Shane auf seiner Zunge brennen.

Shane beugt sich zu mir. „Wenn wir jetzt nicht verschwinden, sitzen wir die nächsten drei Stunden hier fest. Und ich würde mir gern den Reißverschluss dieses Wahnsinnskleides von innen ansehen“, flüstert er in mein Ohr.

Ich kichere, und mir wird bei dem Gedanken an die Nacht, die vor uns liegt, heiß.

„Außerdem wird Smith wahrscheinlich langsam ungeduldig. Er hasst es, so lange im Wagen zu warten.“

Smith! Wie sehr ich ihn vermisst habe. „Lass uns gehen.“ Da ich gerade in der Nähe bin, küsse ich seinen Mundwinkel und lasse blitzschnell meine Zunge darüber fahren. Shane zieht scharf die Luft ein. „Ich liebe dich, Cowboy“, sage ich, während ich mich wegdrehe, um meine Handtasche zu holen.

Doch Shane hält mich am Handgelenk zurück. Mit einer kurzen Bewegung zieht er mich dicht an sich heran und grinst frech. „Ich dich auch, *Cowboy*."

ENDE

HOWDIE!

DANKSAGUNG

Liebe Leserin, lieber Leser,

dieses Mal ging es nicht an tropische Strände, sondern ins staubige Wyoming, wo sich Fuchs und Hase - und jetzt auch Shane und Jessica - gute Nacht sagen. Nie hätten wir gedacht, dass es solchen Spaß macht, über Cowboys zu schreiben. Aber als wir angefangen haben, wurden wir schnell süchtig nach den rauen Kerlen, unter denen der Ledersattel knirscht und die sich mit dem Lasso in unser Herz schwingen. Ihr hatten hoffentlich ebensolchen Spaß daran.

Ein inniger Dank geht wie immer an unsere Ehemänner, ohne deren Licht im Herzen wir vermutlich nicht in der Lage wären, solche Liebesgeschichten zu schreiben. Abgesehen davon, dass sie uns den Rücken für unsere Schreibleidenschaft freihalten.

Größte Motivation, an neuen Geschichten zu schreiben, geben uns die Leserinnen und Leser. Es ist ein unbeschreibliches Gefühl, wenn wir Rückmeldungen erhalten, dass unsere Geschichten euch vom Schlafen abhalten 😁. Ganz besonderen Dank an die Testleserinnen, deren Reaktionen uns Input für den letzten Feinschliff geben. Vor allem Marina, Kathrin, Ulla, Tina, Silvia, Jasmin, Daggi und Sabine.

Um mit uns verbunden zu bleiben (wir würden es lieben!), befreunde dich mit Ava Lennart auf Facebook. Wir haben weitere Liebesromane geschrieben, in denen du auf den folgenden Seiten stöbern kannst. Besuch unsere Amazon Autorenseite und gib uns ein „Folgen" während du drauf bist. So verpasst du keine neue Veröffentlichung!

Wir freuen uns auf das nächste Mal mit Dir!

Deine *Ava*

ÜBER DIE AUTORIN

Wir sind beste Freundinnen seit wir denken können. Neben dem Alltag als Working-Moms leben wir endlich unseren Traum: Liebesromane nicht nur zu verschlingen, sondern selbst zu schreiben. Und das, obwohl wir nicht einmal im selben Land wohnen. Ein Hoch auf die EU-Flatrate und auf Facetime! Das zum Genre passende Pseudonym ist übrigens eine Kombination der Vornamen unserer erstgeborenen Kinder.

Das gemeinsame Schreiben hat unsere Freundschaft auf eine ganz neue Ebene gehoben und noch inniger gemacht. Wir glauben an die Macht der wahren Liebe und daran, dass eine Prise Kitsch das Leben bereichert.

Ihr ahnt kaum, wie motivierend es ist, Feedback zu unseren Geschichten zu erhalten. Scheut euch also nicht, Rückmeldung zu geben, sei es als Rezension, Post oder Email.

Ava Lennart ist voller Ideen und wir freuen uns,

wenn ihr auch weiterhin an unseren Geschichten teilhabt.

Wer mehr erfahren möchte:

www.avalennart.com
ava.lennart@gmail.com

ALOHA

KISS AND COOK - HOCHZEIT NACH PLAN

Kennst du das Gefühl, wenn ein Plan nach hinten losgeht?

Heiraten auf Hawaii, barfuß im Sand, Blumenketten und Muschelbläser. Bei Nalani Grayson bist du dafür genau richtig. Die Hochzeitsplanerin bekommt den Auftrag ihres Lebens. Der Haken: das Menü stellt Carter Akerman. Begnadeter Koch, Single Dad und sexy as hell. Die Braut zu vernaschen ist seine Vorspeise.

Zeit für einen ungewöhnlichen Nachtisch!

ACHTUNG FERNWEHGEFAHR!

DAS MODEL UND DER WALFLÜSTERER

Vancouver

Sie hält ihn für einen Hinterwäldler, er sie für arrogant.

Wie war das mit *Was sich neckt, das liebt sich?* Erst beim zweiten Blick stellt das ehemalige Model Elle fest, wie viel mehr hinter dem spröden Walforscher Alexander steckt. Gefühlvoll wie ein Walgesang nimmt er vor der romantischen Kulisse Vancouvers ihr Herz ein.

Bis er eines Tages eine erschreckend dunkle Seite von sich offenbart.

Der Auftakt der Fernweh-Bücher, deren Geschichten an

interessanten Hotspots dieser Welt spielen und von Liebe, Freundschaft und Dramen mit dem ersehnten Happy End erzählen.

ODER LIEBER NACH BARCELONA?

LUCY IN LOVE
Suche Wohnung <3 Biete Herz

Hättest du den Mut, dein altes Leben hinter dir zu lassen?

Lucy wagt das Abenteuer: Sie verlässt Wuppertal und den Job als Friseurin und mietet für einige Monate eine möblierte Wohnung samt Katze in Barcelona. Den spanischen Vermieter Daniel kennt sie nur von knappen Emails. Schon bald verliebt sie sich in die pulsierende Stadt. Auch das Foto von Daniel, das sie in der Wohnung entdeckt hat, lässt sie nicht kalt. Kompliziert wird es, als Daniels Ex-Freundin und seine Mutter Lucy für seine Verlobte halten.

Denn das geht nur so lange gut, bis Daniel plötzlich vor ihr steht.

KOMM IN DAS LAND DER GEHEIMNISSE!

ISLAND SOMMER LIEBE

Die erfrischende Isländerin Fanney betreibt mit ihrem Freund Jon ein Bed & Breakfast und züchtet Pferde im magischen Land der Feen und Trolle. Als sich der Schriftsteller Christian auf der Suche nach Inspiration auf dem Pferdehof einmietet, realisiert Fanney bald, dass er sie zu seiner Muse erkoren hat. Seine Texte rühren ihr Innerstes an und wecken geheime Sehnsüchte. Ein Spiel zwischen Verlangen und Hingabe vor der Kulisse der Naturgewalten Islands beginnt. Bis dramatische Ereignisse auf dem Hof offenbaren, dass Christian ein falsches Spiel spielt.

DIE ENDLICH-REIHE

Band 1: Narrenschicksal - Küsse im Karneval (Stella)

Band 2: Mädchenname - Küsse auf Mirabel (Julia)

Band 3: Stargeflüster – Küsse am Filmset (Salomé)

Die drei Geschichten sind locker miteinander verbunden. Jeder Band kann unabhängig von den anderen gelesen werden. Oder als ebook in einer Gesamtausgabe erworben werden.

NARRENSCHICKSAL - Küsse im Karneval

"Ein Narr, der das Schicksal für Zufall hält" ?!

oder

„Wie bastle ich mir aus einem One-Night-Stand im Karneval meinen Mr. Right?

Eine verzauberte Nacht im Kölner Karneval. Die als Stern verkleidete Stella findet ihre große Liebe in dem geheimnisvollen Zorro. Schon am nächsten Morgen platzt ihr Traum. Der Held entpuppt sich als Womanizer. Tief verletzt reißt sie sich ihn aus dem Herzen. Stellas Welt gerät aus den Fugen, als sich ausgerechnet ihre Schwester in ihn verliebt. Sie schafft es kaum, die Intensität ihrer noch vorhandenen Gefühle zu verbergen.

Umso lästiger, dass sich Zorro ausgerechnet jetzt beharrlich an ihre Fersen heftet ...

Lies die 1a-schnulzige Herzschmerzgeschichte aus der sexy Weltstadt Köln mit einer Prise Kitsch, etwas Erotik und unterhaltsamen Schicksalswendungen!

MÄDCHENNAME - Küsse auf Mirabel

Nur eine Sommerliebe?

Die Juristin Julia steigt aus. Sie verlässt ihren spröden Freund und bewirbt sich spontan auf eine Stellenanzeige als Assistentin in einem Millionärshaushalt an der Côte d'Azur. Mit allen Sinnen genießt sie den Luxus und findet langsam wieder zu sich selbst. Der charmante Sohn des Hauses umgarnt sie, doch der Gärtner des Anwesens Mirabel weckt Gefühle, deren Intensität sich Julia nicht entziehen kann. Eine Saison, die mit Prickeln beginnt, wird bald zu einer emotionalen Achterbahnfahrt. Spätestens als sie ein wohl gehütetes Familiengeheimnis aufdeckt, muss Julia sich eingestehen, dass es in der Liebe keine Garantien gibt.

Diese Sommerliebe hat ihr Leben verändert. Aber kann sie auch über Julias Zukunft entscheiden?

Chick-Lit meets Love and Landscape! Diese Geschichte ist so mitreißend wie eine Sommerliebe und hat alles, was ich selbst von einem Liebesroman in Südfrankreich erwarte: das Reiseabenteuer einer Aussteigerin, die das mondäne Leben auf dem Anwesen Mirabel in Südfrankreich genießt; herzschlagerhöhende Vespafahrten mit dem geheimnisvollen Traummann; Romantik beim Picknick am Meer, Strandpartys in lauen Sommernächten; wahre Liebe; geschmeidige Erotik; beste Freundinnen, die einander blind vertrauen und einen phänomenalen Showdown am Pool.

STARGEFLÜSTER - Küsse am Filmset

Stell dir vor, du liebst ein Hollywood-Sexsymbol und weißt gar nicht, dass er eins ist.

Herzklopfen ist angesagt: Salomés Sommerflirt, der heiße Schotte Nate, meldet sich bei der erfolgreichen Bankierstochter in New York. Als sie sich in ihn verliebt, ahnt sie nicht, dass sie mit ihren Gefühlen nicht allein ist, denn Nate wird von unzähligen Frauen begehrt. Sie verbietet sich ihre Gefühle, denn eine Beziehung mit einem Filmstar ist in ihrem Leben undenkbar.

Aber sie hat nicht mit der Hartnäckigkeit eines Highlanders gerechnet.

Eine herrliche Schnulze mit Schuss, der dritte und letzte Band der Endlich-Reihe.

Für Leserinnen, die Lust auf prickelnde Gefühle im Kontrast zwischen dem vibrierenden New York und den verwunschenen Highlands haben. Enthält geschmeidige erotische Szenen!

25935488R00221

Printed in Poland
by Amazon Fulfillment
Poland Sp. z o.o., Wrocław